·修订版·

庆余年

QING YU NIAN

【满城白霜】

VII

猫腻/著

人民文学出版社

图书在版编目(CIP)数据

庆余年：修订版.第七卷，满城白霜/猫腻著.—北京：人民文学出版社，2021
ISBN 978-7-02-017017-3

Ⅰ.①庆… Ⅱ.①猫… Ⅲ.①长篇小说—中国—当代 Ⅳ.① I247.5

中国版本图书馆CIP数据核字(2021)第038978号

策划编辑	胡玉萍
责任编辑	涂俊杰
责任校对	杨益民
装帧设计	李思安
责任印制	王重艺

出版发行	人民文学出版社
社　　址	北京市朝内大街166号
邮政编码	100705
网　　址	http://www.rw-cn.com

印　　刷	三河市搏文印刷有限公司
经　　销	全国新华书店等

字　　数	252千字
开　　本	890毫米×1290毫米　1/32
印　　张	9.5　插页3
印　　数	1—80000
版　　次	2021年4月北京第1版
印　　次	2021年4月第1次印刷

书　　号	978-7-02-017017-3
定　　价	39.00元

如有印装质量问题，请与本社图书销售中心调换。电话：010-65233595

目录

第一章　明老太君去了 … 001

第二章　一剑斩半楼 … 026

第三章　被子保佑天下的黎民 … 049

第四章　一样的星空 … 070

第五章　梧州姑爷 … 095

第六章　提督府刺杀及后续 … 118

章节	标题	页码
第七章	谁的水师？	148
第八章	天子有疾	173
第九章	荣归	194
第十章	澹州今日无豆腐	222
第十一章	王十三郎	242
第十二章	山谷有雪	260
第十三章	枢密院前，大好头颅	277

第一章 明老太君去了

马车离了苏州府后方的小巷,缓缓地驶向总督府衙门。明四爷恓惶无比地瘫坐在椅下,抬头望着那位年轻英俊的大人物,半晌说不出话来。

范闲摇头叹道:"豪门大族果然每多阴秽肮脏。如今你自然看明白了,本官也不多说什么,日后的明家你要好好把握才是,与明老七配合好。"

死里逃生的那一幕给明四爷的心理冲击太大,他有些茫然地点了点头。

范闲道:"老太君想杀了你,然后栽到我监察院,以此挑动民间矛盾来保明家……如今我救下你,反而栽赃到明家,说明家劫狱……你说她会怎么应对?"

明四爷忍着咽喉的疼痛,嘶声喊道:"大人……不要小瞧了老……老婊子!"

范闲看了他一眼,忍不住摇了摇头:"当初让明七和你见面,你就应该答应下来,何必非要受这么一次惊吓。"

明四爷继续嘶声喊道:"谁也想不到这对母子居然这么狠!"

范闲淡然地说道:"这么大个家族,要想保存下来,自然需要很多牺牲品。"

马车驶到原定路程一半,另有一辆车将明四爷接了过去,车上只剩下了范闲与启年小组,七名虎卫依着高达的布置散落在马车的四周,隐匿着踪迹。

"大人，接下来去哪里？"一名下属低声问道。

"再等半个时辰，递帖子入总督府，我要再见薛清。"范闲的目光落在这名下属的脸上，"先前牢房里布置妥当了？"

那名下属道："是，而且苏州府一直放人盯着，只是……属下不明白，如果明家要杀明老四栽赃到院子里，没必要做得这么夸张。"

范闲笑道："今天监察院入明园搜查，明老四死在大牢之中，不论他是怎么死……江南士绅百姓都会认为是我下的手。明家一直等着我进明园才好动手，只是如今明老四没死，我还真有些好奇，明家的悲情牌怎么继续打下去？"

马车缓缓停下，阳光温温柔柔地照拂在长街与人们的心上，然后落到了这辆黑色四轮马车的车顶，似要拂去里面那人心中的寒意。

范闲下了马车，在虎卫的拱卫下抬步向着总督衙门走去。早有监察院官员递上了名帖，一位师爷急匆匆地走了出来，将范闲一行人迎了进去。

依然是在那间书房之中，依然只有薛清与范闲二人。范闲直接表明来意，并且通知对方，监察院的人已经进了明园。

"很多事情……欲速而不达。不是本官托大，但怎么算也是你的长辈。这事情你做得不够仔细，明家已经示弱了小半年，等的就是你来欺他，如今你已经欺进门去，他们哪里会错过这个机会。"

薛清的眉头不易察觉地皱了皱。陛下春秋正盛，有足够的耐心将江南大族慢慢收服，所以他不想太过急迫，以免闹出的动静太大，乱了江南。范闲你如此着急做什么？你还不足二十岁，耗上几年又怕些什么？

范闲道："明家准备杀明老四，然后栽给监察院，这事被我拦了下来。"

"苏州府里？"薛清一惊，才明白范闲为何如此自信。

"只要明家不敢揭旗子造反，我只派四十个人进去，他们也不敢动一下。"范闲道，"以退为进？我便要看看，他们到底能退到哪一步去。"

薛清看着他的眼睛道:"你以为他们真不敢动?你拿的不是圣旨。"

范闲针锋相对地说道:"我没有圣旨,却有天子明剑。"

薛清冷笑道:"明园拼着再死几个人,把情绪一调,直接把你那四十名监察院密探埋在明园之中,也不是不可能的事情……"

明家这些天把悲情角色扮演得极好,如果真被范闲逼急了,完全可以借势生事,反而会得到世人的同情。范闲却根本不在乎,年轻英俊的脸上没有半丝情绪的波动,漠然道:"明家等着我动手,我何尝不是等着明家动手,他们如果真的敢动我的人,不论如何我也要判他们一个造反!不管这天下人信不信,我都会把这帽子安在明老太君的头上。"

当着一路总督说着如此枉法的事情,范闲的胆子不可谓不大,接下来的这段话,更是让薛清感到了一丝寒意。

"自然没有人会相信他们敢造反,不过一旦动手,留在江北的黑骑会过来,将明园里的人全部杀死,只要那六房里的人全部死光了,谁来替他们喊冤?江南的百姓还是江南的士绅?就算喊冤喊到京都又如何?就算打御前官司又如何?六房的人我杀干净了,只剩下夏栖飞一个人,顶多再加明老四这个点缀,明家的家产朝廷还是会拿到手里……只要达到了目的,手段脏些无所谓。"

看着薛清他又平静地说道:"我相信,如果我监察院死了四十几个人,我再调黑骑至苏州,您不会还拦着我吧?"

薛清眼瞳微缩,如果事情真的这么发展,监察院扔了四十几个官员进去,自己还要强拦着黑骑南下,那时监察院肯定会发飙。惹恼了那位坐在轮椅上的老人,自己就算是一路总督恐怕也没有什么好下场。

看着范闲温和纯净的眸子,他心头一寒,心想年轻一代做事果然疯狂,但屠了明园,范闲也没什么好果子吃,范闲你真会这么做吗?

"那你呢?"薛清问道。

"我?顶多是除了爵位,去官,贬为平民……再不济流之三千里。"范闲想着自己的结局,笑道,"薛大人又不是不知,我这人便是天下也去得。"

薛清忍不住摇头叹息道："那你送入明园的四十个手下……都是弃子？"

"不然，我说的只是最坏的结局，我相信，以明家母子的老辣肯定不会如此选择……所以我很好奇，明家究竟准备怎么应付？"范闲说道，"这就像是打牌，我并不见得这一把就要和牌，但我很好奇，对方准备打出来的牌是哪一张。在某些时候，我有些赌徒的好奇。"

"本官……也开始好奇起来。"薛清叹道，"希望你的判断不要出错，那个姓周的君山会账房还在明园之中。"

"放心。"范闲微笑着说道，"我在明园里有人。"

薛清不知道范闲在明园里埋着谁，以他的身份自然不方便发问，二人就这样沉默地坐在书房之中，等着明园那边的消息。

没等多久消息便来了，总督府的师爷凑到薛清的身边窃窃私语了一阵。

薛清沉默了片刻，然后望着范闲叹息了一声，说道："对方打出来的牌似乎不在你的预算之中……我要开始调兵了。"

范闲微微挑眉，有些不解。

薛清干涩地一笑道："调兵不是为了防着你屠园，而是要去护着你的人。"

说完这句话他便匆匆地离了书房。

片刻后，监察院的消息也到了，听到明园里发生的事情，范闲如薛清一般沉默了一段时间，轻声叹道："绝，比……我做的还要绝。"他准备骂句脏话来发泄内心深处的荒谬感觉，终究还是忍了下来，苦笑着摇摇头，轻声道，"让邓子越把所有人都撤回来……打不还手，骂不还口。"

那名启年小组成员领命而去，范闲也走出了总督衙门。只见衙门内外一片忙乱，不知道内情的官员面面相觑，不知道总督大人为什么要喊所有武官进府议事。

范闲自然有资格参加议事,但他知道自己今天并不适合再待在总督府里,即将到来的风波要辛苦薛清安抚,自己应该去做些别的事情。

上了马车,他揉了揉眉心,忽然对高达无头无尾说了一句话:"其实很多时候,一件事情会怎么走,全取决于死人的顺序。"

高达一愣,不明白提司大人说的是什么。

范闲说道:"明明我是想他死,可是如果他抢在我让他死之前自己先死了,咱们反而就会遇到一些问题。"

"谁死了?"高达有些茫然问道。

"咱们江南百姓眼中那位老祖奶奶,不知道救活了多少贫苦百姓的明家老太君。"范闲微笑道,"因为不堪监察院入园凌辱、不堪小范大人多日来的欺压,于今日上午愤而自缢身亡。"

明老太君自杀了!高达震惊无语。他是京都人,但在苏州停留了这段时间,也知道这位明家老祖宗在整个江南拥有怎样的声望与地位。

"以死明志啊。"范闲叹道,"明青达也真够狠,比他妈还狠。"

其实,明老太君是不想死的。

这当然是一句废话,这个世界上没有任何一个人想死,就算明老太君已经垂垂老矣,享尽了人间的福,可她还是不想死。

明家在江南的名声极好,开铺放粥、修桥铺路、资助学子之类的善事不知道做了多少。明老太君在人们的心中就像是云端慈眉善目的老神仙,如今江南民间某些偏远处有人甚至开始为老太君立起了生祠。

明老太君显然没有把生祠和自己的寿命联系起来,也没有想过,祠都立了起来,自己还能,或者说还应该活几天?她最近的全副心神都放在应付监察院上,也已拟好了相应的手段。在这个清美的早晨,得闻监察院密探要入园搜查,她大怒骂道:"明园修成之后,哪有官府搜查之事?就算总督大人入府也要持着礼数,监察院的这些混账东西!"

明老太君居住的小院在明园最深处,听不到前方的喧哗,但这种屈辱感仍然让她十分愤怒，遂寒声道："你就打算让咱们家被如此欺负？"

站在她身边的是明家名义上的当代主人明青达。他面色微灰，知道母亲说的是什么意思，小声回道："人已经去了，只是……老四毕竟也是兄弟。"

明老太君厌恶地看了儿子一眼，心想不心狠如何成大事？如何能在监察院的威逼之下，让自家能够忍到京里翻盘的那一天？

"心要狠一些。"她教训道。

明青达露出恭谨十足的笑容，应了一声："监察院今天这么闯进园子里，为的自然是周先生。您看……要不要……？"

明老太君冷冷地看了他一眼，知道他的话是什么意思。周管家是明家大管家，又是君山会的账房先生，这个人太过重要，如果让监察院搜了出来，君山会的许多内幕都会被范闲掌握。不论是从明园自保出发，还是为了君山会的安全出发，周管家都应该死，可问题在于……明老太君叹道："你又不是不知道，这位周先生是长公主派到咱们家来的，杀还是不杀，我们不能下决断。"

"马上就要搜到后面来了。"明青达面色平静地说着。

"放心吧，周先生应该没有问题。"老太君忽而皱起了眉头，迟疑地说道，"有件事情我始终想不明白，为什么范闲如此笃定周先生还藏在明园？如果搜不到，他如何向天下人交代？"

明青达心里咯噔一声，面色却有着相同的疑惑。明老太君想了想，有些乏了，疲惫地摇了摇头，花白的头发显得老态毕现，厌恶道："我乏了，不要让那些监察院的狗腿子来打扰我休息。"

"放心吧母亲。"明青达走到她的身后，双手扶住她的肩头，似是准备将她扶起来，和声道，"以后，再也没有人来打扰您的休息。"

明老太君愕然回首，看见自己亲生的儿子眸中那一抹转瞬即逝的愧疚、害怕、狰狞，然后她的嘴被捂上，一根皮绳索死死地系上了她的咽喉。

她想叫却叫不出声，双手也动不得，那双并不大的脚乱弹着，啪啪作响。

她的眼中闪过无穷的惊恐与愤恨,死死地盯着不远处的大丫鬟。

她在府中不知有多少亲信,此时却都不在身边,不知道死去了哪里。

大丫鬟缓缓转过身去。

咽喉处的皮绳越来越紧,明老太君无法呼吸,胸里火辣辣地痛,双眼开始迷离起来,知道所有的人都背叛了自己。但与背叛相比,那一股强烈浓厚的悔意与恨意更是难以抑制,伴随着她的老泪与口涎一道淌落。

"你要狠一点。"

"成大事,当然需要牺牲品。"

所有的话语便在这瞬间重新响起来,伴随着临死前的耳鸣声,落在她心上。

她的眼睛鼓了出来,死死地盯着面前的亲生儿子。

明青达低着头,死死抓着她的双手,一声不发。

也许过了很久,也许只是很短的一瞬间,暗中操控江南十数年的明老太君胸口发出一声闷响,身子骤然一软,双脚无力地耷拉在椅下,再没有任何动静。

监察院对明园的搜查工作进行得并不顺利,虽然没有人敢拦着,但明园人眼中的怒火越来越盛,那些暗中盯着己等的护卫,时刻有可能冲上来。

搜家自然不会温柔,监察院官员一路翻箱倒柜,厉声呵斥,很有几分恶狼的气势,也激发了明园中人的敌对情绪。

邓子越并不担心,提司大人让自己进园,就一定有把握。果不其然,明家的人看着蠢蠢欲动,却没有人敢站出来。只是明园太大,搜了半天才搜了一半的区域,没有找到半点周管家的踪迹。

"我要搜后园。"邓子越对明兰石说道。

"不行!"明兰石死死地盯着他的眼睛,颤声问道,"你们究竟想做什么？难道以为我们明家是真的这般好折辱的？"

邓子越沉着脸，一步也不肯退，他手里拿着范闲亲笔发出的公文，上面盖着钦差的印，有足够的理由搜查。监察院不能干涉地方政务，今日这一出，玩的是一招挂羊头卖狗肉，算是范闲借的兵。

双方在后园门口对峙起来，明园的家丁们已经忍了很久，这时候终于忍不住了，脏话连连而出，怒骂不止，情绪激昂，隐在一旁的那些私兵也现了身形，将监察院近四十名官吏围在了场中。邓子越见状，将脸一黑，冷冷地说道："明少爷，这究竟是继续搜……还是你们准备抗旨？"

钦差行路代表的是天子旨意，谁敢阻拦？明兰石脸上青一阵白一阵，紧紧咬着牙齿，扮足了屈辱难堪的模样，半晌后恼怒地大吼一声："搜去，这老天是有眼睛的！我就不信你们监察院仗势欺人，以后不得报应！"

邓子越哪理会这么多，手握刀柄，迈步就往后园闯了进去。

没料到行不得十步，便迎头跑出来了一人，那人穿着丫鬟服饰，但穿戴衣质与打扮很是华美，只见她满脸惨白，双眼无神，宛若见了鬼一般疯疯癫癫地朝着众人就冲了过来，一边含糊不清地喊着："死啦！死啦！……死啦！"

死啦？

邓子越心头一惊，感觉到某种不祥的味道，厉声喝道："出了什么事？"

那个丫鬟似乎受惊太甚，身子不停地抖着，哆嗦了半天也说不出一个完整的句子，如果不是邓子越不避嫌隙地抓着她的胳膊，只怕早已软到了地上。

明家人知道她是明老太君的贴身心腹大丫鬟，看到她这副模样，都忍不住吓了一跳，心想究竟发生了什么事情？明兰石急急把她从邓子越的手里抢了过来，拎着她的衣领问道："怎么了？谁死了？"

那个大丫鬟被少爷揉了两下，终于醒过神来，一咧嘴，却来不及说什么，便大声哭了起来："哇……唔……少爷，老太君……老太君她……"

"老太君怎么了？"

"老太君……她去了！"大丫鬟挣扎着说完这句话，就昏死在明兰石的怀里。

明兰石如遭雷击，呆立当场。明家子弟们更是面面相觑，瞪大了眼睛，张大了嘴，像无数只蛤蟆一样愣着，不知该用怎样的表情来表现此时内心的感受！

老太君去了？

老太君去了！

园子里死一般沉寂，不知道过了多久，忽然爆出了第一道哭声，紧接着无数哭声随之而起，宛若一场声势宏大的合唱，还有人跌坐在地，怎样也站不起来。

整座明园，完全被笼罩在震惊与悲怒的气氛之中。

明四爷在苏州府牢里，明青达在老太君的身边，场中还有四房的主事爷们儿，他们痛哭号叫着，推开明兰石，掀起身前长衫便冲进了后园。

没有人还管后园不能擅入的规矩，几百口人哭号着跟了进去。

监察院官员们面面相觑，邓子越更是心生寒意，感到了强烈的危机。明老太君居然死了，而且就在监察院搜院的时候，这也太巧了吧！

明园的护卫们冲到了监察院众人的身边，将他们围了起来，手里拿着兵器弩箭，眼里满是仇恨的怒火。

邓子越知道此时举措不当，便是双方火并的结局，来前提司大人交代得清楚。他当机立断，指挥监察院官员也进了后园。

来到一座清幽小院外，他看着满地跪着的人们，接着便看到了高大堂屋中，那道粗梁下系着根长长的白巾，最下方吊着一个老妇人。

老妇人双手垂在身边，双脚脚尖朝地，随着春天轻柔的风，在半空中微微飘荡，画面看着极为诡异。她的双眼往外突着，泛着临死时挣出来的血丝，满是怨毒与不甘地望着外面——恰好望着院外的监察院官员。

邓子越心头寒意更盛。

过不多时，额头带血的明青达与兄弟们把老太君的遗体从梁上解了下来，他强抑着悲伤吩咐了几句，然后领着兄弟们出了院子。

所有人都盯着院外的监察院来人，眼神怨毒而可怕。

邓子越这一生中从来没有发现有这么多人想吃自己的肉，但他知道这时候不能退，明老太君一死，监察院人便惶惶退出，这不是做贼心虚是什么？只听他沉声说道："明老太君勾结东夷，畏罪自杀，后事处理暂缓，查明死因再做处理。"

从监察院的角度来说，他必须在这时候表现得格外硬气，但对明家人来说，老祖宗刚死就要被监察院栽上畏罪自杀的罪名，谁都忍不了。

明六爷最喜摔角，生得五大三粗，性情粗烈，最得老太君喜爱，与老太君的感情也是最深，听得邓子越此语，回身抓起一把椅子便砸了过去！

邓子越一提朴刀将那椅子挡掉。

明六爷双眼通红，面部肌肉扭曲，尖声吼道："来人啊，把这群没天良的狗腿子都给我打死！"

这半年来明家被监察院欺压得快要喘不过气来，今日竟是连老太君都给活活逼死了，众人早已愤怒到了极点，此时听到六爷发话，顿时喝骂着冲了上去，拿起手里的家伙便是噼里啪啦一通乱打。

自知道老太君死讯的那一刻，邓子越便让属下暗中做好了应战的准备，围成了一个小的防御圈子，因此没有被打得措手不及。

一时间只听得见呼呼风声，只看得见刀光剑影，偶有呼痛声与惨叫响起。

明园人多势众，护卫里也有高手，甫一照面，监察院便有多人受伤，鲜血四流。但毕竟是受过专业训练的人员，有人受伤，马上就有内圈的人接上，勉强地维持住御防圈，挡住了明家护卫的第一波攻势。可是……能支撑多久？明六爷此时已经快要发疯了，拼命地喊叫着。

啪的一声轻响！明六爷的脸上挨了一记耳光，他愕然回首，却看见大哥那张悲伤犹存、更多的是愤怒的脸。

明青达咬牙喝道："你想让全族的人陪着送死！"也不等呆愕的明六爷回话，他对着场间大声喊道："都给我住手！"此时明园里太乱，很多人没有听见他的声音，他苍白的脸上现出一丝亢奋的红晕，提高声音又喊道："想造反吗？"

纷乱的场间渐渐平静下来，人群让开一条道路，明青达走到监察院众人的身前，像看死狗般冷冷地看着邓子越。

邓子越毫不示弱，平静地问道："明老爷子问得好……您真准备造反吗？"

明青达冷笑一声，有些凄凉，有些怨毒，但终究没有说什么。明家究竟该怎么应对？杀了面前的这四十名监察院官员？那不用等京都来旨，在苏州城坐着的小范大人还有那位薛总督，随时都可以调兵来灭了明园。

可是……对方逼死了自己的母亲！所有这一切的疑虑与痛苦的心理挣扎都浮现在明青达的脸上，落在明家众人与监察院官员的眼里。

"你们所施予我明家的屈辱与伤痛……"明青达面色苍白，盯着邓子越的眼睛颤声说道，"我明家必将十倍讨还！今日你们跪下向老太君磕头请罪，我便放你们出园。"

明六爷拿着根棍子冲到他身边，带着哭腔喊道："大哥，不能就这么算了！"

邓子越眯了眯眼睛，沉默片刻后轻声道："明老爷，你知道咱们监察院跪天跪地跪君，其余人咱们一个都不会跪的。"

明青达的精神明显损耗太大，有些站不稳了，勉强扶着明六爷的肩膀，扯着嗓子吼道："那……便玉石俱焚吧！"

对峙依然在继续，局面一触即发，有些人听着"玉石俱焚"这四个字，便感到了惊恐，商人怎么有资格和朝廷玉石俱焚？更何况自己又不是明老太君亲生的，何苦要把自己的命赔上？明二爷、明三爷围了过来，面上做着激昂悲苦之色，却附到明青达的耳边轻声说着话，劝大哥要以族中数万人命为重，暂且忍让，为老太君报仇要徐徐图之。

明青达心里有鬼，当此情形必须要摆出与监察院不共戴天的样子，明老二、明老三终于出面，他也松了口气，脸上挣扎出的痛苦表情更加真切。

忽听得园外一阵喧哗，紧接着便是马蹄阵阵，灰尘渐起，上千名官兵纵马疾驰而入，长枪林立，顿时将明园私兵与监察院众官隔离开来，气势逼人。

来的是薛总督调过来的一路州兵，终于赶在大祸发生之前进了明园。

领队的参将已经知晓此间发生的事情，面色凝重地与明青达说了几句，本想进去拜祭一下明老太君，但明老太君死得过于……那什么，只好作罢。

随州军入园的还有监察院一名启年小组成员，他凑到邓子越的身边，交代了提司大人说的那两句话。邓子越心头一惊，心想就此退走倒不成问题，问题是，如此一来岂不要坐实监察院逼死明老太君一事？

浓春之时，苏州城里却是一片银装素裹。

不是雪，却比雪还冷。

几乎所有的苏州市民都戴上了孝，那些雪白的布条就像是一道道冰凉的诏纸，述说着明家老太君对江南人的恩德与功绩。

明老太君的死讯几乎是在一夜之间传遍了江南，她死时的具体情形随着传言，变得越来越离奇。但不论是哪个版本的消息，矛头都指向了监察院。民间的愤怒开始积聚，却一时找不到发泄的渠道，监察院的衙门隐秘，暂时没有出现万民封门讨公道的情形，钦差所在的华园有重兵把守着，百姓们也没胆气去示威。所以人们只好戴着孝，用脸上的愤怒，用那些雪白色的物事来表达自己对监察院与范闲的沉默抗议。

明老太君的灵堂还没有开，各地前来吊唁的官员与权贵们都停在苏州。整个苏州城都被笼罩在那股寒冷的氛围之中，与四周的春景浑不相同。

范闲不在乎这些，他脸皮够厚，心也够黑，精神强健到可以把满城戴孝的场景当作前世的电影来看，更不在意暗里有谁在骂自己。

他坐在新风馆苏州分号顶楼，看着栏外的春雪，担心着海棠。那日海棠替自己去逮君山会的周先生，却一直没有回来，不知道会不会有危险。

不过世上能伤到她的只有那几位大宗师，应该没有问题。他端起碗呼噜呼噜吃了几口面条，满意地叹了口气，道："明老爷子，这次我可是被你阴惨了。"

明青达跪在他的身边，连连磕头，讨好地说道："大人思虑如长河之灵动，气势如大山之巍峨，又岂会在乎这些身周小风。"

"起来吧，如今你也是明家真正的主人了，当着本官的面也不用如此小意。"

范闲看了明青达一眼，复又端起那碗面条呼噜呼噜地吃着。

明青达有些紧张，此时苏州城里都在积蕴悲愤气氛，全族都在看着自己，如果让人知道自己偷偷摸摸来见钦差大人，只怕这个族长也做不下去了。

问题是今日见了，钦差却始终不肯说个明话，他更加觉得不安。

范闲放下碗，轻声问道："别的先不说了，我只问你，你答应给我的那个周先生，现在人在哪里？"

明青达感到了大人话语里的寒意与逼迫感，下意识地低下了头，回道："没能控制住，让他出了园子，这是青达的失误，请大人责罚。"

"责罚？"范闲自嘲地笑道，"你如今弄了这么一出，我还怎么好责罚你？"

明青达叹道："大人莫非到了此时，还不相信我的诚意？"

"上次在内库大宅院里我说过，执碗要龙吐珠，下筷要凤点头，吃饭八成饱，吃不完自己带走……做人做事与吃饭一样，姿势要漂亮，要懂得分寸。"范闲轻声说道,"在你我的协议当中,你卖人给我,居中调应,结果……这件事情你没有向我通报就自己做了,如今的局面让本官很为难啊。"

明青达恭敬地说道:"为了不让明家在我手中化作烟云,有些挡在前方的人必须休息,相信大人您能够理解。"

"理解是一回事,你没有经过本官的允许便动手,那是另一回事。"范闲训斥道,"不要以为你借我属下入了园子趁势而为,就可以把这件事情遮掩干净,如今整个江南都盯着我……你自己思考一下怎么处理吧。"

明青达沉默片刻后回道:"青达会想办法。"

范闲点了点头,但哪里会相信这个心狠手辣的老狐狸。

明青达看着他面色稍霁,壮着胆子说道:"大人,明园里有人聚众围攻监察院官员,这事总得查一下吧。"

范闲忍不住笑了起来,这位明老爷子不只心狠,脸皮的厚度竟是和自己有得一拼,不禁反问道:"堂堂明家家主,居然劝唆着监察院调查明园?"

明青达笑道:"不如此岂能让大人相信青达之诚。"

范闲看着他的眼睛道:"放心吧。那个周先生你没交给我,但我答应你的事情一样会做到,明老六我来处理,不过……还是先前那番话,你这次阴了本官一道,如今全江南的人都恨不得吃了本官的肉,你得给我弄好了。"

明青达躬身应下,又小心地问道:"那老四那里?"

范闲没有回答他。

明青达心里叹了口气,知道大人手里总要多留几个把柄,才能放心地让自己坐在明园家主的位置上,明四爷劫囚一事就是大人现在手里最锋利的一把刀。

"如今大家情绪都还有些激动,清扫老太君心腹的事情不要着急。"范闲叮嘱着,忽又笑道,"这种事情你比我拿手,我这话有些多余了。"

明青达赶紧说道:"全仗大人一路指点。"

"别价。"范闲唇角一翘道,"那等厉害的手段可不是本官想得出来的。另外待事情冷淡一些之后,夏栖飞认祖归宗的事情,你着手安排一下。"

明青达霍然抬头,看着他幽幽道:"大人还是信不过在下。"

"这种冠冕堂皇的话少说些。"范闲说道,"你信不过我,我自然也信不过你,夏栖飞才是我真正信得过的人,他一日不入明园,你我的协议就不算达成。"

明青达深吸一口气说道:"青城幼时与我有隙,只怕对我恨之入骨,就算我愿退让,可是老太君新丧……正是群情激奋之时,众人皆知青城乃是大人心腹,让他认祖归宗,我怕压不下族中数万人的反弹。"

范闲摇了摇头,直接道:"这都什么时候了?全江南人都在恨我,你以为我还在乎你那族中数万人的反弹?这个局面是你造成的,族中人的反弹自然也要你去摆平,我只要求结果,至于过程,那是该你操心的事情。"

明青达面色阴了下来,说道:"此事……实在有些为难。"

"没有什么为难的。"范闲微嘲地说道,"你的手段本官向来欣赏,老太君既已下葬,监察院也没有资格查验,不过那坟我一直派人盯着的,你的为难总好过本官的为难。如果本官真的为难到了难以忍受的地步,就该你一世为难。"

监察院已经拿着足够多把柄,如果明青达再起异心,范闲肯定要把他千刀万剐。因此对范闲赤裸裸的威胁,他只有全盘接受,想到自己做了那么多大逆不道的事情,最后竟是全部便宜了对方,不由叹道:"大人,好算计。"

范闲微笑着说道:"明老爷子喜欢算计人,如今却以为被本官算计,心里自然不舒服。不过你不要将本官看得过于厉害,我在这方面,实在是没有什么天分。只是本官一向以为,阴谋这种事情总是不如力量来得直接可怕。算来算去,反误了卿卿性命……老爷子,日后还是老实一些,诚恳做事吧。"

明青达知道此时别无他法，只能暂且如此应着，起身往楼下走去。只是那背影越发地伛偻了起来，老态毕现。

明青达离开之后，邓子越从帘后闪了出来，脸上的震惊掩之不住，直至今日，他才知道，原来大人居然和明家主人在私下竟然有秘密协议！

"明青达是个聪明人，他根本不想对抗朝廷，只希望用一种比较平和的方法，为明家数万人保住一些生计……而在这一点上，他与他的母亲有怎么也填平不了的沟壑。在这种情况下他不来找本官，又能找谁？"范闲轻声说道，"当然，我还是低估他了。没想到他最后玩了这么一出，如此一来，江南人都盯着咱们，薛清也很恼火，看来暂时动不得手了。一方面与官府勾结，坐稳了明家主人的位置；一方面暗施狠手，挑动天下百姓的情绪，保护了明家暂时的利益。这个老狐狸果然没有让我失望。只是他利用我，我也利用他，问题在于我比他强，所以到最后，他依旧只能为我所用。"

邓子越有些不解地问道："既然如此，为何大人还要用他？"

"所有的人都算错了一点。包括我和薛清说的话，其实都是在吓他……你们都以为我可以随时扫平明家，其实这根本办不到。"

范闲闭了一下眼睛，旋又睁开，缓声道："调黑骑入苏州屠园？把明家六房杀干净了，杀得血流成河，尸横遍野，可是这对我有什么好处？"

邓子越忽然觉得接下来的话自己不应该听下去。

"安给明园一个造反的帽子，不出半年就可以让整个江南噤若寒蝉，没有一个人敢说什么。朝廷顺利地接手明家庞大的产业，一切都如同陛下的计划。"范闲摸了摸鬓角，淡然地说道，"可是，这对我有什么好处？"

如果真的屠了明园，陛下肯定会默认监察院栽赃明家造反，但为了安抚江南人心，监察院一定会被收拾，他肯定也没有什么好果子吃。为朝廷办事，收明家于国库，却要付出自己的根本利益……他不愿意做这种蠢事。

邓子越默然无语，大人重复了两遍"对自己有什么好处"，明显是把自己与陛下的意志对立起来，自己真的要继续听下去吗？

范闲微垂眼帘道："江南的局势看似混沌，实则清楚。薛清是陛下的心腹，一直在一旁看着，我便要把水搅浑，开始我找夏栖飞，后来找明老四，最后找到明青达。收明家只能和平地收……弄得猛了，陛下随时会把我扔出去，懂吗？"

邓子越寒意更盛，越发不明白为什么大人非要在自己面前一口一个陛下，要把这些犯忌讳的事情讲给自己听，难道这是在试探？

"明老太君一直是君山会的重要人物。她在位一天，明家就不可能和平地被我拿下。所以她的死，虽然带来了一些麻烦，但总体而言……我愿意接受。"范闲看着邓子越轻声说道，"你一直跟在我的身边，当然知道我不容易。"

邓子越在心里叹了口气。

范闲起身走到了新风馆顶楼的栏杆旁，眯起眼睛看着楼下街里戴孝的人群，看着远方正在赶工的香火店，知道整个苏州都在为那个死去的老妇人忙碌，不知道多少权贵人物已经云集此地，等着去灵堂拜祭。

邓子越跟在他身后，看着下方的场景，叹道："如今这局面也很难破。"

范闲平静地说道："所以说，明青达最后阴了我一道……日后再找回来吧。"

明老太君死了，明青达暗投范闲。范闲坐镇江南，两手一张，内库往外走私生意要大张旗鼓地弄起来，少了明家的掣肘会顺利太多。归根结底，他付出的代价不过是虚无缥缈的名声——逼死明老太君，民心微乱，皇帝一定会寻些由头来旨训斥自己一通，这种自污他不介意。

他心里十分清楚，自己如此年轻便拥有如此大的权势，已然是一个异数，谁知道现在信任自己的陛下什么时候会忽然变了心思？最近京中户部的那场风波，更是让范闲清楚地看到，皇帝已经开始警惕老范家。没有通过户部亏空成功地逼父亲下台，那他会不会以明家之事削自己的权？

邓子越低声说道："依八处的意见，大人或许可以去上几炷香。"

以钦差大人的身份去拜祭一下明老太君，应该可以缓和一下当前的局势。但范闲面色冷漠地摇了摇头，说道："不用。"

邓子越微微一怔，不明白这是为什么。

范闲看着街中那些面有悲色的百姓道："在明老太君这件事上，民心并不可怕，可怕的是那些站在万民之上利用民心的人……我只要让那些人满意了，百姓怎么想的并不重要。"

苏州城又开始下雨了，听说大江上游的雨下得更大，官员们的精神都集中在沙州往上那段千疮百孔的河堤上。范闲人在苏州，也想着那边。杨万里已赴河运总督衙门就职，内库调银已至，国库拨帑亦到，河运方面的银钱从未像今年这般充足过。只是今年修河太晚，不知道能不能抵得住夏天的洪水。

雨下得大，初至江南的暑气马上被淋熄，剩下一片冷清残春之意。对江南百姓来说，这些雨水只是增加了内心深处的郁积与悲愤，却没有多少人会想到大江上游那些无屋可住、无衣蔽身的灾民。

明老太君的葬礼就要举行了。

范闲冷漠地看着这一切，没有一点反应。在邓子越之后，总督府、监察院以及内库转运司的下属们都劝他最好去灵堂点炷香，只要钦差大人摆个姿态，以庆国子民对朝廷的敬畏，应该不会再继续闹下去。可是他强硬无比地拒绝了这些提议，在他看来那个老妇人的葬礼算什么！不过是死了一个人，如果大江上游那边的事情弄不好，鬼知道要死多少人。对他的态度，所有官员们都在唉声叹气，心想莫非钦差大人没有察觉到民间涌动着的暗流？

月底，明园里一片哀鸿，正是停棺七日之期，便要将丧事的消息广传亲朋好友乃至敌仇……这个仪式的本意是指一死泯恩仇，逝者生前的仇人，一般会亲去灵堂吊唁，似乎是了结了生前是非，从此阴阳相隔，两不相干。

一直停留在苏州城等待明园发丧的达官贵人们，都收到了明园发来的白帖，纷纷整肃衣饰表情，准备前往明园。所有人都盯着华园，报丧的白帖应该也会送到华园钦差大人的手里，只是钦差大人究竟准备怎么做？

谁也没有想到，当明园报丧的时候，华园只是礼貌地迎进了明三爷，请他喝了杯茶，便又将明三爷送了出来，竟是没有收白帖！

明三爷在华园外发了飙，污言秽语地怒骂了一通，又狠狠地吐了一口痰在华园前的石阶上。可是，马上便有下人出来用清水将那痰迹冲洗干净了。

天下万事万物都抬不过一个理字，在寻常百姓心中，死者为大便是普世之理。范闲的态度，让所有人都感到了一丝惊愕和诸般愤怒。

更让所有人意想不到与愤怒的是，明老太君灵堂未开，监察院再次出手，将在明园中领头对抗搜查的明六爷逮走了，送到了沙州水师看管起来。没有交给地方，监察院用的是清查东夷奸细的名义，就连总督府也不好多说什么。

不知道有没有人领头，反正从第二天起，就开始不断有民众聚集在华园前高声怒骂，喊着那些不知所云的口号，诸如严罚真凶、释放无辜之类。更令人头痛的是，江南的学生士子也加入到这个行列，年轻人多有热血，而且范闲最近的所作所为令他们颇有偶像幻灭之感，愤怒的情绪不断提升。

华园一如往常那样平静，倒是总督衙门怕发生民变，调了一队兵士守在华园外，将那些士子与百姓驱赶到长街尽头。

当天下午，薛清在重兵的护卫下，艰难无比地通过激动的人群，进了华园。

在书房中，他与范闲两个人争执了半天，结果谁也无法说服谁，最后薛清无可奈何地问道："就这般激得民众围园不走，朝廷的颜面何存？"

019

范闲面无表情地说道："围困皇子，意图不轨，你再不动兵，我就要动兵了。"

薛清这才想起华园里还住着位三皇子，任由苏州市民围攻华园，传回京都，自己这个总督不用做了，那些领头的士子只怕也要赔上几条性命。他身为江南总督，断不敢让辖境内出现如此可怕的情况，只好有些恼火地问道："那怎么办？"

堂堂江南总督，不知有多少手段，要收拾这些士子很简单，关键在于这明显是范闲刻意营造出来的局面，不弄清楚他的真实意图，自己不会随意插手。

范闲看了他一眼，道："都是些热血年轻人，我也不想为难他们……只是最近连着下雨，晚上天寒，热血变冷，人群自然就会散了。"

薛清眉头一皱，问道："如果不散？"

范闲微微一嘲说道："义愤不能当饭吃，到了晚上还不散，就说明那些围着园子的人不是凭着义愤，而是有别的目的。"

那些隐在暗处的人的目的很简单，不说激起民变，只要江南百姓的反应更大一些，事情传回京都后，陛下总要有所反应才是。

薛清明白了范闲的意思，说道："要不要总督府出手？"

范闲摇摇头说道："这是个坏名声的事情，我自己担着就好……大人把华园看好就成，毕竟三殿下的安全是重中之重。"

薛清心中生出一丝异样，按照官场常理，镇压民变这种大事，总要大家一起蒙着上面做，而范闲如此决策确实让自己的压力少了许多。

他深深看了这个年轻人两眼，摆手告辞而去。

范闲端茶喝了一口，摇了摇头。

海棠去了多日，竟是还未回来，那些愤怒的苏州市民，他不太在乎，有明青达在，事态肯定不会激化，问题是背后还有很多人的影子。没有人挑拨唆使，咱大庆朝唯唯诺诺惯了的小市民怎么有胆子到钦差府邸前来闹事？

果然不出他所料，近暮时，人群就渐渐散了，只剩下那些头戴方巾、面露义愤之色的学生，还有些不明身份的市民，在长街尽头口诵经典、怒指钦差大人草菅人命，祸害江南百姓。忽然不知道是谁起的头，人群骚动起来，往华园那边逼了过去，总督府的军士不敢下狠手，只得缓缓地向后退着。

离华园越来越近，人声嘈杂，各种难听的话都骂了出去，不过也不全是蠢蛋，骂的全是监察院如何如何，没有涉及范闲的祖宗十八代。

天下皆知，范闲的祖宗就是皇帝陛下的祖宗，骂骂天下文人恨之入骨的监察院尚可，骂陛下的祖宗十八代？大家伙只是想出口气，可并不想拿命往里填。

华园依然安静，隐隐可见里面灯光闪烁，有丝竹之声透过雨丝传来。总督府的兵士们严阵以待，点燃了火把，照得园外一片亮堂。雨丝如线，打湿了华园外的士子，他们面面相觑，有些不敢相信自己的耳朵，苏州城已经这样了，自己这些人已经这样了，钦差大人居然还有那样的闲情逸致！

自己在雨里淋着，钦差大人却在听戏！人们莫名其妙地愤怒起来，才因疲惫而稍歇的怒骂之声又高高响起。便在一片怒骂声中，一个穿着灰衫的人夹在人群之中，从怀中取出一样东西，往华园里扔了进去！

那物件坠入园中，发出一声闷响，没有发生什么爆炸。园中传出一声惊雷般的痛骂："谁他妈的在扔狗血袋子！"

扔狗血，这是侮人最甚的伎俩，虽有些孩子气，但扔进钦差所在的华园事情就大了。学生们愣了愣，骂人之声稍歇，心想是哪位同窗竟有如此大的胆气？

华园墙上唰唰唰闪过三个黑影，正是监察院六处三名剑手，冷冰冰地注视着街下的那些人。众人无由一静，忽有人暴喊一声："监察院要杀人啦！"

一道影子掠入人群中，那道煽风点火的声音戛然而止，就像是一只

021

鸭子被谁扼住了命运的咽喉。人群微乱，如波涛般向两边分开，只见一位身穿布衣的大汉，手掌紧握着一个灰衣人的咽喉，冷冷地走了出来。

高达奉范闲之命在外面盯着，以他的本事，自然是手到擒来。他将那个灰衣人往地上一扔，一脚踩在了那人的胸膛上，只听那人胸骨一声碎响。

"杀人啦！监察院杀人啦！"

学生们看此惨景，热血冲头，将高达围在了当中，高声喊了起来。总督府的军士们很是紧张，下意识里逼了过来，随时可能动兵镇压。

高达将那人拎起来像摇麻袋一样地摇晃，叮叮当当不知掉下了多少物事。

"第一，他没死。"高达冷声道，"第二，你们是来求公道的，这个人是来诱使钦差大人杀你们的。有区别，所以区别对待……这是大人原话。"

学生们醒过神来，往地上一看不由吓了一跳，只见那人身上掉落的不只有狗血袋子，还有火种与灯油之类。如果任由此人使坏，真的把华园烧了——华园里住着皇子与钦差大人，自己这些人绝对要被朝廷以暴徒的名义就地杀死。

"大人原话二……"高达冷冷说道。

众人被他的气势所慑，都老老实实地听着。

"胸中有不平，便要发出来，此为少年人禀性，我不怪你等。"高达继续陈述范闲的话，"但受人唆使挑拨，却不知真相，何其愚蠢？若有不平之意要抒，便要寻着个正确的途径，这般如市井泼妇般吵吵嚷嚷，真是羞坏了脸皮。"

学生们听着这些话，大感不服。有学生昂首而出："监察院处事不公，逼死人命，学生亦曾往苏州府报案。只是官官相护，且苏州府畏惧监察院权势，不敢接状纸。敢问钦差大人，还有何等途径可以任学生一抒不平之气？"

高达看了那人一眼问道："大人说既有胆气来园外闹事，可敢入园内议事？"

学生们顿时闹将起来，有说进不得的，有说一定要进的，众说纷纭，最后都将目光汇聚在先前出头的那名学生身上。这学生乃是江南路白鹿学院的学生，姓方名廷石，出身贫寒，却极有见识，一向深得同侪赞服，隐为学生首领。

方廷石稍一斟酌，将牙一咬，从怀中取出这些日来收集到的万民血书，捧至头顶，说道："学生愿入园与大人一辩。"

范闲半闭着眼睛坐在太师椅上，享受着身后思思温柔的按摩，手指随着园内亭中那位清曲大家的唱声敲打着桌面。

在他的身前，那位胆大无比，单身入园找钦差大人要公道的方廷石，正在翻阅着什么，脸上青一阵白一阵，嘴唇微抖，似被震惊到了。

范闲缓缓睁开双眼，道："此乃朝廷机密，不方便拿到苏州府当证据，有许多已经是死无对证，还牵涉朝中贵人，本官也不可能拿来正大光明地戳破明园的幌子……不过，你既然有胆量拉起一票学生来寻公道，想来也不是蠢货，看了这么多东西，明园之事究竟如何，你自己应该有个判断。"

方廷石手中拿着的便是监察院这半年来对明园暗中调查所得，包括东海岛上的海盗、明兰石小妾的离奇死亡、夏栖飞与明家的故事、明家往东夷城走私、四顾剑使高手入江南行刺范闲……一笔一笔，记录得清清楚楚。正如范闲所言，这些条录因为缺少旁证，无法呈堂做证据，但方廷石知道这都是真的。

方廷石捧着案卷的双手在颤抖，说道："不……不应该是这样，明老太君不知资助了多少穷苦学生。学生自幼家贫，若不是明园月月赐米，供我读书，我怎么可能进白鹿学院。钦差大人，学生今日敢进园，便没存着活着出去的想法，学生根本不信这上面记的东西，监察院最能阴人以罪……"

范闲面无表情地看着他，根本不接话。

方廷石说不下去了。

"你是读书人，便要明白不以人言，不以眼见的道理，只需想想江南这些年的状况与你自己的脑子。当然，你们本来就没脑子。你们要有脑子，就不会被别人劝唆着来围华园。这是哪里？这是钦差行辕！这是皇子行宫！本官就是斩了你们也没有问题。不过即使你们死了，本官名声也没了，只是好了那些恶商。"

他很是生气，看着方廷石痛斥道："你这么多年的书都读到哪里去了！"

发怒自然是伪装的，他知道士子们最吃这一套。果不其然，方廷石讷讷地说道："钦差大人教训得是……"他想到小范大人非但没有镇压，反而请自己入府，足见其诚其明，苦笑道，"大人胸怀坦荡，是学生的不是。"

"我的胸怀说不上坦荡，只是你们都还年轻，我不愿意用那些手段……至于今日能容你们，"他忽然说道，"你应该知道，我范门四子是哪四个人。"

当年春闱案震动天下，方廷石自然知道范闲的四位门生，侯季常、成佳林、史阐立、杨万里，却不知道小范大人为何忽然提起此事。

范闲说道："季常当年也曾在江南闹过事，如你今日一般。"

方廷石怔住了，又是惭愧又是感动，深深一礼便出了华园。

"方廷石如果能劝学生们回去，说明他有能力，以后就好好栽培一下。至于那些混在人群中的鬼……我等的就是他们。"范闲对高达交代道，"不要用刀，用前些天让你们备的木棍。要打得痛，却不能流血。"

什么事件，前面加了"流血"两个字总是有些麻烦。明青达那边派人传信，明园内部已经压制得差不多了，问题在苏州城里，肯定是有人在挑拨着。

方廷石出园之后，与学生们凑在一处说了许久，最终没能说服全部人，反被有些学生疑心他是不是畏惧朝廷权势，人群中又有些阴阳怪气的话语挑拨，方廷石大怒之后复又愧然，只好带着与自己交好的同窗先行离开。

他离开之后不久，华园里忽然冲出一大帮子人，手执木棍，便往那些学生与民众打去，一时间惨叫连连，棍击之声大作。

监察院众人未下重手，但那些书院的学生哪里经受过这种棍棒教育，哭喊着便被棍棒赶散了。华园恢复了平静，只有雨丝缓缓飘落。

总督府的官兵目瞪口呆地看着这一幕，心想钦差大人真是心狠手辣。

没有人注意到，随被打散的学生四处逃逸的还有些鬼鬼祟祟的身影，而在这些身影后，又有些监察院的密探化装成士子或市民的模样盯着。

范闲牵着三皇子的手爬上华园墙头，看着这幕景象叹道："按标准模式，今天应该让一些帮派人士伪装成忠君爱民的仁人志士，来打这些学生一通。"

三皇子好奇地问道："先生，那为什么今天没这么做？"

范闲微笑着说道："可以，但没必要。"

第二章 一剑斩半楼

"意气风发啊……"

范闲一只脚踩在抱月楼苏州分号顶楼的栏杆上，一只手拿着扇子在扇风。连绵数日的春末寒雨停了，暑气去了又来，顿时让天气热了很多。

他看着大街上穿过的送葬队伍，听着那些咿咿呀呀的哀乐之声，忍不住笑了起来——明青达竟让明老太君的棺木穿城而行，一路何其招摇，沿路都有市民摆着小案，放着素果祭拜，还有些平日里受过好处的叫花子在磕头。

在除掉明老六以及老太君的一些心腹之后，明青达已经控制住了明园，正是在他的强力压制下，明家才没有为明老太君的死亡疯狂报复。

那些江南士子们，被范闲玩了一招分化，又用棍棒教育了一番，再得不到明家的声援，声势顿时弱了下来。正如范闲所料，所谓义愤终是不能持久的。

真正让范闲高兴的是，前些天洒在人群中的乌鸦们已经传回了消息，不知道是不是明家的变故让君山会的大人物们来不及反应，某些执事做出了一些相当愚蠢的应对——比如撩拨市民聚众闹事。

凭借这条线索以及明青达暗中出卖的几个人，监察院已经盯住了大江下游某处庄园，那里是君山会设在江南的一个据点。或许那个不起眼的庄园对君山会算不得什么重要所在，但范闲需要铲除它们来表达一下自己的态度。

我在江南，你们君山会就最好暂时老实一些。

如果你不老实，我就让你闭嘴。

黑骑不能入明园，这是因为陛下不喜欢看着监察院的武力干涉地方政务。但对君山会这样一个神秘的，甚至隐隐对抗皇权的组织，皇帝陛下应该不会在意范闲会用什么手段，所以薛清也没有反对范闲的计划。

今日明老太君出殡，也正是五百黑骑潜行渡江之时。

送葬的队伍行过抱月楼下的长街，范闲注意到很多人悄悄地退出了队伍，这些官员或者富商不想得罪明家，也不敢拂钦差大人的面子，送到城门口便自行转回。

大权在握，何惧民心？范闲没有飘飘然，内心深处也开始感觉到权力这种东西的魔力，难怪西哲有言，绝对之某某带来绝对之某某。

所以他忍不住第三次叹息道："意气风发啊……"

话本之中，此时应有人凑趣问道大人因何……可惜王启年还要半年才能回南庆，邓子越斟酌了半天才憋了一句话出来："大人，好似心情不错。"

范闲笑道："这老妇人死得干净利落，于高楼之上看他人入坟，怎不快乐？"

邓子越心想这有什么好快乐的，忍不住开口道："江南民……"

范闲面无表情地道："什么民心民意，过不了几个月，这些百姓便会通通忘记。什么仁善，什么好处，只不过记着几天，终究敌不过家中做菜无油、做饭无米这些事情重要。"

话有所指，指的便是那早被风吹雨打去、化为皇廷内库的叶家。

当年叶家较诸如今之明家，风光十倍、强盛十倍、对百姓恩德十倍，上天一朝变脸，家破人亡，天下万民还不是噤若寒蝉，谁又敢替叶家讨个公道？

邓子越一惊，知道触及提司大人经年之痛，不敢再言，也终于明白了为何提司大人每每听到民意民心便会冷笑对之，毫不在意。

"我们做臣子的，也只是陛下的臣子……"

邓子越却从这句话里听出了一些怨意，至少是不满意，更加不敢接话。问题是范闲还有什么不满意的？江南必定，京中户部风波已定，杭州那边采药急，内库三大坊热火朝天，他与薛清的关系日趋紧密，陛下对他的信任没有变化，尤其是明家之事后，他的名声更差，陛下对这个私生子只会更加怜惜。

至于君山会……他的唇角闪过一抹冷笑，陈园里的老跛子不知道是怎样想的，反正他不打算在这件事情上深究太多，所谓养虎，便是如此。

那位庆庙二祭祀三石大师都只是君山会扔出来的弃卒，就可以想象这个名义上松散的组织，有着怎样恐怖的实力。就算在父亲与老跛子的帮助下，一家子拼了老命剿了君山会，江南定，君权稳，皇帝不准他领兵打仗，那他还能做什么？难道年纪轻轻就待在监察院那个阴暗的屋子里养老？

范闲不愿意成为第二个陈萍萍，所以某些矛盾他不会急着去扑灭，反而希望这些矛盾会在自己掌控的局面中慢慢绽放出来，就像是一朵带毒的花儿。

他并不知道自己与老跛子的想法竟是如此的一致，老少二人都在为了某个不能宣之于口的目的而暗中努力，却不愿意告诉对方，或许……是不想牵连彼此？

不深究君山会，不代表不对付君山会。

那位周先生在明青达与监察院的双重监视之中，居然还能悄无声息地遁走，说明这个人一定是君山会中的重要角色，更重要的是海棠一直没有回来。

他从栏杆边离开，坐回桌上，对邓子越吩咐道："明家送来了周先生的画像，你交给总督府，两边一起查查。"

那幅画像是明老太君的贴身大丫鬟画的。

"你们在找周先生？"

抱月楼顶楼空空荡荡，只有范闲这一桌上有人，偏在此时，栏杆那边的桌旁忽然多出了两个人，而且声音漠然地接了范闲的一句话！

铮铮无数声金属出鞘声，在顶楼之中响起，厉意十足。以高达为首的七名虎卫双手紧握长刀，化作山字形，将范闲死死护在了身后。

楼侧同时间拥出了十几名监察院六处的剑手，没有拔剑，举起涂着黑色毒液，不怎么反光，煞气十足的弩箭，对准桌上的那两个人。

对方的到来不只瞒过了监察院六处的剑手，瞒过了虎卫，也瞒过了内伤早已痊愈的范闲，这是什么样的境界！

好在众人反应也是极快，瞬间就将两边隔开。十余名手执弩箭的六处剑手、可以硬抗海棠朵朵的七虎卫，再加一个早晋九品的范闲，就算来者是东夷城的云之澜或北齐的狼桃，众人也有信心将其轻松拿下。

那两个人面对这样的阵势却是稳坐如常，其中一人的神情还有些勉强，另外一个戴着笠帽的人，浑身透着股视众人如无物的冷漠。

那人缓缓抬起头来，面容清癯，脸上没有一丝表情，冷冷地看着楼中众人，就像是看着一群死人或是几只蝼蚁。

"这位就是周先生。"那人在群弩环峙之中看着范闲，面无表情地说道，"可是，我不会给你。"

范闲看到那人的面容，心头微寒，表情却没有任何变化，道："原来是你护着周先生，难怪海棠一直没有得手……既然你不肯把人给我，那来见我做什么？"

那人说道："一个交易，撤回黑骑，我饶你一命。"

在这样的情况下，居然说饶范闲一命？傻子才会有这样的自信。但范闲很清楚，对方绝对不是傻子，所以他一定有本事在这样的局面下杀了自己。

他忽然笑了起来，问道："海棠可好？"

那人很古怪地翻了一个白眼，说道："我很少杀女人。"

范闲微笑道："那就好……放！"

很突兀的、完全没有征兆的一个"放"字！监察院六处的剑手松开机簧，三十余支喂了剧毒的弩箭分成三批连发，如密雨一般，往那桌射了过去！

三十余支弩箭速度恐怖，附着的力量也是相当惊人，又只有一丈的距离，坐在桌边的那个人就算是神，也躲不过去！所以他根本没有躲，也不见他如何动作，桌上箸筒里便少了一双筷子，这双筷子被他稳稳地抓在手里，在空中自在舞着，就像是要从虚无里夹些菜来食。柔弱的竹筷尖头在空中呼啸作响，宛若那不是一双筷子，而是加持了无穷真气的上古神兵。

叮叮叮叮叮，如雨打芭蕉急。

笃笃一阵密密的响声起，所有的弩箭在快速射行的过程中，被那双筷子轻轻一拨，便擦着桌边两人的身体，射入了抱月楼的木板之中，厢壁之上！

弩箭劲射入木，箭尾轻颤。

监察院六处的剑手们看着眼前的这幕画面，感觉到一股寒意涌上了心头，占据了全身。能在这么短的距离内，靠着一双筷子拨开这么多弩箭，这种速度，这种眼光，这种力量，这种人……不是人。

对方一定不是人。

监察院官员的意志极为坚定，但毕竟还是人，当他们发现今天的敌人已经隐隐脱离了人这个范畴，他们一样会感到害怕，感到无力。他们的手微微颤抖，不可思议地望着那张桌子，望着桌旁的那个人，似乎忘了下一步的动作。

随着那批弩箭洒过去的同时，七名虎卫也如七只猛虎下山，手掣长刀，化作七道雪亮的光芒，向那桌上斩了过去，范闲却厉声喝道："退！"

除高达外的六名虎卫强行逆转真气，往后退去。而高达的武功最强，反应最快,身为山字形之尖刃,已然杀到那桌之前,无法再退,只得暴喝一声,将真气运至巅峰,双手虎口一错,迎空一刀斩向那个戴着笠帽的绝世高手!

忽然,他的脚踝一紧,被一道沛然莫御的庞大真气拖向了后方。那一刀已经斩下,被那人一拖,没有斩到竹笠客的身上,却是斩在了桌前的地板上。

哧啦一声厉响,厚实的实木地板就像是薄纸一般,被长刀划破了一个巨大的口子,稍许灰尘起,木屑四溅,透过那个口子可以看见抱月楼二楼的桌子。

竹笠客将手中那双筷子搁在了桌上。

众人直到那时,才注意到桌腿之侧有一把剑。

一把朴素至极,毫无厉光外透的剑。

竹筷落桌,那把普通的剑骤然间大放光芒,铮的一声,剑柄无风而颤,向上一跳,雀跃着,撕破了缚在剑鞘外的粗布,强行挣出了半截雪亮的剑身。

一道不似人间能有的绝杀剑意,就这般借着半截剑身透了出来!

当高达长刀破开楼板的同时,楼板上出现了无数条细微至极的纹路,快速地漫了过去,没有什么规律可言,却是那样的美丽,却又毫无生意。

纹路迅疾侵上高达的长刀,长刀不受控制地颤抖起来,锋利厚实的刀面像被一双无形之手拿着刻刀般刻出了无数道深深的痕迹!

长刀片片裂开,就像风化的石面一般。

高达喷出一口鲜血,手腕咔嚓一声,关节竟是被震断了!

所有事情发生在三息之间。

对于那人来说,只是举起一双筷子,放下一双筷子那么简单。

甫一照面,监察院惨败。

至此时,众人自然知道对方先前说的不是虚话,以这样超凡入圣的绝妙境界,他要杀钦差大人,自己这些人就算全死了也拦不住对方。

人间除了四位大宗师，还有谁能有这样的境界？

高达眼中满是惊骇，看着那人颤声叫道："四顾剑！"

身为庆国虎卫，他何曾惧过人，这三个字说得却是如此绝望。

四大宗师在世人的心中早已超出人类的范畴，已经快要变成神话里的存在。

人们对四大宗师的感情只有敬畏，除此再无其余。

没有人敢对四大宗师动手，就算想自杀的人也没有人会选择这条道路。

高达震撼无语，不明白远在东夷城的四顾剑为何会来到江南！

他感到自己的脚踝处被人轻轻松开。

先前如果不是那人把自己拉了回来，高达一刀斩下，竹笠客剑意荡出，此时碎成布片一般的就不只是那把长刀，也包括他的身体。

高达此时才感到无穷的后怕，回头望去，看到了范闲有些苍白的脸。

范闲的右手微微颤抖，全身是汗，一片漉湿，如果不是他见机快，喊得快，今天这七名虎卫就全都断送在那人手上。

对方是大宗师。

他不是一般人，他是五竹手把手教出来的，所以面对着那个竹笠客，并不像楼中其他人那般惊骇得连话都说不出来。

他只是觉得嘴里有些发苦，发涩，苦涩。

五竹讲过"实势"二字，没有真气的五竹具有非凡绝顶之势，但他毕竟是范闲最亲的亲人。今天范闲第一次正面对上一位大宗师，才发现在对方的实势压迫之下，自己竟是连一点还手的可能性都没有。

范闲知道十个自己也打不过一个五竹叔。

同理可证，十个自己也打不过对面那个戴着竹笠的老家伙。

尤其是先前所见所感，让范闲更相信五竹叔说过的另一句话："一品可以杀死九品，只要运气够好，可面对那几个家伙……你不要谈论运气这种问题。"

天下武者以九品上最强，各品之间并非天堑般不可逾越，不然当年范闲也不可能在牛栏街上大杀四方，也不可能在北齐上京将狼桃与何道人玩弄于股掌之间。可是一旦越过九品，晋入天人之境，就像苦荷那个光头，就像眼前这个老家伙……已然是另一个完全不同的领域。这种实力上的天地之别，如同一道深不见底的沟壑，根本不可能凭借阴谋之类的手段填满。

抱月楼顶楼没有什么动静，下方早已闹将开来，高达那一刀惊动了很多人。但没多久楼下便安静下来，应该是监察院与史阐立、桑文二人在处理。

那个竹笠客安静不语，在等范闲下决定。他的身上没有光芒，但此时在众人眼中，却仿佛夺了天地间的所有光彩，令人不敢直视。

抱月楼顶楼一片死寂。

范闲左手还拿着那把扇子，握得紧紧的，半响没有说话。忽然，他出乎所有人的预料，转身走到了栏杆边，不再看那个竹笠客一眼。

包括高达在内的所有护卫都惊呆了，提司大人好大的胆魄！面对着一位万人敬畏的大宗师，竟能如此随意，竟敢不看着对方。

栏外的苏州城空气微寒，还残存着一些鞭炮余味，范闲深吸了一口气，神色微微变幻，不知道在想着什么事情。

楼梯上传来脚步声，满脸震惊的史阐立与张着大嘴的桑文姑娘，看了眼被监察院众人围着的那张桌子，马上把询问的目光投向了栏边的范闲。

范闲手里握着的那把扇子有些变形，他终于下了决心，转身说道："所有人都下去。没有我的吩咐，谁都不准踏上这楼一步，另外马上疏散街坊。"

没有人敢把他一个人留下来面对一位大宗师，但更没有人敢违抗他的命令，不管是监察院的官员还是那几名虎卫。高达深深地看了他一眼，擦去唇边的鲜血，领着所有人下了楼，还把站在楼口不肯下去的史阐立推了下去。

人们下楼的时候,看到了一幕必会留在记忆深处多年的画面。

范闲一步一步朝着那张桌子走了过去,手里变形的扇子复又打开,一面扇着,一面走着,走得稳定,扇得潇洒。

从那桌走到这桌,只不过是十来步的距离,但这十来步却让他感觉有如在鬼门关里走了一道。可不知道为什么,随着距离越来越近,他反而越来越平静。

走到桌旁,他盯着那个竹笠客的双眼,无礼地直视着对方,似乎一点都不害怕对方随便一抬手就能把自己杀死。

竹笠客似乎没想到这位年轻的权臣竟是如此胆大,只见他微微挑眉。

范闲挥了挥手,示意那位周先生滚到一边去。那位君山会账房周先生赶紧乖乖地离了座位,蹲到一边栏杆的角落里。

一张椅子空了出来。

于是范闲一掀前襟,坐了下去。

此时他离竹笠客不过两尺的距离,亲密得危险得恐怖得无以复加,但他的神情还是那样平静,甚至带着淡淡的微笑。

范闲收起纸扇,拾起竹笠客搁在桌上的筷子,重新插入箸筒。

这三个动作他做得很仔细,很缓慢,很小心。

最后他满足地叹了口气,拍了拍手,似乎完成了一件很伟大的事业。

——竹笠客没有动手,说明一切都有得谈。

"有胆色。"竹笠客看着他微笑道,"年轻一代中,你应为翘楚。"

这句大宗师的评语如果传将出去,必会让范闲在天下的地位再进一步,但他并未稍感欣慰,叹道:"那又如何?您要杀我还不是挥挥手的事情。"

竹笠客说道:"先前说的话依然有效,你撤回黑骑,我不杀你。"

听到这话,范闲的眼里流露出一抹嘲弄,一丝轻蔑。

这世上敢用这种目光去看竹笠客的人已经很多年都没有出现过了,

所以这位大宗师当然会感到讶异以及怒意，于是杀意便自然出现。

当新风馆将要被杀意笼罩的时候，范闲的声音先响了起来。

"这就是你的要求？堂堂大宗师，居然沦落到了这种田地？您不要这张老脸了，咱大庆朝还是要脸的。"

他一张嘴便是无数句尖酸的话语喷薄而出，就像站在面前的并不是一位大宗师，而是自己在监察院的下属。

很明显，从来没有人用这样的语气对竹笠客说过话，他一时间竟是怔住了，不知道是该杀了这个年轻人还是如何。

范闲盯着竹笠客的清癯面容，眼神里满是鄙视，奚落道："这是君山会的事情，我调黑骑杀人关你屁事！难道那庄子里有你的孝子贤孙？你就这么冲上来，拿把刀搁我脖子上，我就要听你的？拜托你清醒一点，现在是什么年月？早就不是拿把剑就可以横行无阻的年代了，你以为你谁啊？"

竹笠客像看傻子一样看着范闲，忽然觉得自己也是个傻子，自己行于天下，受万民敬仰，即便是一国之君对着自己也要恭恭敬敬，想要找个对自己不敬的人都难，更遑论像面前这个漂亮年轻人一样指着自己的鼻子骂！

"倒是多少年没有人敢这么对老夫说话了。"竹笠客觉得好生荒唐，竟是笑了起来，忽然话锋一转道，"我数三声，不发令撤兵，我只好杀了你。"

那双有力的手缓缓地扶上了桌子。

范闲的眼睛微垂，看着那双本应苍老却没有一点多余褶皱的手。

桌下的那把剑受到强大的气机牵引，开始不停啸鸣。

剑柄缓缓升起，半截雪亮的剑身照得楼内一片光明。

"三。"竹笠客开始倒数。

范闲毫不犹豫，直接说道："一。"

他一拳砸了下去！

这一拳夹杂着他这近二十年的日夜冥想苦修，夹杂着无名功诀里的霸道真气，夹杂着习自叶家的大劈棺运气法门，夹杂着自海棠处学来的天一道无上心法。气随意走，瞬息意破万关，运至右手，重重地砸到了剑柄上！

铮的一声，那把普通长剑被范闲一拳砸了回去，龙吟顿消！

狂风大作，空气震动扭曲，让栏外的景致都有些变形。

那位蹲在角落里的周先生，直接被震得昏倒在地。

不知道为什么，那个竹笠客还是没有出手，只是盯着范闲的眼睛。

范闲把一口鲜血咽回腹内，冷冷地看着竹笠客，忽然喝道："邓子越听令！"

清冷而明亮的声音传遍长街。

邓子越藏在街对面的民宅里，准备在最后关头与高达一道搏命，忽听到这句召唤，不得不显露出身形，有些紧张地应道："属下在。"

范闲依然盯着竹笠客的双眼，道："传烟火令，黑骑进园，遇反抗杀无赦！"

"我确实不愿杀你，但你要抓的人，有我在意的人，这可如何？"竹笠客握住桌旁的剑柄，反手倒提，轻声吟道，"便提长剑出东山……"

剑势渐弥。

要说范闲不害怕是假的，不紧张更是假的，但他用强悍的心神控制住脸上每一丝肌肉的颤抖，盯着竹笠客的眼睛说了最重要的一句话。

"你不是不愿杀我，你是不敢杀我。"

新风馆顶楼安静了一段时间。

竹笠客眯了眯眼睛，问道："我为何不敢杀你？"

"因为你不是四顾剑。"范闲回道。

竹笠客的手依然稳稳地握着剑柄。

"浪花只开一时，但比千年石，并无甚不同……先生亦如此。"范闲狠狠盯着对方说道，"你如果是叶流云，你又怎么敢杀我？"

范闲第一次，也是唯一一次看见叶流云，是他十三岁的那一年。

那一年他伏在悬崖之上，眼中幻着奇彩，注视着悬崖下的半片孤舟，沙滩上的万点坑，两个绝世的人和那一场一触即发的强者战。

一位是庆国的大宗师叶流云，一位是自己的叔。

十三岁的范闲，霸道之卷初成，眼光算不上奇佳，所以只是赞叹于那一战的声势，却并未体会到其中的精髓，反而是这些年偶尔回思其时其景，才逐渐从回忆之中找出些许美妙处、惊骇处、可学习处。

回忆得越多，对于五竹叔与叶流云的绝世手段便更加佩服，有时候他甚至会觉得叶流云那乘着半片孤舟踏海而去的身影还浮现在自己的脑中，那古意十足的歌声还回响在耳边。可他万万没有想到，这位庆国大宗师、万民敬仰的大人物，居然会在一间青楼的最顶层，成为自己必须要面对的人。

范闲是这个世界上最怕死的人，对自己可能面对的敌人都曾经做过充分的了解与分析。他算来算去，掂量了几番自己的实力与背景，确定自己最应该警惕的是东夷城的四顾剑与北齐的苦荷大师，最麻烦的当然是皇宫里的那几位。

四顾剑是个白痴，可以毫不在乎自己的身世背景，随便拔剑杀死自己，可众人皆知，白痴都不喜欢出门到陌生的地方去。

而深不可测的、喜欢吃人肉的苦荷大师，在亲爱的五竹叔亲自出手后也终于被打落凡尘——能受伤的人，从感觉上说就不是那么可怕了。

至于庆国皇宫里的那几位都有亲属关系，暂时不去考虑。

四大宗师之中，唯独对于叶流云，范闲一直不怎么担心。

一来是少年时的记忆过于深刻，总觉得对方颇具流云清美之态，常年在世间旅行，是位真正的有行之人，心性疏朗可喜，不会掺和到人世间这些无趣的斗争中。二来是京都叶家的状况，让范闲看清楚叶流云是位真正的有情之人，不然皇帝也无法维持双方之间的平衡。悬空庙一把阴火烧得叶家丢盔弃甲，皇帝用了如此下作手段，叶流云却能忍着不归京，自然是将叶家子侄的幸福与安危、叶氏家族的存续，看得比什么都重要。

叶流云不在京都，皇帝就不会真把叶家如何。这便是皇权与叶流云的超凡武力之间自然形成的一种默契。所以范闲怎么也想不到叶流云会因为君山会的事情出手，要挟自己，这不是愚蠢是什么？就算此次黑骑撤了回来，难道皇帝就不知道叶家与君山会之间的关系？不过来便来吧，就像那句话一样，他根本不害怕这位大宗师，因为……如果你是叶流云，你怎么敢杀我？

他盯着笠帽之下那双静如秋水的眼睛，想看出这位大宗师突至苏州的意思，做好准备，如果叶流云反问我怎么不敢杀你，他就会立刻扔出自己的大杀器。

——你要敢杀我，五竹叔自然会杀了你们叶家所有人。

"原来……当年你就在悬崖上。"

出乎范闲意料，叶流云没有接着那句话说下去，缓缓将剑重又插入剑鞘中，然后看着他那张俊美的脸庞叹了口气。

范闲微微挑眉，不明白他是怎么猜到的。

叶流云微笑道："如果你不在那崖上，怎么能知道我就是我，怎么能料定我知道你是他的你，怎么知道我就不敢杀你？"

这话有些绕，范闲在脑子里绕了几圈，终于绕清楚了叶流云的话，不禁有些吃惊，心想难道真没什么人认识大宗师？

他没有想太多，微嘲道："不要以为装酷就可以冒充我叔，不要以为戴着笠帽就能冒充苦荷光头，不要以为提把破剑就可以让别人相信你是四顾剑。虽然四顾剑确实有些白痴，被咱们大庆人铸了无数个锅戴到头上，可是您这出戏也太不讲究了。你是叶流云，不管我认不认得出你来，你就是叶流云。"

四顾剑的行踪是监察院监视的重中之重，叶流云根本没可能冒充，所以这也是范闲很不理解的一点，叶流云难道是真想和皇帝撕破脸？

"我是谁并不重要。"叶流云面无表情道,"我只是来提醒你,自你下江南以来,江南死的人已经太多了。"

范闲毫不退让,问道:"世上哪有不死人就能达成的目标?"

"你要达成什么目标?"

"我是臣子……我的责任是保护陛下的利益不受丝毫损失。"范闲眼中闪过一丝异色,微笑着说道,"除此之外,我没有任何的想法。"

叶流云沉默半晌后说道:"你……母亲当年似乎不是这样的人。"

范闲并不意外对方会提到自己的老妈,冷冷应道:"不要用先母来压我,而且说起杀人,想必您也应该清楚我母亲并不比我差。"

"我说的是根骨与禀性。"叶流云沉声说道,"好杀之人,如何能手握大权?"

将将因为叙旧稍显缓和的楼中气氛顿时又紧张起来。

叶流云面无表情地说道:"你在京都,有人替你操心,我不理会,但江南已经有多少人因为你的巧手善织而死去。"

"莫非我不下江南,这江南的人便不会死了?内库里的王八就不再是王八,明家一窝烂鼠就变成锦毛鼠?"范闲轻蔑道,"先前说过,你不要用先母的名义来压我,这时候再添一句,大义的名分对于我也没有什么效果。"

"你杀袁梦时,那宅中丫鬟仆妇你尽数点昏,看似犹有三分温柔,可这些昏迷之人事后却被苏州府尽数擒去杀了灭口。"叶流云静静地看着范闲的双眼继续道,"你离开的时候应该就猜到那些无辜的人只有死路一条。你不杀无辜?你很清楚那些无辜因你而死。"

"我只需要承担我应该承担的责任。"

范闲用前世某教练的无耻话语应着,心里却是极为震撼,不是因为那些无辜者的死亡,而是叶流云的话语透露出对方知道自己入宅杀人的细节!

如果这位大宗师知道自己已经学会了四顾剑,再告诉皇帝,那皇帝必然会联想到悬空庙的那个刺客，继而开始怀疑监察院。

对方完全可以用这个来要挟自己，但看叶流云的神情又并非如此。那他为何诸事不提，偏要提那个毫无轻重的袁梦？

范闲没有生出杀人灭口的念头——今日之状况较诸往时不同，往日自己为刀，世人为鱼肉，今日却是自己在砧板之上垂死挣扎。所以他一拍桌面，大怒吼道："成大事不拘小节！若不雷霆一击，仍让江南若往年一般，明家要害死多少人？那些海盗还要杀死多少人？国库的亏空你给我填回来？"

不等叶流云回话，他的手指又伸了过去，极为大胆无礼地指着叶流云骂道："还有那个君山会，难道比我干净！您是什么身份的人，怎么好意思放低身段给他们做事！您是我朝宗师，不站在我这边，凭什么站在那边？"

最后一句话巧妙一转，直指人心。

叶流云眉头一皱，说道："君山会，本就不是你想的那般。"

范闲嘲笑道："我当然明白，您是高高在上的大宗师，可是终究还是个人，总是需要享受的。行于天下？浪迹天涯倒是快活，可是若日晒雨淋着，哪里有半点潇洒感觉？每至天下一州一地，若有人应着、服侍着、崇拜着……您自然是快活了，而能用整个天下供奉着您，除了那个君山会还有谁能做到？"

叶流云没想到这个年轻人竟然能知道自己与君山会的关系。

事情本来就是这般简单，苦荷有北齐供奉，四顾剑有东夷城供奉，皇宫里那位自然由庆国供奉，可是叶流云呢？行于天下不归家，吹海上的风，抚东山的松，渡江游湖，所有这些总需要有人打理，有人照应。

大宗师也要吃饭，也要住客栈，当然他更愿意住在幽静的园子中，和一些隐于山野的孤客打交道。但园子是要钱的，进山访友也是需要盘缠的。

环游世界，本就是最奢侈的人生。堂堂大宗师总不能去当车匪路霸。

范闲冷笑道："可是您的孝子贤孙与君山会的关系就没这么简单了……要在本官的手下捞人可不是那么简单。君山会为您保着这双娘们儿一般的手，难道您就打算用这双手为君山会把天撑着？"

说话间，他的目光有意无意地落在叶流云扶在桌旁的那双手上。

那双手纤白如玉，细皮嫩肉，浑不似老人的手，更像是从不见阳光、只知深闺绣花鸟的姑娘家的手。

多年前叶轻眉与五竹入庆国京都，五竹与叶流云一场大战后，叶流云弃剑而散手大成，这双手便成了这样，一直没有丝毫变化。

听着范闲将自己形容成娘们儿，叶流云静若秋水的双眸渐有沸腾之意。

范闲话锋一转，问道："黑骑动手的时间应该还有一会儿，如果您真在意那园子里的孝子贤孙，是不是应该把周先生给我了？"

叶流云似笑非笑地望着他，问道："这时候又愿意接受我的条件？"

范闲心里咯噔一声，他本来想着，叶流云当然是打着用周先生换君山会里叶家后人的打算，难道对方根本就没有这个意思？

"我从来不接受被人胁迫下的任何条件。"范闲很有诚意地看着叶流云道，"但这并不代表我不愿意和一位值得尊敬的前辈达成某种协议。"

叶流云听到此时终于动容，叹道："果然无耻……"

范闲嘲讽道："前辈仗势凌人，也颇有几分无耻的感觉。"

叶流云忽然站了起来。范闲神情不变，复又打开那把变形的扇子摇着。叶流云眼中闪过一丝笑意，知道小家伙内心深处实则非常紧张。

"不要以为，你了解所有的事情，你可以控制所有的事情。不然，总有一天，你会死得很可惜。最后教你一句，你是聪明人，但是不要过于聪明。"

说完这句话，叶流云倒提粗布缚住的长剑，拎起了昏迷的周先生。

范闲看出他的去意，不禁心生茫然，心想以叶流云的大宗师身份，如果不是来送这个君山会的账房给自己，为何要与自己谈这么半天？

叶流云眸中烟雾渐盛，带着虚缈却令人心悸的杀意缓声说道："我提把剑，不是要冒充四顾剑，你这小子或许忘了我当年本来就是用剑的。"

那把长剑已然出鞘。

剑身没有一点反光，仿似所有光芒都被吸入那只稳定而洁白的手中。

生死存亡之际，什么计谋斗智都是假的，范闲尖叫一声，拼命将身后雪山处汹涌的霸道真气尽数逼了出来，运至双拳处，往前方一击！

击在桌上。

他整个人被自己霸道的双拳震了起来，身子在空中一扭，就像一只狼狈的土狗一样，惶惶然、凄凄然，令人感慨地化作一道黑线，往楼外冲去！

范闲掠到了长街上，眼里全是惊骇，他依然能感觉到身后那抹厉然绝杀的剑意在缀着自己，随时可将自己斩成两截。所以他一拧身，一弹腿，张口吐血，倏然再次加速，在空中翻了三个筋斗，脚尖一踢对面楼子的青幡，借着那软弹之力，再化一道淡烟，落到了更远处。

六名虎卫与监察院的剑手冲了过来，将他死死护在了中间，层层叠叠，悍不畏死地做着人肉盾牌。范闲身周全是人，根本看不到外面是什么情况，感动一闪即过，复又进入最灵敏的状态之中，随时准备逃命！

但长街上一片诡异的安静。

不知道过了多久，范闲才感到了蹊跷，吩咐属下让开了一道小缝。他看到长街远处，那个戴着笠帽的布衣人，正拎着一个人缓缓地向城门处走去。

对方走得极缓，一步却仿佛有十数丈，很快便到了城门前。

范闲从人群里钻了出来，看着那个渐远的身影，怔然无语。

高达颤着声音问道："大人，没事吧？"

范闲将有些颤抖的双手藏在身后，强自平静地反问道："能有什么事？"

他说话的时候，叶流云的身影消失在城门里。

此时谁也没有察觉到抱月楼有了些变化。

在范闲双拳击碎的桌子旁有根极粗大的廊柱，廊柱上涂着一层厚厚的红色油漆，忽然在半人高的位置裂开了一道缝隙。

那道裂缝就像是一道凄惨的伤口，皮肤不停地往外翻，露出里面的木质。

接着，里面的实木也缓缓裂开了。裂痕深不见底，可能已经贯穿了这根粗大的廊柱！

不止这一根柱子，抱月楼顶楼的木柱、栏杆、厢壁、摆设、花几……所有的物件，在它们半人高的地方都生出了一道裂缝。那道裂缝渐渐蔓延，渐渐拉伸，逐渐连成一体，就像是鬼斧神工般画了一道墨线。

这线不是用墨画的，是用剑画的。

首先倒的是摆在顶楼一角的花盆架。

花盆落在地板上，砸得粉碎，发出啪的一声脆响。然后是一声巨响。

长街早已清空，只有范闲与团团围住他的几十名下属，听着这声巨响，人们下意识抬头往右上方望去，顿时目瞪口呆。范闲也不例外，所有人的嘴巴都大张着，露出里面或完好洁白或满是茶渍或缺了几颗的牙齿，渐渐漫天弥起的灰尘木砾吹入嘴中，也没有丝毫反应，因为……抱月楼塌了！

准确地说，应该是抱月楼的顶楼塌了。

更准确地说，抱月楼顶楼的一半此时正以一种难以理解的方式，仿佛依循某种完美的设计，无比整齐地塌了下来，震起漫天灰尘！

灰尘渐伏，所有人都看清楚了，抱月楼顶楼就像是被剑斩开一般，上半截全部塌陷，只留下半截整整齐齐的厢板与摆设，断口非常平滑。

大家清楚，这确实就是被一个"人"用一把剑剖开的。

众人的心里再次生出最开始的那种感觉——这个人，不是人。

范闲看着早已杳无人迹的城门处，又回头看了一眼自家的半阙残楼，忍不住拍了拍自己的脸，说服自己这是真实发生的事情。

等监察院众人及虎卫们回过神来，望向范闲的眼神便有些古怪，充满了震惊、后怕与不解，都在想着提司大人是怎么活着出来的？

这个问题范闲自己也不是很清楚，他收回视线，用干涩的声音吩咐道："邓子越，你去一趟那边。"

此时邓子越还处于懵呆的状态，范闲恼火地说了两遍他才醒过神来，赶紧应了一声。

范闲将他招至身前，压低声音说道："如果……我是说如果，有人投降，那就一定保住对方的性命，不……把人带回来……不，让黑骑直接送回京都。"

他是真的怕了，希望这件事情再不要和自己扯上关系，长辈的事情就让长辈自己去玩吧，自己再禁受不住这样的精神折磨。

邓子越看了一眼那半截残楼，颤着声音问道："大人，那人究竟是谁？"

范闲瞪了他一眼，说道："高达不是说是四顾剑吗。"

邓子越不愧是二处出身，下意识里反驳道："院报里写得清楚，四顾剑……"

范闲直接打断了他的话，大怒道："看看这破楼！对方是大宗师，他的行踪是我们监察院的乌鸦能盯得住的吗？"

邓子越不解大人因何发怒，赶紧出城去与黑骑会合。邓子越走后，范闲依然站在长街上，不肯回华园，高达也劝不动他，只得陪他站着。

他忍不住又看了一眼自家的半截破楼，想说什么，但还是忍了下来。

过不多时，监察院有快马回报。

"报，已出城门。"

又过数时。

"报，已过晚亭。"

最后又有一骑惶然而至。

"报，已过七里坡。"

七里坡离苏州城不止七里，足有二十余里地。众人怎么也不敢相信，那位竹笠客居然能在这么短的时间内走出二十里地，但想到对方的身份，又不敢质疑。

确定了那位一剑斩半楼的绝世强者离开了苏州城，所有人都松了一口气，高达抹了抹额头的冷汗，轻声问道："大人，要不要安排人拦？"

"谁拦得住？"范闲冷笑道。

高达心想自己确实说了蠢话，赶紧补充道："那得赶紧写密报发往京都。"

"就算来不及，也是要写的。"范闲也不避着高达，直接对监察院下属冷声道，"通报一下总督府衙门，明天再去明园把明家的私兵都给我缴了。"

钦差遇刺是何等大事，如今江南民怨正盛，众人肯定会联想到明家——这种机会他怎么可能会放过。

范闲心中依然有大不解，却是无法与人去言，再看身边这半截破楼，他忍不住骂道："这要花多少银子去修？这个老王八蛋！"

众人听得此话无由一惊，都不敢开口了。长街上又是一片安静，谁也想不到提司大人居然敢在大街上痛骂一位大宗师。

范闲看着众人古怪的神情，更加恼火，破口大骂道："这是我家的楼子，别人拆楼，我骂都不能骂了？那就是个老王八蛋！"

高达震惊无语，心想大人真是太厉害了。范闲先前单身在楼上应对，已让这些下属敬佩莫名，后来他居然能活着下来，而且成功地让那位大宗师离开，众人更是佩服到骨头里，但最佩服的还是他事后居然还敢临街大骂。

就在下属们佩服和赞叹的眼光中，范闲咕哝了两句，却没有人听清楚，只见他身子一软，便要跌坐在长街之中。

一片花色飘过，一个姑娘扶住了范闲的身子。

众人识得来者是大人的红颜知己，并未紧张，只是有些担心，看来对上超凡入圣的大宗师，大人终究还是受了内伤。

范闲倒在姑娘怀里,忍不住埋怨道:"人都走了,你才敢出来。"

海棠带着歉意说道:"我打不过他。"

范闲忍不住翻了一个白眼:"谁打得过这种怪物。"

海棠担心地问道:"受了内伤?"

"不是。"范闲很认真地回答道,"在楼上装得太久,其实腿早吓软了。"

离苏州城约有二十里地的一片山谷前,一个庄园正安静地等待着暮色的降临。

随着暮色到来,四百黑骑马嘴衔枚,蹄下绕布,完成了对庄园的包围。然后便是一场血腥的厮杀,黑骑往里面射着火箭,里面的人自己也在点火。

狼烟起,人命没,园毁不复存。

黑骑便是监察院五处拥有的极恐怖的战力,没有头目,只听从陈萍萍的命令。现在监察院多了位提司大人,黑骑便一分为二,半数跟着范闲。

去年范闲出使北齐,黑骑便一直护送至国境处,并且在雾渡河外成功地歼灭了上杉虎派来营救肖恩的军队,战力之强悍可见一斑。

自范闲下江南后,一直在江北待命的黑骑,今日终于有了用武之地,但那名骑马立于山下的黑骑统领并没有什么兴奋的表情。

对于他们来说,这只是一个简单的工作而已。

这四百黑骑的统领姓荆,无名,被称为荆将。他看着园子里的熊熊大火,右手缓缓按上自己的脸,取下那张遮掩着面容的黑色面具,露出微白的脸颊与那双冷漠无情的眼睛。

提司大人交代的任务完成了,只是没有想到这个不起眼的园子竟有如此强大的武力,让黑骑也受到了一些损伤。最麻烦的是这个园子里的人似乎都知道自己只有死路一条,拼死反抗,竟是没有一个投降。

荆将不知道园子里是什么人,只是执行提司大人的命令,园中人自己也放了火,那些见不得光的证据大概也早被焚毁了。

马蹄嗒嗒作响，缓缓驶近燃烧着的园子，黑骑们正在救治伤员，负责清理现场。他漠然地注视着这一切，忽然眼角微微抽搐了一下。

五骑破火而出，闪耀着黑色的火苗，宛若冥间幽鬼死骑一般。

马背上除了全身黑甲的骑士，还有几个被捆成粽子一样的人。

荆将右手复按上面容，在五骑到来之前重新戴上黑色的面具，黑色面具上面反射着金黄色的火焰，看上去异彩纷呈，有一种令人不寒而栗的震慑感。

五骑驶近他的身边，禀报道："这五人藏在井下，投降了。"

荆将唇角牵动了一下："提司大人应该会高兴。"

以对方拼死抵抗的气势、玉石俱焚的安排，能抓到活口确实很不容易。他看着被捆着的五个俘虏，感到有些奇怪。

"回苏州。"

随着他的命令，马嘶撕破了山谷黑夜的宁静，数百骑整齐划一地化作三道黑色洪流，绕着燃烧的庄园，掠过山脚下的道路，便遇见了邓子越一行，收到了提司大人的最新命令。荆将安排一个骑兵小队将俘虏押往京都，其余的数百骑悄无声息渡江，重新回到江北营地中。

范闲在书房里写好了给皇帝的密奏，快马发回京都，便一个人到了华园正堂。

正堂明灯高悬，堂内一片明亮。

那一箱雪花白银反射着诱人的光芒。

十三万八千八百八十两银子就这样整整齐齐地摆放在箱子里。

范闲站在箱子前，沉默了很长时间，终究还是放弃了心中的想法。他今天真切地感受到了什么叫无助与绝望，当然并未生出多余的自怜自艾，也没有什么屈辱感，打不过大宗师是天经地义的事情，只是……

他清楚不论日后的人生怎样发展，自己总有一日是要对上大宗师的，就算不是叶流云，不管是四顾剑还是宫中的那一位，总要正面较量一番。

今天叶流云一剑斩半楼，那道横亘天地间的超强气息，让他清醒地认识到现在的自己拿大宗师一点办法都没有。就像是明家拿自己一点办法都没有，一样的道理。

大宗师太强，强到可以无视所有规则，难怪皇帝老子对叶家如此警惕，难怪苦荷当年可以扶稳那对孤儿寡母，难怪四顾剑一个白痴就可以守护东夷城。

范闲在心里想着，叹息着，开始想念亲爱的五竹叔。

但人生一世，总不能永远靠叔叔为自己解忧除难，而且五竹面对这几位大宗师也占不到什么便宜，若非不得已，他才不愿让五竹叔去冒险。

那么，如何才能杀死一位大宗师？

在一箱白银与满堂灯光的陪伴下，范闲陷入沉思，模拟出诸多的情景模式与主题，却又很快自我否定。最后他一拍箱子，长身而起，喊道："开会！开会！"

一边喊着，他一边往后堂走去。

大人喊开会，无人敢怠慢，监察院的高级官员与虎卫都聚到了议事厅。

范闲屁股刚落到椅子上，便忍不住笑骂道："把林公子扶回去玩。"

他瞪了眼来看热闹的三皇子与不知什么时候跑了进来的大宝，让丫鬟们将这两位祖宗扶了回去，又道："把史阐立和桑文姑娘也请过来。"

下属领命而去，不一时史、桑二人便到了厅中。史阐立时常替门师处理事务，对这种情形并不如何陌生。桑文温婉的脸上却挂着犹疑与吃惊，心想大人议的自然是朝政大事，自己一个唱曲儿的来做什么呢？

"集思广益！大家敞开了想，什么稀奇古怪的主意，都大着胆子说。"范闲揉着太阳穴，头痛地说道，"我一个人实在是想不出辙来了。"

众人不知道他在忧虑什么，纷纷道："大人敬请吩咐。"

范闲抬起头来看着众人，认真地问道："你们说……怎样才能杀死一位大宗师？"

第三章 被子保佑天下的黎民

议事厅里马上冷了场，下属们面面相觑，桑文姑娘惊得将自己有些阔的唇角抿成了樱桃小口，史阐立更是想要转身离开。

怎样才能杀死一位大宗师？

如果真有人能够想到法子，那南庆与北齐第一件要做的事情就是派人去杀了四顾剑，然后将东夷城的财富与那些诸侯国的贵族女子分了赃！

邓子越官位较高，又与范闲亲近，看着同僚们古怪的面容，小意地问范闲："大人……是不是被剑气震伤了？"

范闲一怔，旋即大怒骂道："我没有伤到脑子！"

众人没有办法，只好开始思考这个问题，心里都有些不安。大宗师受万民敬仰，乃是神仙般的角色，此时却要想着怎么去害他们……

略说了几句，众人渐渐放开了胆子，更感觉到了一种莫名的快感，开会商议怎么杀大宗师……就算杀不了，但想想也够刺激了。

有人开篇明义道，打肯定是打不过大宗师的，首先应该想办法削弱他的力量，建议用毒。马上有人反驳，大宗师已臻化境，毒药入体就被化作雪水一摊，没有用处。又有人建议，应该选择那种激发人体本身特质的药物，不是外毒，却能在短时间内调动人体的情绪或者精力，事后自然会虚弱。

此时范闲冷冷插话道:"那是春药。"

又有人言,欲夺人性命,必先乱其心志,欲使人灭亡,必先使其疯狂,应该构织某些特殊的场景,影响大宗师的情绪,让他的心神陷入昏乱之中。

范闲冷哼一声,心想欧阳锋疯了更厉害。

邓子越忽然一拍桌子,道:"布置一个局让对方无法轻身逃脱,用六处弩营围之,依列而放,不停不歇,耗其真力,用万支弩箭让对方体衰气弱,然后再用五处黑骑冲之,大宗师毕竟不是神,以一敌千骑……总是会死的。"

范闲看着他问道:"你这个计划估计要死多少人?"

邓子越算了一下,回道:"六处弩营全灭,黑骑应该还能有一成活着。"

范闲面无表情地说道:"我是要杀人,不是要自己的人去送死。"

邓子越兴奋地说道:"若真能成功,死多少人倒是无所谓。"

范闲一挑眉头,冷笑道:"那你怎么能让对方不动不逃?就在那里任你射,任你冲?又不是稻草人……"

邓子越沉默了。

头脑大风暴在继续,众人出的主意也愈发荒唐无稽起来,有人建议当绑匪,有人建议玩雪崩,有人建议在茅坑上做手脚。反驳的意见也随之而到,首先是四顾剑没有亲人,他的亲人都被他自己杀光了,同时东夷城那个地方一年到头也见不到雪,至于最后那个提议,众人嗤之以鼻,根本懒得理会。

范闲冷眼看着这一幕,心头稍安。今天叶流云的出现给这些下属们带来了太多震撼,他才会正大光明地要求众人商议如何杀死一位大宗师。现在可以明显看出,众人压抑在内心深处的恐惧已经淡了许多,效果十分不错。

当然众人也确实提到了一些极有效的法子,谁知道将来会不会用上。只不过大家都以为他要对付的是四顾剑,根本想不到是叶流云。而且南庆与北齐正在蜜月期，范闲与海棠天天像在度蜜月，范家小姐如今还成了苦荷大师的关门弟子，众人自然也不会白痴到在他面前商谈如何杀死苦荷。

议事直至烛残方毕，众人散去后犹在廊间园内窃窃私语，兴奋不已。

范闲唤来桑文，问道："楼里的姑娘们怎么安排？"

监察院疏散街坊的时候，抱月楼里的客人们就都走了，姑娘们也被撤离到安全的地带，只是抱月楼被叶流云一剑斩断，要修好还需要很长时间。

桑文应道："姑娘们都暂时安置在别的楼子里，那些老板极好说话，都接了过去，只是待在别家也不是个事儿。"

"重修的事情让史阐立去领头，你这些日子休息一下。"范闲的脸上露出一丝狠色，"所有明细大小账单全部收好，来年回京我要找人收账。"

桑文应了一声，轻声道："那两位姑娘都接到了园子里。"

范闲一怔才明白她说的是抱月楼的两大头牌，心想梁点点还没有正式接客，住进别家青楼确实不合适。至于玛索索……那是大皇子的二奶，可得好生招呼着。

浓春近暑时节，眉月一轮挂天上，四处假山青树下挂着灯笼。月光与灯光相交，更添几分迷蒙之感。十余名姑娘正说着话，或立于树下，或卧于榻上，偶有丽光透纱而出，身上散发着淡淡的香味，更是直扑鼻中。

范闲见着这般画面，不禁怔住了，心想华园何时变成了陈园？

姑娘们没有发现站在背光处的范闲，兀自津津乐道着白天抱月楼的事情，那一剑之威以及钦差大人当街痛骂四顾剑的雄风。

范闲低声说道："不是说楼子里的姑娘都送到了别的地方？"

桑文掩唇一笑，解释道："这是园子里的姑娘。"

范闲醒过神来，下意识里多看了几眼，心想都说女大十八变，这些在路上被思思捡回来的流民孤女，在苏州城未养多少天怎么也出落得如此花枝招展？眉眼间犹是稚意十足，怎奈何天然一股青春气息扑面而来，令人好生愉快。

尤其后园向来禁止无关男子入内，丫头们听着梁点点讲白天的故事，兴趣十足，行坐举止也不怎么讲究，有趴在榻上挺着小翘臀扮娇憨的，有拿着扇子扮清淑的，笔直修长的腿隔着薄薄的布，呈现着各式各样紧绷的美感。

玛索索正坐在椅子上听讲，只是梁点点未曾亲见楼中画面，对范闲临危不惧、胆气过人的描述实在是有些夸大。小姑娘们的眼神都热了起来，羞了起来，就连玛索索眸中都流露出了几丝异样的神采。

范闲有些听不下去了，正准备咳两声提醒众人，却听得一个妮子无意间讲的一句话，便闭了嘴。桑文有些疑惑地看了他一眼。

那个小丫头天真地说道："姐姐，为什么一直没有看见少奶奶？"

梁点点是京都人士，自然知道早年闹得轰轰烈烈的范林联姻之事。林家小姐是长公主的私生女，这件事情已经不再是秘密，而天下皆知，小范大人与信阳方面早已成水火不容之势……有丫头啐了一口，斥道："主家的事情，咱们哪有资格议论，被思思姐听着了，小心你那张嘴！"

那丫头憨笑着说道："喜儿只是想看看，能配得上少爷的少奶奶生的是什么天仙模样。"

在她们心中，范闲是这世上最上等的一流人物，自然对林婉儿有着无尽的好奇。

"听闻少奶奶出身极其尊贵。"梁点点眼珠一转，嫣然一笑道，"不过听说模样倒不如何出挑，只怕还及不上思思姑娘。"

"那倒是，有几人能配得上少爷……对了，咱们园子里不是还住着位姑娘？只是平日里也没有见过几面。"

梁点点似笑非笑地说道："听闻也是大人的红颜知己，只是这没名没分的……"

范闲不想再听了，走到了光明处。丫鬟们吓了一大跳，纷纷起身，敛神静气，对着范闲齐齐一福，柔顺地说道："见过少爷。"

华园里的称呼还是依着京都范宅的规矩。

范闲摇了摇头，心想着自家都议论成这样，还不知道外面传得如何不堪，不过他也不在意这些事情，道："夜深了，都去睡吧。"

丫鬟们赶紧行礼，悄无声息回了各自厢房。

梁点点与玛索索被范闲留了下来，他盯着梁点点那张清丽之中自然流露着媚意的脸，半晌没有开口说话。梁点点心头微喜，脸上却没有表露出来，反而刻意柔弱着，半低着头，非常自然地展露出自己最美丽的一面。

市井传言中，范闲对病妻疼爱有加，乃是位重情之人。梁点点对于自己的容貌极有信心，心想少奶奶生得远远不如自己便能得到小范大人疼爱，只怕这男子是喜欢怜惜人，所以刻意摆出这副模样来。而且抱月楼苏州分号开业后，小范大人一直没让自己接客，想来也是对自己有几分意思……

感受着范闲的目光，梁点点喜意渐浓，含羞低着头，一言不发。

范闲忽而开口说道："每个人都有活得更好的权利，我对你的想法并不反感。"

梁点点愕然抬头，对上了范闲那毫无情绪的目光，无由心头一悸。

范闲继续说道："不过，我不喜欢。"

梁点点羞愧袭身，根本不敢说什么。

范闲不留情地说道："没有人天生应该服侍人，你若不愿意在抱月楼做，就转成清籍，把银子挣回来就放你出楼。桑文，给她收拾行李，换个地方住。"

桑文没料到提司大人毫不怜香惜玉，带着眼泛泪光的梁点点离开了。

园中就只剩下了范闲与玛索索两个人。玛索索忽然轻声开口道："大人，索索是不是也要出府，免得污了这园子里的清静？"

范闲看着这位胡族公主碧海般的眼眸、挺直的鼻梁，轻声说道："不多言,不多问,我很喜欢你,日后若有机缘,我帮你。"

玛索索微微吃惊,没想到对方竟将所有事情都看得清清楚楚,更流露出了那等意思,不由感激道:"多谢大人。"

回到屋内,思思已经备好了热水。洗罢脸,将双脚伸入热水之中,范闲满意地叹了一口气,依照海棠传授的法门,闭目用涓涓细滴修复着今天被叶流云剑气所伤的经脉。他修行的法子与世人都不同,冥想就像是打瞌睡一般简单。不知道眯了多久,他发现屋内一片安静,睁眼往侧方望去,才发现思思已经伏在书案上睡着了。白天担心了太久,晚上又等了太久,姑娘家困得有些不行。

范闲笑了笑,也不喊醒她,自己扯了毛巾将脚上的水擦干净,担心她会着凉,走到她的身后,把袍子披到了她的身上。

看着姑娘家洁白后颈旁的丝丝乱发,他无由一叹,想起当年和思思在澹州抄书的时节,那是何等的轻松快活自在,全无外事萦怀,只有豆灯一盏、砚台一方,二人并坐抄写《石头记》,虽无脂批,亦有真香。

他右手轻轻按上思思的后颈,替她揉了揉,在几个穴道上微施真力,帮助她调息身体,催她熟睡之后,才小心翼翼地将她抱了起来,放到床上,拉上薄被盖好,轻轻地拍了拍她的脸蛋儿,趿拉着鞋子走出房去。

披着衣,趿拉着鞋,耸着肩,范闲毫不在意地在华园里逛着,想借夜风拂走内心深处的郁结。他的心头压了太多的事情,五竹叔不在身边,婉儿不在身边,真是无处去诉。

没有人知道为什么他在江南做事如此之急,包括他的朋友下属、他的敌人亲人在内,对他都有一种错误的判断,认为范闲在权力斗争中可以无情,所以有意无意间把他与长公主之间的联系给遗忘了,只等着看他将信阳踩在地上,却没有想到,范闲不仅要踩,还要踩得漂亮。

婉儿毕竟是长公主的亲生女儿。

所有人都忘了这点。

所有人都故意忘了这点。

如果有一天，长公主真的死在了他的手上，婉儿怎么办？

无处诉，无处诉。

范闲不能停下脚步。

在官场上如此，在华园里也是如此，他绕过寂清的池塘，行过冷落的长廊，下意识里沿着那条熟悉的石径，走到了华园深处那个安静的书房外。

他抬头看着那扇门，忍不住自嘲地笑了起来，怎么又走到了这里？

《世说新语》中，王子猷居山阴，因思念戴安道故，冒雪连夜乘舟拜访。晨光熹微时，王至戴家门前，却不敲门，转身便回。

这便是——吾乘兴而来，兴尽而去，何必见戴？

范闲没有这种名士风度，既然来了，便明白自己已经习惯在这种时刻，寻她商量，求个法子，所以他抬步上石阶，轻推月下门。

海棠在他来到门前时就醒了，已经从床上坐了起来，身上披着件碎花睡衣，坐在床头，似笑非笑地望着他。

书房里没有点灯，只有淡淡月光透了进来，但以他们两人的境界，自然将屋内一切，将彼此脸上的神情看得一清二楚。

夜有些凉，范闲搓了搓手，反身将门关上，趿拉着鞋子走到了海棠的床边，毫不客气地掀开锦被一角钻了进去，坐在了另一头，与海棠隔床相望。

被窝里很暖和，没有什么香气，有的只是干净温暖的感觉。

海棠无可奈何地说道："可想过，我以后还是准备要嫁人的。"

范闲的脚在棉布上蹭了两下，舒服地叹息了一声，有些意外与失望，居然没有碰到海棠的脚，看来对面的姑娘是盘腿坐着的。

"我是奸夫，你是淫妇。"他笑道，"当然，这是外面传的。"

海棠瞪了他一眼。

范闲说道："只是一个传闻，我死了也不甘心的。我虽生得比别人略好些，却并没有私情密意勾引你怎样，如何一口咬定了你我有私？我太不服。今日既已担了虚名,不是我说一句后悔的话,反正如此了,不若我们另有道理……"

这番话说得何其幽怨,海棠却只叹了口气:"这节虽没刊印出来,但思思前两天抄后也拿来给我看过,七十七回晴雯说的话你何苦拿来酸我一番?我不是宝二爷,你也不是俏丫鬟,叶流云也并未伤到你要死的地步,何必哀怨?"

卧房里安静了一会儿,范闲轻声说道:"我不是喜欢玩暧昧,只是……我确实挺喜欢和你待在一起说说话。"

海棠的眼眸在黑夜中泛着光芒。

"可现在咱们确实很暧昧。"范闲自嘲一笑,接着道,"本是想来吐一吐心中的苦水,却没想到,发现了另一件苦事。不错,每个人都是会嫁人的,为什么想到你以后要嫁给别人,我的心里就老大的不痛快?"

海棠的眼眸里笑意渐盈,盈成月儿,盈成水里的月儿,盈成竹篮子里渐渐漏下的水丝中的缕缕月儿,双手轻轻拉扯着被角,盖在自己的胸上,望着范闲那张脸,缓声道:"那……嫁给你怎么样?"

海棠的这句话让范闲感觉很好、很强大。年轻男女同盖一席大被,于月夜下轻声说着这一等动心事情,难免不会沦入很×、很暴力的俗套结尾……

但范闲并未吃惊,也没有吓得钻到床下,更没有化狼扑过去,只是很诚恳很认真很直接地道:"很好,我们商量一下婚期吧。"

海棠姑娘大有作茧自缚的感觉,深知自己再一次低估了范闲的无耻。她也有些不明白,自己刚才怎么就冒了那么一句出来?她与范闲早已培养出了一种超乎友情、近似家人的亲近与默契感。范闲看到她的神情便知道她在想什么,微涩地一笑道:"你家那太后……"

"你家那皇帝……"海棠轻声接了下去。

"你家那光头……"范闲正色继续。

海棠微微偏头:"你的身份。"

"还有你的身份。"范闲叹道。

男女相交在乎心,没有甜言蜜语小情话,但以月光为证却将对方的心思琢磨得通通透透,世上庸人无数,于红尘中难以觅得一知己,谁肯轻易错过,放过?

但这无头无尾的几句话明确摆出了横亘在二人之间的障碍与问题。

庆国皇帝肯定不希望已是权臣的范闲又得如此强援,北齐皇太后也不可能让海棠与南庆臣子在一起。而且以他们在各自国度里的地位,如果想要打破目前的局面,正大光明地站在一起,必会面临着难以想象的压力。

南庆这边相对好处理一些,在庆国人看来,范闲娶了北齐圣女海棠是给庆国争脸的大喜事,有便宜谁不愿占?北齐方面的阻力一定相当大,交换留学生,双方有得商量,嫁姑娘这种事情,明显是自己吃亏,怎么肯干?

范闲叹道:"其实你若嫁给我,咱们一大家子去个僻静地方度此余生,倒也使得,管两国朝野会怒成什么模样。"

海棠似笑非笑地望着他问:"你甘心?"

范闲不甘示弱地回望着她:"莫非你就甘心?"

二人知道彼此心中都有牵绊,对这世间都存有一分善意,虽然范闲的善意源于自私的内心,海棠的善意源自善良的本性,但都不可能轻身而走。

都是入世之人,如何出尘?

海棠微笑着说道:"关键是,你已经娶妻了。"

范闲知道这话不好应,虽然自己小时候在悬崖上与五竹叔说过自己要娶很多很多的老婆,但哪有这么容易的事!

海棠在北齐的地位无比崇高,让她入门做妾?范闲打了个寒战,相信北齐人肯定会发疯,为此两国再次开战也说不定。

"冷吗?"海棠将被子向上拉了拉,盖住肩头。

范闲叹息道:"是心寒。"

大被同眠却遮不住二人身,海棠拉过去了少许,范闲的上半身便露在外面。夜有些凉了,他打了个寒战,赶紧拉了回来。海棠恼火地瞪了他一眼,又抢了回来。范闲嘿嘿一笑,也不说话,复又夺回。两个人在床上做着抢被子的幼稚游戏,幸亏都没有用真气,不然被子只怕要化作碎片。

好在被子不是玉玺。

按照应有的历史进程,他们若干年后应该站在各自的立场上争夺天下,如今既然开始争被子,那天下就别争了。

上天保佑世间的黎民。

疯闹一阵,海棠盘着的腿放了下来,却被范闲这个登徒子抓住了机会。他忽然放手,大被呼的一声卷帘而起,将她的上半身埋住,穿着薄薄亵裤的腿,露在了被子外,那双赤着的脚洁白诱人。

范闲伸手抱住那双脚,一本正经地说道:"别凉着了。"

他忽然想到了前世读高中的时候,天降大雪,自己将女班长的双脚就这样抱在了怀里……噢,只有幸福的时候才会回忆起那些遥远得快要模糊的事情吧。

"放手!"海棠语气里已经多了几分怒意。

范闲嘿嘿一笑,松了手。

海棠将被子翻了下来,气恼地望着他,脸蛋儿微红,发丝凌乱,并没有什么威力地瞪了他一眼,转身朝着床里面躺着。

范闲悄无声息,化作一只黑猫爬了过去,与她并排躺着,躺得很规矩,用细如蚊子般的声音说道:"冷,给点儿盖盖。"

海棠用蜜蜂般的声音嗡嗡说道:"自己没手?"

说是这般说,姑娘往里面挪了挪,给范闲腾出了点地方,也将被子留了一半给他。范闲躺了下来,深深地吸了口气,觉得好生温暖。

二人同床而卧,沉默便是尴尬,尴尬便是暧昧。海棠稍平静了一些,将脸小心翼翼地露了出来，说道："你是真不准备让我嫁人了？"

"嗯。"范闲微笑着说道，"要嫁也不能嫁给别人，只能是我。"

海棠无言以对，赶紧转了话题："我不明白叶流云为何会在苏州现身。"

她将这一路上远远缀着叶流云，以及途中发生的事情讲了一遍，有些不确定地道："有一种可能性，不知道你想过没有？"

"什么？"范闲问道。

海棠说道："庆帝知道叶家与君山会的关系……"

范闲想了会儿，摇头说道："还是说不通。"

聊罢叶流云，又来聊什么呢？他沉默了会儿，道："说说神庙吧。"

海棠有些意外，说道："杭州西湖边你说过只论世事。"

"神庙是我的事。"范闲轻声说道，"今后自然也是你的事。"

这话里的亲切信任让海棠感觉很温暖。

"勿字？"海棠微微抬起身，手指头在空中比画着，一上一下一上一下，画了几个半圆弧，眉头蹙得很紧，"那神庙上面的这个符号是什么意思？"

范闲将肖恩在山洞里的叙述复述了一番，只是将苦荷吃人肉的事情隐了去。

海棠一直安静地听着，最后对那几个符号不解，才开口发问。

"我怎么知道？"范闲无奈地说道，"看来终有一日要去神庙看看。"

海棠秋水般的眸子里现出坚毅之色："我要去。"

"我知道这对你的诱惑有多大，你必须答应我，可不能自己一个人偷偷跑去。"范闲指着自己的脑袋笑道，"肖恩当年的路线图都藏在这里。"

"从庙里跑出来的小姑娘是谁？"海棠已经隐隐猜到了答案。

"我妈。"范闲一脸骄傲。

于是话题开始往当年的叶家转，偶尔讲到瞎子叔的风采，越听那些细节，海棠眼里的向往神色越浓，她感慨道："那是怎样的年代？四大宗师都出现在那个时代，还有你的母亲与瞎大师二位。"

范闲打趣道："过些天就得说是婆婆了。"

海棠不理他，问道："叶小姐自神庙里来，应该是天脉者吧？"

范闲自然不会讲述穿越的故事，反问道："天下都说你是天脉者，你说呢？"

"老师说，能够上承天意，神庙授定之人，便是天脉者，我当然不是……"海棠忽然笑道，"你的经脉与世人全然不同，倒有可能。"

"不要想着借种这种事情！"范闲不知道是不是想到自己言情的出生，还是上京城那件事，压低声音吼道，"也不要再想着往酒里下春药！"

海棠一味地笑着不说话。

"司理理没怀孕。"范闲越想越气，邪火渐盛。被子里两个人的身体本就热得像火，此时又被挑起了邪火，怎能不生欲火。他把牙一咬，把脸一觍，也不顾对方一反手就会把自己轻轻松松地杀了，一把将海棠扯进怀里抱着，在她耳边说道，"如果你真感兴趣，不需要用春药，我也是愿意献身于你的。"

海棠也不回头，冷声道："除了动手动脚，你就没点别的本事了？"

范闲大怒道："就先前动了脚，何时曾经动过手？"

海棠轻声道："从内库出来的官道上……"

范闲想了起来，当日春林旁，自己老神在在地牵着姑娘的手死也不肯放。

男女之事，在乎一攻一守，反守为攻，而他对海棠，却是自去年春时便于腹中打诗稿，之后又用一字记之曰心的春药绝招，外加后来诸多遭逢，早已从斗智斗力转向斗心，以至最后的斗情。两人间的关系变化了，情感变化了，手段也变化了。今时今日何须再斗什么？与人斗真的其乐无穷吗？范闲并不喜欢，所以他的手穿过朵朵的腋下，伸向前去，握住她的双手。

海棠咬着嘴唇，心想小混球确实可恶，但自己为什么这半年里道心渐乱，心境保持不住，再次轻声说出了那句话："你是真不想我嫁人了。"

范闲含糊不清地说道："一定要嫁给我，带着你的妹妹……只是可惜你没有。"

"你真的很无耻。"海棠微恼道。

范闲轻声说道:"没办法……不坏了你的名声,不大被同眠一夜,明儿你家那个老婆娘就要让你嫁人了,我也是不得已。"

第二日清晨,范闲推门而出,只见晨光熹微,清风透着清凉,好不舒服,他忍不住伸了一个懒腰。

园子里响起一声丫鬟的尖叫,然后变得安静无比。

所有人都知道钦差大人与海棠姑娘有私,但二人在众人面前一向持之以礼,谁知今日……小范大人竟然如此光明正大地从姑娘房里走了出来!

范闲望着那丫头,笑道:"早。"

然后他走到前园,一路见着丫鬟下人下属,都和声打着招呼:"早。"

众人有些不明白大人什么时候变得如此温文尔雅了?心情怎么如此之好?接着那个令人震惊的消息,透过下人们的嘴传遍了华园,紧接着传到了更多人耳里。

思思虽知道这是迟早的事情,但还是觉得有点突然,忽然感觉手里的那封信变得沉重起来,昨夜她睡得沉,竟是忘了将这信交给少爷。

范闲坐在前厅准备议事,包括邓子越在内的几位启年小组成员,以及高达那七名虎卫都已经知道了华园今天的最大新闻。他们看着范闲,面露尊敬之色,要知道海棠是北齐圣女,更是九品上强者,大人能够收服对方,不仅需要胆量,更需要极高的功夫。

邓子越却是面有忧色……将来的范家究竟谁是女主人?他当然是站在少奶奶那边的,只是如果将来范家闹矛盾,少奶奶怎么打得过海棠姑娘?

这时候思思终于赶到了前厅将手中的信递了过去。

范闲一看信封上的字迹便愣住了。

婉儿还没有到,夏栖飞先回了苏州。

范闲没有在华园见他,深夜里到了南城的那座府邸——当初陪老三来过一次的地方。面有风尘之色的夏栖飞看着在虎卫拱卫下踏阶而来的范闲,吓了一大跳,他被通知在府中等着,怎么也没有料到提司大人亲自过来了。

没有过多的寒暄,范闲也不耐烦表示上级的温暖,直接进入了话题。听完夏栖飞的汇报,他那颗一直悬着的心终于放了下来。

夏栖飞果然不愧是明家后人,那些商人必备的本事都没有落下,在江南的生意做得不错,与北齐的连线也非常顺利。现在卫华管锦衣卫,走货当然不会有任何安全问题,范闲只好奇是谁冒险深入南庆国境,来接这第一批货。

"是指挥使本人。"夏栖飞想着当时碰头的画面,还是有些吃惊。

范闲也是一惊,对卫华的评价不禁高了几分,又不免对沧州边境的防御能力感到不悦,忽然问道:"我们在北边的人呢?"

夏栖飞小心翼翼地看了他一眼,从怀中取出一封信:"这是一位王大人托下官带回的信,另有一样礼物跟着往南边来了。"

范闲接过信一看果然是王启年那独特的笔迹,示意夏栖飞把手里的长形匣子放到一边,问道:"王启年这小子比我还怕死,当然不会傻兮兮地南下。只是我们总要有人跟着,看北边是哪家商行接的手。"

北边崔家的线路已经全部被范闲私下吞了,南庆朝廷却一直以为是北齐小皇帝掌控着……范思辙在做的事只有范府、言家以及几个心腹知晓。庆帝知道范家老二在北边,却想不到范闲敢让年幼的弟弟主持这么大的事情。

范闲不打算把这件事情告知夏栖飞,只是想侧面打听一下弟弟过得怎么样。

很遗憾,夏栖飞当时的注意力全部放在了那位锦衣卫指挥使身上,没有太留意那家商行,不过也隐约听到了些风声,听说如今在北边负责处理内库私货的那位大商人神秘得很,很多人连那位大老板是男是女都不知晓。

范闲有些欣慰,思辙这家伙看来终于学会低调了。只是海棠如今在江南,就他与王启年在北边混着。北齐小皇帝看在自己的面子上不会为难他,可一个少年郎要周旋在那般复杂危险的境地中,还真是苦了他。

"一切依照既定方针办。"他对夏栖飞接着吩咐道,"苏文茂在内库,我会把邓子越留在苏州,内库那边调货的问题,副使马楷会处理,账目如果你一时理不顺,就多听听那些老官的意见。"

那些老官都是从户部里出来的好手,是户部尚书范建给自己儿子送的一份大礼。夏栖飞犹豫着说道:"行北的路线算是打通了……只是总瞒不了太久。"

范闲冷笑道:"信阳年年走私谁不知道?不抓着把柄,谁能拿你我如何?"

夏栖飞想着另一件事情,脸上流露出异样的情绪。

范闲静静地望着他说道:"是不是对明家的事情不甘心?"

夏栖飞沉默片刻后说道:"确实不甘心。"

范闲似笑非笑地说道:"老太君已经死了。"

明园大乱的时候,夏栖飞正在往北方送货,并未参与,但在途中就接到了消息,也见过江南百姓戴孝的场景,他苦笑着道:"虽是死了,却还是死得风光。"

范闲笑道:"你可知道明老太君是怎么死的?"

夏栖飞愕然,心想难道不是您帮着我逼死的?忽然间他心思一动,想到江南民心稍乱又平,明园在葬礼之后的异常安静,不由生出一种可怕的猜想。

"明青达?"他不敢置信地问道。

范闲说道:"这事我也不瞒你,陛下要收明家是小事,但要平稳地收明家却是极难的事，如今这局面是本官好不容易谋划出来的，你不要破坏。"

夏栖飞马上想通了所有事情，原来大人与明青达暗中有协议，不禁百感交集，又隐生恐惧，那自己还有什么用……会不会成为弃卒？

范闲接下来的话却又是让他一惊："你不甘心，本官也不甘心。明家六房，如今你我只能掌着其中两房。明青达成为了明家真正的主人，我却不能再明着动手……那老狐狸阴了我一道，你以为我不会让他还回来？"

夏栖飞眼中生出热切的盼望："什么时候动手？"

"不要一提到复仇的事情，就让狂热冲昏了自己的头脑。"范闲似乎是在教训他，又像是在陈述某件很伟大、很遥远，属于自己的事业，"江南的万民血书早已经送到了京都，陛下训斥我的旨意应该过两天就要到了。这个时候我自然不便再对明青达动手。"

"明青达这般做对他有什么好处？难道他真相信大人会给他一条生路？"

"只不过是拖延时间罢了。"范闲叹道，"用他老母的一条命换取一年的时间。我当日就曾经说过，你这位大哥做事比我还要绝啊。"

"一年的时间？"夏栖飞惊道，"能起什么作用？"

范闲自然不会告诉他，京都之中看似平稳却异常凶险的局面。

"你大哥卑躬屈膝忍耐着，在两边摇晃着，还不是为了看清楚一年后的朝局。至于你我，也就看一年罢了，不要着急。"

范闲说服着夏栖飞，同时也说服着自己："你大哥是个聪明人，两边都不想得罪，所以最后也会死在聪明上。因为归根结底，他没有力量。"

他忽然想到叶流云在剑斩半楼之前对自己说的那三句话，心头一寒，莫非那位大宗师看得比自己更远，已经看到了某些自己没有注意到的危险？

钦差在抱月楼遇刺之后，江南路总督薛清震怒，马上做出了极有力的反应，明园的私兵全部被缴了械，而因为明老太君之死，江南百姓对范闲的敌意，也因为范闲的受伤，消除了少许——人心，本来就是这么奇怪的事情。

夏栖飞沉默了会儿，问道："如果他完全倒向大人您？"

"我也不会接受，因为我是一个很记仇的人。你或许可以不在乎江南居前被杀死的那些水寨兄弟，可我记着，我派去保护你的六处剑手死了好几个。"范闲道，"我说过，明青达是个聪明人，他以为在庞大的利益面前，这些死亡我应该可以一笑纳之……但是他错了。明家请人杀了我的人，我就要杀他们的人，虽然这是他妈做的，不过母债子偿，是不是很公平？"

夏栖飞恭敬行礼道："大人说得是，极为公平。"

范闲拍拍他的肩头说："那些无趣的事情先不要说了。这半年你学着把行北的线路打理好，同时和岭南熊家、泉州孙家这些人把关系处好，杨继美也可以交往交往……将来你要管理明家，这些事情一定要处理好。"

夏栖飞听出了大人话里的意思，再次行礼道："多谢大人成全。"

"还早。"范闲平静地说道，"不过我已经盼咐了明青达，年祭你一定要出现。"

夏栖飞的心头涌起复杂而强烈的喜悦，眼睛顿时湿了，心想这……便是要认祖归宗？自己在江湖上流离这么多年，终于可以回到明园了！

范闲对他的反应很不以为然，认祖归宗就真的有这么重要？他知晓世人对血统非常看重，但仍然不是很理解，甚至有些轻蔑。

生我者是父母，养我者也是父母，那到底谁才是父母？你若视我如子，我便视你如父母，你若视我如仇，我便视你如仇，就这么简单。

第二个回到苏州的人让范闲有些吃惊。那时候他正在书房里犯愁，要去杭州接婉儿是不是要把堂前那箱银子带着，而那箱银子也太重了。

正在苦思之际，一道影子出现在他的桌前，吓了他一跳。

"下次进门，麻烦敲敲。"范闲没好气地说道。

影子微微偏头，觉得很有趣，院长大人都待自己如子侄，范闲却有些不一样。只听他说道："云之澜回东夷城了。"

范闲知道这说明监察院六处与东夷城刺客间的游击战，在持续了四个月之后，终于画上了一个句号。

当他在内库三大坊、在投标会、在苏州城、在明园里与敌人斗智斗力的时候，另一条隐秘的战线上也进行着无声无息的战争，而且更加血腥、更加恐怖。

他沉默了片刻，问道："院里牺牲了多少兄弟？"

"十七个。"影子的声音依然没有什么明显的情绪波动。

"东夷城那边死了多少人？"

"十七个。"

"一个换一个，似乎咱们没吃亏。"虽然说着没吃亏的话，范闲的眼里依然闪着邪火，轻轻用手指敲打着案面，缓声说道，"这笔账过些时间再讨回来。"

影子说道："你讨还是我讨？"

范闲看了他一眼，嘲笑道："你打得过你那白痴哥哥？"

影子并未动怒："你也打不过。"

范闲想起叶流云的一剑之威，沉默片刻后说道："打不过不代表杀不了。"

影子不知道他的信心究竟从何而来，居然敢说可以杀死一位大宗师。

书房里沉默了下来。

范闲继续自己的公务，看也没有看身前的影子一眼。

终究还是影子打破了沉默："听说……叶流云来过？"

"你怎么知道是叶流云？"

"因为四顾剑还在东夷城。"

范闲心想这么简单的逻辑，连影子这种只会杀人的家伙都能判断清楚，叶流云到底是怎么想的？但他不愿意生出太大动荡，还是习惯性往东夷城栽赃。

"四顾剑难道不会偷偷溜出来？"

"他已经有六年没有出过剑庐。"

范闲震惊了，他当然相信影子的消息来源，难怪庆国往四顾剑身上栽了无数次赃，东夷城却一直没有反应，他忽然想到了一个美妙的可能。

"你说有没有可能，你那个白痴哥哥已经嗝儿屁了？"

"没有。"

"不过只要不出门就好，他就没办法来杀我。"

"听说叶流云来过。"

影子第二次提起这个话头，范闲明显不想讨论这个，却没有想到对方如此执着，忍不住怒道："我还听说爱情回来过！……这很重要吗？"

"很重要。"影子苍白的脸上写满了"认真"二字，"我的偶像是五大人，我最想打倒的人是四顾剑，能与叶流云一战也足以快慰平生，所以我嫉妒你。"

范闲诚恳地道："不用嫉妒，下次有这种好事我一定会留给你，而且我可以向你保证，如果你和他动手，死的肯定是你，而且会死得很透。"

影子转身离开，消失在黑暗之中。

这时范闲想到一件事情，对着夜色说道："我后天要去杭州，你跟着我。"

那夜之后，范闲与海棠又恢复到了往日的相处之中，只是偶一动念间，目光相触间，会多了些许不明不白、不清不楚的内容。

范闲也清楚，像海棠这样特立独行的女子，自己就算用那下作法子把风声传出去，也无法将她绑在身边一辈子。若若都在他的鼓励下走出了家门，更何况朵朵。不过范闲正如他一直承认的那般自私，这世上敢娶、能娶海棠朵朵的年轻男子本来就少，被自己闹出这么大的绯闻，谁还敢娶？

终身不嫁也成，只要别嫁给别人。

他扯开王启年寄回来的那封信匆匆扫了一遍，忍不住笑了起来，老王看来在北齐过得十分不舒心啊，这么快就在问归期了。

范闲理解他，身处异国确实孤独，而且一旦出事，不论监察院还是朝廷都极可能将他抛弃掉，这种弃儿的感觉实在是不好受。他想着想着，忽然叹息起来，今夜先见夏栖飞，后见影子，那才是真正的弃儿，带着血海深仇，流离于天涯，有家不得归。

自己的身世，何尝不是一样。

这真是一场弃儿的聚会，只希望会有一个美好的结尾。

其实偶尔扪心自问，以两世学识经验判断，范闲只好得出一个让他并不怎么愉悦的结论——皇帝老子对他算是不错了。

他清楚皇帝给予自己这么大的权力，很大程度在于需要自己来平衡朝中的局面，而且自己确实表现出了这方面的能力。可是帝王家本无情，皇帝至少没有像汉武那样，自己还活着，而且活得越来越好。

当然，范闲很清醒冷静，不会因为所谓父子之情而陶醉。

他取出那个长方形的匣子，撕开了外面的火漆封条。这是王启年慎重地托夏栖飞带回来的礼物，信中说是孝敬自己的，却没有明说是什么。

盒子缓缓打开，露出里面事物的真面容。

那是一把看着不出奇，却透着古意的剑。

他眯了眯眼睛，取出长剑，右手稳稳地握在剑柄上缓缓一拉。

悄无声息，剑锋脱鞘而出。

——便如苍山上的那层雪，便如北湖里的那抹碧，便如江南的一缕风，清清亮亮的剑光，在书房之中荡漾着，无比温柔，却隐着一丝刺骨的寒意。

范闲微微动容，看出了这把剑的名贵与锋利，尤其让他心动的是这种温柔之中的杀意与他的性情还真是有些相似。

他轻翻手腕挥了两下，剑锋无声地破风而出，蜡烛纹丝不动。

范闲以往习惯用暗弩与靴间的细长匕首，杀起人来准确率极高，但终究没有一个趁手的武器，尤其是和真正的高手正面相搏时。

这些日子他潜心修炼四顾剑诀，已有小成，越发想要一把好剑。

杀袁梦时，还是向海棠借的软剑。

软饭不好吃，软剑也不好意思老借。

他心想老王这个马屁真是拍得合适，接着又发现匣子里还另有一封信。信中王启年先是痛悔去年不该偷窥大人的信，最后才讲到这把剑的来历。

这剑竟是大魏皇帝的佩剑！

当年大魏灭国，战家趁势而起，皇宫里的宝贝却早已被那些太监偷出去变卖了，这把佩剑也再没有人见过。过了二十多年终于现出踪迹，王启年得知后花重金购得，又仔细做了一些遮掩，才小心翼翼地送到了江南。

"原来是把天子剑……"范闲有些不以为然，如果这剑真的附着皇气，当年北魏那皇帝也就不会死了。旋即他的眉头皱了起来，王启年如今当然知道自己是皇帝的私生子，这是纯粹的拍马屁，还是在用这把剑暗示着什么？

只是王启年胆小怕事，又有老婆有闺女，怎么可能敢？应该是自己想多了。此时他的心里有些不舒服，看来自己与皇帝一样，骨子里都是多疑的人啊……

吹熄蜡烛，离书房安睡去，他咕哝了一声："佐罗。"

房门闭，月光静，蜡烛断为四截，一截凝于桌面，三截滚动难安。

第四章 一样的星空

三日后，由京都来的天使终于到了苏州城，天使不是那些长翅膀的阉人，而是负责帮皇帝传话的阉人，不会飞只能骑马，自然要慢很多。

华园整肃一新，洒扫庭院，布置香案，以范闲为首，三皇子为副，监察院、虎卫，密密麻麻数十号人，老老实实地站在堂前等着圣旨到来。

海棠身为北齐圣女，早已避了出去。

等了许久也没有见着人来，范闲有些恼了，喊人搬了张太师椅，让思思在旁边剥瓜子儿，与三皇子有一搭没一搭地闲聊着。

邓子越面现尴尬之色，凑到他耳边说道："大人，注意一下为好。"

范闲知道他想说什么，谁知道高达那七名虎卫里面有没有皇帝派来监视自己的人。只是从北齐到江南，这七名虎卫一直跟着他，双方相处得还算愉快，至少没有做让他不舒服的事情，所以这些日子，他刻意将自己真实的一面展露出来给他们看。估计此生这七个人都会是自己的贴身保镖，那便……用不断的小错，来让他们习惯自己将来的大错吧。

没有等太久，门外一声礼炮响，几名大内侍卫领头，拥着一个太监走入园中。

范闲早已站起，牵着三皇子的手迎了上去，行了大礼，静静聆听旨意。

来宣旨的太监是姚太监，范闲的老熟人。两人对了个眼色，姚太监知道这位小爷等急了，赶紧略过一切可以略过的程序，拉开明黄色的双绫布旨，用尖尖的声音宣读了起来。

圣旨的内容并没有出乎范闲的意料，里面有些句子甚至是他与皇帝秘密通信中商量好的措辞。

陛下对江南的纷乱，自然要表示一下震惊与愤怒，用看似严厉的词语好生训斥了范闲一番，又罚了一年俸禄，但旨意里一个字都没有提到明家。

这是应有之理，区区江南豪族怎么可能牵动天心？

今次的事情闹得不小，万民血书也送到了京中，有几个腐儒甚至要打御前官司，陛下下旨训斥范闲就算是给了天下人一个交代。

还想怎的？

范闲起身谢恩，双手接过圣旨，交给身边的官员收好，忍不住咕哝道："又罚俸禄？我与我那老父亲大几年没个进项，谁来养家？"

他与三皇子当先往里面走着，姚太监佝偻着身子，露着讨好的笑容，小碎步跟在后边，说道："您这话可是有趣。"

范闲笑骂道："老姚你得把银子还我，不然我可只能喝稀饭了。"

姚太监苦笑道："您就饶了奴才吧，谁不知道您是天底下最能挣银子的人物……这来江南不到半年，便给朝廷挣了上千万两银子，哪里缺这个？"

说话的当儿，他用余光悄无声息又极快速地往三皇子处瞄了一眼，范闲先前那玩笑话说大可大，说小可小，只是这玩笑话却是当着三皇子的面说的。姚太监知道这位小皇子年纪虽小，心眼却多，不免有些害怕……不料三皇子竟是面色平静，像是没有听见一般。姚太监的心肝不由抖了一下，知道宫里人猜的事情可能不差，三殿下与小范大人确实是那么个事儿。

范闲停下脚步，斜了他一眼："给朝廷挣的银子，我可没那个胆子动，你莫不是在劝我贪污？"

姚太监再次苦笑道："小范大人莫拿奴才说笑。"

范闲笑了笑，挥手示意他坐下。

姚太监赶紧坐下。

"还以为你能早点来，害我等了半晌。"范闲一面嗑着瓜子，一面说道。

三皇子在一边学着范闲的模样嗑瓜子。

姚太监觉得自己有些眼花，这"哥俩"长得确实也太像了些，略有些出神，赶紧赔着笑解释："确实是昨儿到的驿站，只是依规矩今儿才能进城……圣旨是两份，先走了遭总督府，故而来晚了，千万莫怪小的腿脚不利落。"

传旨太监有若皇帝的传声筒，在天下七路诸州都可以嚣张无比，便是先前在总督府，薛清对姚太监也是礼数十足，唯独在这华园他不敢摆出任何排场。

"我当然知道你得先去总督府。"范闲没好气地道，"难道我连这点规矩也不懂？说起来……陛下给总督大人怎么说的？"

姚太监为难地说道："其实……和给大人的旨意也差不多。"

"噢？薛清也被罚了一年俸禄？"范闲有些幸灾乐祸。

姚太监嘿嘿奸笑着，比了三根手指头。

"罚了三年？"范闲笑着扔掉瓜子壳，"我便说陛下圣明仁爱，断不会让我这个可怜人把所有的锅都背起来。"

姚太监心想您这话说的……叫自己怎么接？好在范闲马上换了话题。

"这长途跋涉的，怎么找了你个老家伙来？宫里就没年轻得力的公公了？"

"老戴当初正训着几个，只是您也知道，出了那档子事。他最近被调了回来，这事却耽搁了，这次圣旨下江南要紧，奴才只好跑一趟。"

"老戴还好？"

"托大人洪福，几个老哥过得还算不错。"

庆国严防太监干涉国事，太监难以弄权，处世艰难，反而难分派系，相对团结地抱在了一起。范闲入京后，便很注意与这些看似不起眼的太监们搞好关系,当年整肃一处时放了老戴侄子一马,便等若是放了老戴一马,平日里也多有照顾,又从来不会提过分的要求。最关键的是,他每次与这些太监们交往时,不刻意巴结,也不刻意羞辱,更没有当面温和着,背后却阴损着,这等做派,早已得了太监们的真心爱戴。

"过得好就行。"范闲装作无意地提道,"老戴没训出几个小的来……不过,去年御书房里那个叫洪竹的小家伙好像还挺机灵。"

"洪竹如今已经到东宫去了,副首领太监,陛下赏的恩典。"姚太监小心翼翼地应着话。宫里人都知道,洪竹被赶出御书房是范闲在皇帝面前说了句话,传言是洪竹被钱迷了心,居然敢伸手向小范大人索贿。

范闲面色微沉,道:"如此也好,这等太过机灵的角色总是不适合伺候陛下……不识得进退,不知道分寸。"

姚太监心想传言果然是真的,小洪竹平日看着不蠢,怎么却敢撩拨小范大人?看来那小子在宫里是爬不起来了。

送走姚太监之后,范闲领着三皇子来到书房,轻声问道:"明白为什么吗?"

三皇子终究还是年幼,没有想明白其中缘由,无奈地摇了摇头。

范闲眼帘微垂道:"江南之事基本已定,最多宫里会留你在我身边一年,也就是近年关之时,我们肯定要回京,而再出来时便只有我,而没有你。"

"为什么?"三皇子吃惊地问道。

"在某些人的眼中,我或许有些诡而不善的气息。你是正牌皇子,天家血脉,和我在一起久了,只怕会浸染上一些不好的习气。"

"可是……跟着先生下江南学习,这是父皇亲口应承的事情。"

"如果太后娘娘想你这个最小的孙子了,陛下也只有把你召回去。"

三皇子沉默了下来,他心里清楚皇祖母和一般的祖母不一样,对于自己这个最小的孙子并不怎么喜欢,反而是对太子和二哥格外看重些。

"也就是说,"范闲说道,"从明年开始,你就是一个人在京都,而我不可能一直守在你的身边。"

三皇子抬起头来:"先生,放心吧,我会好好地活着,等您回来。"

"又说些孩子话。在陛下的身边,谁敢对你如何?"范闲笑道,"只是从现在开始,你就必须站出来了……至少要让朝中的大臣们、军方的将士们知道你、习惯你。"

"习惯什么?"

"习惯你也是一位皇子,而不是一个小孩儿,习惯你也是有可能的。"你也是有可能的。

三皇子跟范闲朝夕相处了半年,对于这位"兄长"早已是佩服到了骨子里,他不解地问道:"难道不应该是先隐忍?您曾经说过,木秀于林,风必摧之。"

"你还不是一棵参天大树。"范闲笑着摸了摸三皇子的头顶,这个动作实属不敬,"既然陛下让你跟着我下江南,你就已经藏不住了,既然藏不住……那我就干脆站出来,站在你的身后,看看又有哪股风敢吹你。"

三皇子隐约明白了,隐生感动。

范闲接着说道:"我要通过姚太监的嘴,告诉天下——你是我选择的人。"

三皇子壮着胆子说道:"即便太子哥哥……终究还是父皇选择。"

范闲微笑道:"陛下还没有选,其实很多人早就开始选了,长公主选了你二哥,太后选了太子,多我一个算什么?"

"就算挑明了又如何?莫非庆帝就会相信你的表态?"

海棠看着范闲笑吟吟地问道。今天她穿着一件淡青色的单衣,衣裳上毫无新意地缝着两个大口袋,双手毫无新意地插在口袋里。

范闲现在手里的权力太大,所以要向整个天下与皇帝陛下表明态度,自己对那把椅子一点兴趣也没有。问题正如海棠所说,皇帝凭什么相信他？皇帝百年后，范闲如果拥老三上位，以他的权力以及背景，随时可以把老三架空。

"陛下身体康健，春秋正盛。"范闲轻声道，"以后的事情太长久了，我总不能老这么孤臣孤下去，而且老三是他放在我身边的，我就顺着他的意思走走，至于会造成什么后果……我一直在想一个问题。"

海棠打了个呵欠，捂着嘴巴问道："什么问题？"

范闲沉默了一会儿，说道："我不知道岳母的底牌，总是不想再等了。"

海棠心头微动，侧脸望着他说道："真打算摊牌啊……"

"陛下让老三跟着我下江南，就一定会想到日后的局势会发展成这样。他的态度如此暧昧，太子怎么好过？二皇子也不可能就此算了……难道咱们的皇帝陛下也是想逼自己的儿子造反不成？"

"即便帝王家无情，可终究是做父亲的，何至于如此？"

"这也是我所不解的。"

"恭喜。"

"何喜之有？"

"既然你与贵国皇帝的想法如此相似，那年后的那场局……自然是你胜了。"

"看来，你对我家那皇帝的信心，甚至比我对他的信心还要充足一些。"

海棠看着他的眼睛说道："当年他还是太子的时候，就领军三次北伐，将堂堂大魏打得四分五裂，打得天下诸国噤若寒蝉……贵国君主乃一代雄君。这两年雄狮不是在打盹，只是在眯着眼睛消化着腹中的食物，可如果有人敢稍微试着触碰他的领地，他的眼睛便会睁开，会毫不留情地将敌人撕成无数碎片。"

"其实……我明白陛下是什么样的人。"范闲沉默了会儿，继续说道，"所以这件事情我想我来做，不想他来做。"

海棠静静地看着他，眼神里满是欣赏。

关于那把椅子的战争一旦爆发，必将祸延家族。范闲再冷酷无情，也不想让京都的城墙上挂了几千个人头，让城墙被血打湿。不论他与长公主、太子、二皇子有再多的仇怨，长公主毕竟是婉儿的亲生母亲，叶灵儿也成了二皇妃……与自己很相似的二皇子笑得那般羞，变成人头之后还能那般笑吗？叶灵儿死后还能开心地笑吗？

对皇帝来说这些都不是问题，但对范闲来说这些始终是问题，所以他强烈地奢望能够获得解决这个问题的主动权，可是……

海棠轻声说道："你应该明白，单凭你不能解决这个问题，你的那些敌人也不会这样想，庆国皇帝有自己的安排，不需要让你代劳。归根结底，如今的你只是他手中最利的那把剑，他才是握剑的那只手。"

她的目光有意无意地落在范闲腰畔的那把古剑之上。

"王启年送来的。"范闲说道，"听说是当年大魏末代皇帝的佩剑。"

海棠并无异色，似乎早就知道了这把剑的来历，说道："当心引起太多议论。"

范闲笑了笑："多谢提醒，我本以为没几个人能认出来。"

海棠低着头不知道在想什么，半晌后才幽幽地说道："大魏灭国距今也不过三十年，虽然肖恩与庄墨韩这两位大魏最后的精神象征已然逝去，可是毕竟年头不久，如今这天下记得当时的人不在少数。"

范闲不知道姑娘家为何情态有异，心中也随之涌起一阵荒谬的感觉。如今天下可称太平，谁能想到，不过二十余年前，这天下还是一个偌大的战场，其时大战不断，死人无数，青山流血，黄浪堆尸。

两个人沉默了下来，望着面前的瘦湖发着呆。

这瘦湖不是京都抱月楼的那瘦湖，是苏州抱月楼后面的那道湖。上月范思辙来信后，史阐立征用了不少民工，生生将瘦湖的面积再扩了一倍。如果从抱月楼往后方望去，美景更胜当时，只是这楼却被那剑斩了一半，正忙着修葺，范闲与海棠只能冷清地站在湖边，看着湖上的雾气生又了散，散了又聚。

"你真的不随我去？"范闲对着湖面，深深吐出一口浊气。

"苏州总是要留个人的。"海棠微笑着说道,"再说你无耻地让八处到处宣扬你我之私,真去了杭州叫我如何自处?你再无耻也总要体谅一下我。"

很直接的幽怨,虽是含笑说着,却让范闲根本无法抵挡。

"那我走了。"

"不送。"

清晨的苏州城,湖上风雾迎着日光迅疾无比地散开。

钦差大人离城,华园顿时安静了许多。一直处于监察院与范闲威压下的苏州城仿似一日之间就活过来了,确认钦差车队出了城门,苏州市民们奔走相告,热泪盈眶,甚至有人开始燃放起了鞭炮。

当天夜里,苏州府的官员们也开始弹冠相庆,庆贺彼此再没有被监察院请去喝茶的苦处,已经倒台的官员却还是没人再多看一眼。

苏州、杭州隔得虽近,范闲也不可能听到苏州市民送瘟神的鞭炮声,监察院的密探有报告过来,他也只是一笑置之。

一行人在杭州西湖边的彭氏庄园住了下来,恢复到初至江南的时光之中,范闲顾不得休息,直接问道:"夫人到了哪里?"

有下属禀道:"似乎有些什么阻碍,还在沙州。"

范闲神情微变,出园而去,暮时便进了沙州城,浑身便似散了架一般。那些下属与虎卫更是面色惨白,险些累倒在这一日的急行之中。

十几匹骏马碾破了沙州入夜后的清静,直接来到了一处庄院之前。这处庄院是当初江南水寨在沙州的分舵,如今自然被监察院征用。

范闲翻身下马,也不理会下属的请安,直接往院里闯了进去。将要入内宅石阶之前,看到了藤大家媳妇儿,他挑眉问道:"怎么了?"

"少爷?"藤大家的眼中闪过一丝喜色,"您怎么来了?少奶奶没事,只是在屋里休息。"

范闲却不信她,急匆匆地推门而入,像阵风似的掠到床边,反手掌风一送,将木门紧紧关上,望着床上卧着的那位姑娘,看着那张熟悉的清丽容颜上的疲惫,忍不住心疼地说道:"身子不好,就慢些走。"

林婉儿笑盈盈地望着他,说道:"走慢些……你就多些时间快活?"

范闲一怔,笑道:"哪儿来的这么多俏皮话?"说话间,已开始为她诊脉。他最担心的便是婉儿的身体,毕竟染肺疾多年,虽说这两年里一直细心调理着,又有费介老师亲配的药物,毕竟身子骨弱,怕禁不起路上的风寒。

手指轻轻搁在婉儿的手腕上,他的脸色渐渐慎重起来,触手处的感觉让他心头微惊——婉儿怎么瘦成这样了?他吃惊地望着妻子,眼中满是担心与不解。

"你停了药?"

林婉儿缓缓将手缩回来,轻声说道:"……若若走之前带苦荷大师到府上坐了会儿。大师说费先生的药太霸道,婉儿如果想生孩子,就必须把这药停了。"

范闲面色微沉,过了片刻才缓和下来,微笑道:"费先生是我老师,自小见我长大的,老师千辛万苦从东夷城捞来的好药,怎么可能不懂王霸相辅之道?这一年多你吃着那药身子骨明显见好,可不能停。"

林婉儿笑容里带着一丝疲惫,轻声说道:"费老的药自然是好的,可是苦荷大师……"

不等她说完,范闲不容置疑地回道:"苦荷大师打架论道当然是世间最顶尖的人物,可要说起看病吃药,他连我的一根小手指都比不上,更何况老师。"

虽然他克制着自己,婉儿依然听出了他的愤怒,轻轻拉着他的手,安慰道:"不要生气,太医正看过,说旧疾已经好了,只是最近可能……疲惫了些。"

范闲盯着她的眼睛说道:"你的身体最重要的,不要听旁人说什么。"

婉儿靠在他的怀里,缓缓说道:"可是……我真的很想要一个孩子。"

范闲沉默了一会儿，说道："我不想对你发脾气，但我很想让你知道，这事情没有什么好商量的，你身体好就行，我不在乎孩子。"

婉儿与范闲成婚已有一年半，肚子却始终没动静。她平日里想着此事，便是好生难过，此时听着范闲平静却坚定的话语，一时间不由怔住了，生出极复杂的情绪，似乎应该是喜悦，却也有淡淡的悲哀，还夹杂着些许歉意。

范闲看着她的神情，用手指轻轻揉了揉她的眉间，说道："这世上有很多蠢货以为生不出孩子就是女子的问题，其实啊，我告诉你吧，能不能生这是夫妻两口子的事……极有可能是我得了精液稀什么症，和你有什么关系呢？"

这是安慰她的玩笑话，林婉儿却听傻了，心想这话也能说？忍不住白了他一眼说道："瞎说什么呢？能不能生孩子和大老爷们儿有什么关系。"

范闲笑道："谁说没关系？不然你试着让老姚、老戴他们生两个看看？就算是神功盖世的洪老公公，你让他生个孩子出来，他也不成啊……"

林婉儿双颊红晕一现，啐了一口说道："越说越不像话了。"

范闲收住笑声，正色道："那就说正经话，药一定要吃，不然我会生气。"

林婉儿轻轻嗯了声，眼神却不确定。范闲忍不住在心里叹了口气，知道无法说服她，无奈地说道："为什么一定要孩子呢？看看你幼时在宫里的生活，想想我自幼被放逐在澹州，生了孩子总还是要养的，如果养不好，还不如一开始不要。"

林婉儿镇静与自信地反对道："我们不是他们，我们能把孩子养得很好。"

范闲坚定地说道："总不及你的身体重要。"

林婉儿更觉温暖，依然固执地摇着头："我就要个孩子。"

范闲无奈地说道："总是这么固执。"

林婉儿抬头看着他，长长的眼睫毛轻轻地眨动着："我想和你生个孩子……这一年里，你不是在北齐，就是在江南，我很寂寞……"

范闲不知如何言语，心头一酸，轻轻揉着她的胸口，安慰道："别想那么多了，到杭州后我给你好好调养调养。费先生那药无论如何是不能停的。"

林婉儿抬着头，像小猫一样可怜兮兮地望着他。

范闲将脸一沉："这事没得商量。"

林婉儿噘着饱满的嘴唇，不依地用头在他怀里蹭着。

范闲叹了口气，开始为她按摩放松心神，手指周游处，递入丝丝天一道的纯正真气，婉儿觉得舒服了很多，就这般安心无比地靠着他的身体睡了过去。

范闲走出卧房，伸了个懒腰，舒缓了一下僵直的四肢。藤大家的迎了上来，与他说了说途中的事情。范闲才知道离了京都后，没了父亲大人的看管，婉儿就开始停药了，这举动可以说是勇敢，自然也可以说是莽撞。

藤大家媳妇儿为难地说道："少奶奶不肯吃，可怎么办？"

范闲坚定地回道："把药备好，我亲自喂。"

藤大家的面上涌起喜色，颂了几句老天，欢天喜地去了。

范闲回忆着婉儿先前说的话，费先生的药……真的有如此严重的副作用？

在庆庙遇着婉儿之前，范闲就知道自己的未婚妻一直染着肺痨，这病症在如今世上基本上算是绝症了，只是少年男女一朝相逢，总是有无比的勇气去迎接未来的病厄。好在大婚之夜，费先生从东夷城赶了回来，拿回了专治肺痨的奇药—烟冰。为了谋到这剂药，费先生用了整整四年的时间，因为在大婚之前四年，宫里就已经有了范林两家联姻的风声。这药果然有奇效，婚后婉儿每天从那药丸上刮下少许用汤药送服，身子便渐渐好了，不再咳嗽，太医们也都认为她的肺痨已经奇迹般地痊愈。可是……副作用？

"醋制龟甲、地黄、阿胶、蜂蜡……这和生孩子有什么关系？"

范闲回忆着那丸子里的成分，接着想到大婚那夜费介说的话："服用药后，要禁一月房事。"

回忆中，范闲才发现老师的玩笑话里似乎真的隐藏了一些重要信息。而后来……难道这一烟冰的真正副作用，就是会损伤病人的生育机能？

他忍不住摇了摇头，只要婉儿的病能治好，只要肺痨不再复发，只要她健健康康的，能不能生孩子有什么重要的？

话说前世，范闲觉得那个世界上最莫名其妙的场景便是偶尔会在电视或小说上看到，产房的医生满脸慎重，出了产房告诉产妇的家人，产妇难产，只能救一个，是保大人，还是保小孩？保大人还是保小孩，这用得着问吗？范闲一直以为这是最傻的一个问题，绝对的傻，傻到了极点。

他不是傻子，但……

范闲走到前厅，没有理会正向自己禀报的邓子越，越想越生气，咬着牙寒声说道："老秃驴！你个大傻×！"

邓子越没听懂傻×这个词，但明显可以看出提司大人已经愤怒到了爆发的边缘，赶紧劝道："大人息怒，大人息怒。"

"息个屁的怒！"范闲一掌拍下，直接把身边的桌子拍成了碎片，他破口大骂道，"那个天杀的老秃驴，到底什么居心！"

不理费先生的药是不是有副作用，可是对婉儿的身体是实实在在有极大的益处。婉儿停药后，身子明显地弱了下来，谁知道将来会如何？而婉儿停药是因为苦荷点破了此事……苦荷为什么要这么做？范闲可不认为苦荷是一个纯粹悲天悯人的家伙，自己的老婆能不能生孩子和他有个屁的关系。

一想到婉儿险些因为苦荷旧疾复发，范闲难以自抑地生出杀人的冲动，厉声吼道："传令给苏文茂和夏栖飞，今年往北的货物，给我降一个品级！"

邓子越啊了一声,心想到底发生了什么事?和北齐的交易双方一直十分愉快,突然闹这么一出只怕会影响大局,忍不住劝解道:"大人,虽然子越不知发生了何事,但是降一品级,等若是让北齐亏了几十万两银子……"

范闲寒声说道:"我就是要让他们痛。"

邓子越不敢再劝,小心翼翼地问道:"究竟发生了何事?秃驴……是什么驴?"

范闲冷笑道:"正是北齐苦荷这头没毛的老驴。"

邓子越大感震惊,旋即想到提司大人敢当街大骂四顾剑(也许不是四顾剑?),这时候在家里骂苦荷为老驴,似乎也没什么大不了的。

范闲接着吩咐道:"传信给王启年,让他准备发条消息。"

邓子越请示道:"什么规格,大概何时?"

范闲面无表情地说道:"三天之内让北齐所有的人都知道这个故事,而且还要让人相信这个故事……至于何时听我指示。"

如果不是若若正在苦荷门下学习,范闲恨不得今日便将苦荷吃人肉的消息放出去——他知道这种传言对于苦荷崇高的声望无法造成真正的损害,也无法获取真正的利益,但他忍不住要做些什么事情来报复一下——不论苦荷怎么想的,婉儿确实因为他的话停了药,范闲就一定要让北齐和苦荷吃些亏。这也许有些孩子气,但现在他还能称其为人,大概就是因为这些孩子气。

沙州别院的大树倒了霉,被范闲拿着那把天子剑大放王霸气,削去了无数树皮。年轻的钦差大人气得不轻,不能在妻子面前摆臭脸,又不可能冲到北齐上京杀了苦荷,总要寻个出气的法子。

范闲不是喜欢打骂下属来解压的无趣Boss,前世躺在床上看《读者》,曾经读了个酸不拉叽的故事,读得他眼泪哗哗的,今世便学习了一下那个故事的主人公。

那位爱倒洗脚水的男主人公在老婆那儿受了气,一直忍了N年,总是半夜偷溜出去,在河边砸树以谋求可怜的心理平衡。

范闲不砸树,他用四顾剑削树。当院子里的树一夜之间白头,衣衫尽碎,露出卑微赤裸的身躯后,一行人坐着马车离开,回到了西湖边的彭氏庄园。

在西湖畔候着钦差大人与郡主娘娘的人着实不少,苏州城的总督巡抚不方便亲自来,杭州知州可不会客气,将西湖边的长堤封了三分之一,方便范府马车进入,又领着一干下属四处侍候着,生怕这两位贵人心里有什么不满意。

范闲抽空见了那位杭州知州一面,温言劝勉了几句,第二日却是让虎卫高达将这些知州夫人以及别的夫人全数挡在了后园之外。

郡主娘娘不见客。

婉儿可怜兮兮地望着范闲,如泣如诉:"好相公,你就饶了我吧。"

范闲笑道:"乖,药喝下去就好,不然可是要打屁股的。"

婉儿苦不堪言地饮下药去,在内心深处叹了口气,心想自己怎么就那么傻呢?早知如此,干脆不下江南,偷偷在京都里停药就好了。忽然间她又有点羞色地想到,如果不下江南,就算停了药,可是……没有他,又怎么生孩子?

范闲正拿着手绢替她擦拭唇角的药渍,看着她颊上红晕忽现,不知那个小脑袋瓜里在想什么,便好奇地调笑道:"娘子怎生羞成这样?"

婉儿白了他一眼,哼哼道:"不告诉你。"

——但有些事情她一定要告诉范闲。

范闲怜惜她,不愿意她掺和到那些阴秽之事中,她却不能假装身边什么事情也没发生,假装看不到自己的夫婿正与那位并不如何亲近的母亲剑拔弩张的局面。所以她在京都小心地打听消息,替范闲分析着那些后宫政治里的细节,凭借着她超然的身份,出入宫禁无碍的特权,帮助远在江南的范闲联络宫中诸人，尽力消除一些阻力。范闲知道阻不了她，只好随她去，而且有些时候，他确实需要婉儿在中间当润滑剂，就像是春闱事发后的宫中之行。

因为他的反对，婉儿的能力并没有得到充分的发挥，却不代表她没有这种能力，所以知道宫中那件事之后，她毫不迟疑地提前来了江南。与所有人的想象不一样，她下江南不是为了要看看那个北齐圣女，只是要当面提醒范闲一些事。

"宫里的长辈可以影响很多。"婉儿看着范闲，轻声道，"太后是皇后的亲姑母，这两位的关系是如何也撕脱不开的……皇后安排人进宫给太后娘娘讲《石头记》的故事，这其中隐藏着的凶险你不可大意。"

范闲沉默了下来，当初在澹州抄《石头记》只是为了给自己和思思找些游戏、为若若谋些娱乐，同时满足一下自己文青的情怀，并没太当一回事。他清楚老曹当年的文字确实有些犯禁，但一想这全然是两个世界，便有些大意了。

谁也没有想到自己的遭逢在后来会发生这么大的变化，自己居然会有那样的身世，《红楼梦》里的一字一句……似乎都是在抒发着自己的不甘与幽怨。

尤其是那首关于巧姐的辞令。

谁来写这本书都可以，就不能是自己……可偏偏如今的天下，所有人都相信这本书是自己写的。书中的怨恨之意，仿佛是在诉说着自己对当年老叶家遭遇的不服与不忿……皇后安排人进宫给老太后讲书，以太后娘娘那个敏感且多疑的脑袋，难道不会认为自己有异心？

宫里的人一辈子都在研究那个"心"字。

其心可疑，人便可疑，其心可诛，人便可诛。

如果太后真的认为他心有不甘，想为当年之事平反，那她如今的沉默或许便会不复存在了。庆国以孝治天下，太后想做什么，皇帝又能如何？

"不过……也不算什么大问题。"范闲轻轻拍着妻子的手,温和地说道:"别担心,就算老太婆疑我又如何?我又没做什么事情,她也不能让陛下削了我的官。"

婉儿拿手指头轻轻戳了戳他的眉心,嗔道:"那是我的外祖母,也是你的祖母,怎能老太婆老太婆地喊着。"

范闲嘻嘻一笑说道:"说来也是,当年在庆庙见着你的时候,怎么也猜不到你居然会是我的表妹。"

"哼……也不知道是谁瞒了我那么久。"林婉儿咕哝道。

范闲笑而不语。

"还有你在江南弄的这场官司。"婉儿看着他担心道,"如今宋世仁算是出了大名,居然说嫡长子不能继承家业……这就触着大忌讳了,所有人都想知道你准备做什么。"

范闲微微挑眉道:"我能做什么?"

"从表面上看你是想帮夏栖飞拿回明家的产业,但太后难道不会疑你?更何况还有先前《石头记》里的判词……两相一合,谁都会以为你想拿回内库。"婉儿声音微涩道,"可内库是谁的?咱们宫里的嫡长子是谁?你下江南做的这些事情,将自己摆在了太子哥哥的对立面,甚至站到了太后的对立面。"

范闲沉默少许后,说出了自己的真实想法:"没错,其实我是刻意营造出这种氛围,而我的目的就是要让宫里的人觉得我有异心。"

林婉儿惊讶地张着唇,不明白他为何要这样做。

"你来得晚了几天,所以不知道陛下派太监来宣过旨。"范闲道,"再过几日,京里就会知道我的态度,我是站在老三这边的。"

林婉儿有些疑惑与紧张地说道:"你准备让老三去打擂台……可他还是个孩子。"

"这个孩子不简单。"范闲微微一低头说道,"我对自己的识人能力极有信心,对自己当老师的水平也有信心,我教出来的家伙差不到哪里去。"

"可是你还是没有说明，为什么要营造出如今这种氛围？"林婉儿霍然抬首，吃惊地看着范闲，声音微颤道，"你……准备逼他们动手？"

卧房里安静许久，范闲终于再次开口。

"我与皇后、太子彼此之间都很清楚，我们只有一方能够生存下来……如今趁着皇帝陛下还在乎我，我就要逼着隐藏的祸患提前爆发出来。"

林婉儿有些无措，她清楚天子家的争斗向来不留半点情分，可是一想到自己最亲的相公与太子哥哥总有一个人要死去，依然止不住战抖。

范闲缓慢而冷漠地说道："我不想杀人。可他们在几十年前就已经杀过人，如今也不可能放过我，既然如此，就让我来完成这件事吧。"

林婉儿沉默良久，轻声说道："那……她怎么办？"

这话中的她自然是横亘在范闲夫妻之间最大的问题——长公主。

范闲轻轻将婉儿搂入怀中，温和地说道："陛下的想法太深，我不去理会。你母亲的想法也太大，轮不到我去理会……这是她与陛下之间的战争，我不想插手也插不了手，别的不敢保证，但我向你保证，我不会亲自对她如何。"

这个保证可信吗？

"皇帝舅舅一向很疼我……"林婉儿像一只受伤的小猫伏在范闲的怀中，如果长公主真敢做那样的事情，事后就算她不会受到牵连，又如何自处？

范闲知道婉儿的感叹是实话，成婚后在宫中行走，他才清楚地感觉到，那位皇帝老子确实很疼婉儿，婉儿在宫中的地位比想象中要高许多。说起来，皇帝把最疼的外甥女嫁给自己这个私生子，会不会也是一种补偿？

"没事，都是长辈们的事情。让他们闹腾去。"他的语气轻松，心情却很沉重。如果明年大庆朝的龙椅没有换主人，皇族便会迎来一场血洗。如果是前者，范闲确信全家都会为皇帝陛下陪葬，如果是后者……婉儿又该怎么面对？他忽然觉得自己逼对方提前动手，是件很无情的事情，但是为了保护自己与身周的人，必须要这么做。

"老跛子应该也是这么想的吧？希望他能有什么好些的法子。"

范闲轻轻拍着婉儿的后背，看着窗外那片静湖，那座青山，那只渔舟，那树柳枝，思绪飘到了遥远的京都之中。

在京都那座凉沁沁的皇宫中，宫女与太监们敛声静气地行走着，偶尔有些年幼的宫女发出几声嬉笑，旋即就会被老嬷嬷们狠狠地训斥一顿。浓春已尽，初暑即至，宫中树木正是茂然之时，奈何宫中的人却依然不得一丝宽松的自由。

广信宫是长公主的寝宫，当年长公主暗通北齐，出卖监察院高级官员的事情被五竹用满城言纸揭破之后，这位庆国最美丽的女人便黯然退出了京都，去了冷清的离宫。虽然她在信阳离宫也能隐隐影响宫中局势，可毕竟不如在京都来得方便。庆历六年，她终于说动了太后，搬回了京都，而这个时候，当年那场轰动的言纸事件也早已消失在了人们的记忆中。

可是回到京都没有太久，君山会在江南的实力便令她恼火地展露出来，于是皇帝命她再次搬进皇宫，名为团圆，实为就近监视。

不过她毕竟在宫中经营日久，又是太后最疼爱的女儿，与皇后关系也向来密切，所以她在宫里做的那些手段，倒也成功地瞒过了许多人。

当然，为了让皇帝哥哥放心，她不方便出宫，与下面的大臣也不便联系过密，所以如今她最常做的事便是陪太后聊天，与皇后娘娘凑在一处研究些花鸟虫鱼之类的绣布，虽然她们真正在绣的肯定不是布。

江南局势已定，不管长公主李云睿服不服气，承不承认，难不难过，总之她经营了十余年的江南已经被她那位好女婿全盘接了过去。

明老太君死了，三石大师死了，明家噤若寒蝉，她安插在内库转运司三大坊的亲信也全部被范闲清理了出来。江南官场在范闲与薛清的手段下静如古井，好不容易弄成的民怨激愤之势也不知为何悄无声息地散掉。如此一来，千里迢迢送来京都的万民血书与打御前官司的老儒也成了无根之木，发挥不了任何作用。

"罚俸？"李云睿微眯着双眼，美丽的凤眼中闪过一丝戏谑的神色，"您说，他们老范家还差这点儿银子吗？"

那位面容端庄华贵的皇后微笑着说道："陛下疼着他们范家哩，前些日子清查户部的事情，不也同样草草收了场。"

李云睿微微一笑，轻声道："范尚书于国有功，哪里是咱们这些妇人能比得上的！说到底，妹妹我也没个子息，生个女儿又不怎么亲，理这些事做什么呢？等入秋的时候，我还是向母亲请求，回信阳去住好了。"

皇后知道李云睿是断然不可能放弃手中权势就此离开的，与自己说这个话不外乎是要点便宜。只是如今的局面，如果李云睿真的甩手不干，东宫这面怎么也抵不住范闲和老三那边的声势。为此她的声音不禁软了几分，说道："妹妹说的是哪里话？我虽是个不知国事的庸钝妇人，却知道妹妹为咱大庆朝谋了不知道多少好处……你若真去了信阳，皇帝陛下便是第一个不会答应的。"

李云睿微笑着说道："母亲年纪大了，总是容易受人蒙蔽。"

皇后试探着问道："慢慢来吧。听说……范闲在江南做得不错，就是最近忽然来了一位高手，在苏州城里斩了半片楼？"

一剑斩半楼的事情终究还是传入了宫中。长公主知道皇后想问什么，偏不给对方实话，略带一丝傲意地笑道："江湖之事，我是不怎么清楚的。"

如果有一位大宗师站在长公主的身后，皇后对于合作中自己应该站的位置便会有更清楚的认识，当然这对皇后和太子的决心也是一个极大的加强。

见她不肯明言，皇后在心里暗骂了两句，便告辞而去。看着那位一国之母的背影，李云睿眼中闪过一丝怜悯与鄙夷，心想这样的角色，居然也想分杯羹吃，真不知道是从哪里来的信心。

信阳首席谋士黄毅与袁宏道都不能入宫，此时她身边的亲信是个太监，站在一边轻声地提出了疑问："皇后娘娘难道不知道这是……"

"与虎谋皮？"长公主将亲信不方便说出的四字说了出来，微笑着继续说道,"本宫便是老虎,她也只得站在我这边,不然如果老三真的上位,到时范闲要报叶轻眉的仇……谁来帮她挡?我与她暂时搁置到底是承乾还是老二的问题,因为她知道,如果事成她是争不过我的,只求一个活路罢了。"

"江南那边?"

"不用再管了。"长公主叹了一口气,"我那女婿,下江南之前便做好了准备,江南的那些蠢货哪里是他的对手……如今想来当初还真是犯了大错,如果没有牛栏街的事,我与范闲之间何至于会闹成这样。如果他站在我的身边,这个天下还有谁能对抗我们?"

不等那个太监回话,她又自嘲地笑了起来:"真是异想天开,如果我与范闲没有深仇不可解,皇帝哥哥又怎敢如此用他?"

那个太监站在一旁听着,大气都不敢出一声。

"从一开始我就错了。"她美丽的脸上现出一抹厌恶的神色,"范闲再厉害,也是宫中用线提着的傀儡,我要对付的本就应该是那个提着线的人。"

离广信宫不远的含光殿里,皇太后正半眯着眼发困。老人家毕竟年纪大了,精神早已不如当年,杀伐决断也不如当年。她有些厌恶地止住了宫中那位说书的宫女,看了一眼那宫女手上拿着的书,半晌没有言语。

"尽是些荒唐言语,也不知道市井间怎么有这么多人爱看。"一位老嬷嬷讨好地说着。

太后摇摇头:"小孩子嘛……有些不服气总是正常的。"

老嬷嬷不敢再说什么。

太后的心情有些复杂,她何尝不知道皇后进上《石头记》的意思,她对范闲的怨怼之意确实十分恼怒,却更愤怒于皇后的所作所为。当年那个妖女再有千般不是,范闲毕竟是皇族的子孙,这才是她最看重的地方。

"晨儿走多久了？"老太后忽然想到自己最喜欢的外孙女。

"郡主应该已经在杭州了。"

"江南我也是去过的，景致不错，就是那些女人太放肆。"太后皱了皱眉头，吩咐道，"范家准备得再用心，终是不及宫里的东西，送些到江南去，再问问晨丫头，在西湖边住得惯不惯，如果不喜欢，让她搬到山上的行宫去。"

老嬷嬷赶紧应了一声。

御书房内，刚刚结束议事的皇帝陛下疲惫地揉揉眉心，喝了一口暖和的参茶，看着窗外似乎永远没什么变化的景致，有些厌恶地皱了皱眉头。

"洪竹啊……"皇帝喊出声来，才想起洪竹已经调到东宫半年了。

"陛下有什么吩咐？"身旁的太监恭谨地问道。

皇帝摇摇头，轻轻咳了几声，咳声在御书房里回荡着，他不由怔了怔，心想自己或许真是老了，只是咳声回荡，为何却觉得有些孤独。

"去小楼。"他向御书房外走去，太监赶紧跟上，隐隐听到陛下感慨了一句，"不知道什么时候有空再去澹州看看。"

这一年的庆国与往年并没有两样，宫里依然是寂寞着、肮脏着，宫外依然在热闹着，朝堂上依然在争执着，六部依然在打架，监察院依然在沉默且阴森着，陈老院长依然在陈园里欣赏歌舞，范尚书依然在户部里忙碌。

民间的百姓在挣扎着存活，在存活之余寻些快乐的事情以求安慰。比如东家嫁了位姑娘，西家死了位老人，南方今年没有发大水，西边似乎又在打仗，小范大人没写诗了，那位北齐圣女究竟和范家的少奶奶对上面没有？

流晶河水由京都一路往下，在吉州汇入大江，河堤两边一片热闹繁忙的景象，修葺河堤的人们像蚂蚁一样辛苦地搬运着沙石。今年春汛比想象中要小了不少，国库的充裕也给河运总督衙门带来了不少底气，虽然层层克扣着，终究还是发了不少工钱下去，民夫们干活的动力也强了不少。

杨万里满脸黝黑，穿着一身粗布衣裳，眉头深锁地站在竹棚之中。如今的局势不错，但秋汛才是最恐怖的事情，他身负门师重任，要监督着暗中运来的银子，精神压力无比巨大。而修河堤、分水这些事情他虽然不懂，却也是放下了身段亲力执行着，连日的太阳暴晒终于洗去了这位范氏门生身上最后的一丝书生气。

河堤上远远行来数人，看模样应该是赴异地上任的官员。

那行人隔着老远便对竹棚内呼喊了起来。杨万里扯起下襟擦了擦脸上的汗水，望着那边，看清了来人是谁，不由惊喜着迎出棚外。

"季常兄，佳林兄，你们怎么来了？"

来人正是范门四子当中的侯季常与成佳林。这二人春闱之后便一直放在外郡做事，有范府照应，自身争气，提升极快，一年多的时间就迈过了七品的第一道大坎。只是这二人任官的所在离吉州甚远，杨万里惊喜之余不免有些意外。

侯季常没有来得及回答他的话，握着那双满是老茧的手，望着那张黝黑的脸，感动地说道："大人来信说你到了河运衙门，却没有想到竟会这样苦。"

一旁的成佳林亦是唏嘘。

杨万里不知道想到了什么，正色说道："往常万里只会清谈政事，直到接触了这些民生之事，才知晓我大庆朝的百姓过得如何不易。老师让万里来修河，实在是对万里的信任与栽培，也只有亲历此事，才知道老师看似满不在乎的外表之内，深藏着一颗忧国忧民的心。"

在一旁的侯季常悠悠说道："据传闻，大人能够震服北齐圣女，全是因为大人在北齐皇宫中说的那句话。"

说到那位北齐圣女海棠，纵使这三位都是范闲的学生，也忍不住笑了起来。

杨万里忍笑问道："什么话？"

侯季常望着大堤上的劳工，以及不远处咆哮的大江，说道："先天下之忧而忧，后天下之乐而乐……我在想，当初咱们似乎还是低看了大人啊。"

先天下之忧而忧，后天下之乐而乐。

三人在心中体悟着这句话，一股敬意油然而生。

"老师看似冷漠，实则有颗赤子心。"杨万里想着这几个月里的所见所闻，想着江南因为范闲到来而发生的变化，真心赞道。

竹棚里还有河运衙门的官员，侯季常注意到杨万里一直称呼的是"老师"二字，低声提醒道："外人面前还是称大人吧，免得说咱们结党。"

"君子朋而不党，但若真要结党，万里甘为老师走犬。"杨万里沉稳地说道，"天下皆知范门四子，只要咱们是为天下人谋利益，何必在意他人言语？"

侯季常微微一怔，旋即朗声笑道："此话确实，为兄有些刻意了。万里看来这半年果然进益不小，跟在老师身边，看来确实大有好处。"

成佳林也是羡慕地说道："谁知道老师会去了江南。"

杨万里笑道："我可没有陪老师几天，倒是史阐立那小子……你们若去苏州看看，才知道他被老师改变了多少。"到此时，他才想起问道，"你们这是去何处？"

成佳林微笑着应道："老师在江南整顿吏治，出了不少空缺，要我去苏州。"

杨万里高兴地点点头，又问道："那你呢？"

侯季常笑了笑，说道："我去胶州，任典吏。"

杨万里一惊，心想这种调动算是贬谪，不明白范闲为什么会这样安排。

侯季常没有解释，只知道老师让自己去胶州一定有他的用意，据老师信中所讲，那等事务，自己这四人中确实也只有自己勉强能做。

"先天下之忧而忧？"江南水乡中，一艘大船上，范闲看着满天的繁星，忍不住叹道，"我到这个世上是来享福的，可不是来忧国忧民的。"

大船行于河道之上，早已离开了杭州。

在西湖边度暑一月，范闲对费介留下来的药研究了很久，有些恼火地发现，苦荷说的应该是真的。只是婉儿的药坚持在喝，身体渐渐回复，范闲的心情好了许多，对苦荷的恨意也减了不少，生孩子这种事情他本来就不急。

等江南所有事情搞定之后，他便带着身旁的所有人坐上了水师大舟，开始沿着水道旅游，旅游的目的地，无非便是梧州、胶州、澹州。

此时夜深，婉儿与三皇子等人早已睡了，安静的船板上只有并排躺着的范闲与林大宝二人，就连一贯隐在暗处的六处剑手与虎卫都被他唤了下去。

范闲是睡不着，大宝因为白天在船上睡得太多，所以可以熬一熬。二人并排躺着，一边吃着江南的美味糕点，一边胡乱说着话。

世人向来不明白为何范闲会与白痴大舅哥感情如此之好，其实就连他自己也说不明白，或许只是因为与大宝说话非常轻松，什么都不用想，什么都不用忌讳。而且不用讲政治、讲天下、讲是非、讲黑白、讲善恶、讲他人的死亡或是自己的死亡、讲白玉坊、讲臭水沟，只需要讲讲吃食之类简单而愉快的事情，比如新风馆的接堂包子，再比如此时夜穹中点缀着的繁星。

大船停于一无名大湖之中，四周芦苇尚远，无水鸟夜鸣烦心，一片寂静，星空寂寞而遥远。范闲看着头顶的星空问道："你说，这天上的星星是什么呢？"

"是芝麻。"大宝用阔大肥胖的手掌比画着，"月亮……是烧饼，星星……是芝麻……小宝说过的。"

小宝便是死在五竹叔手下的林二公子，范闲沉默了会儿，旋即微微一笑，指着天上的星星与眉月说道："我只知道这庆国的星空原来也有一个月亮，也有那些星星，而且很奇怪的是，白天也有一个太阳。"

　　白天出太阳,晚上出星星月亮,这是小孩子都知道的常识,哪里怪了？

　　可是大宝很认真地点点头，道："小闲闲，我也觉得很奇怪。"

　　范闲叹了口气道："是啊，太奇怪了，小时候我就发现了，介地儿……还是地球啊。"

第五章 梧州姑爷

钓鱼台，十年不上野鸥猜。白云来往青山在，对酒开怀。欠伊周济世才，犯刘阮贪杯戒，还李杜吟诗债。酸斋笑我，我笑酸斋。

晚归来，西湖山上野猿哀。二十年多少风流怪，花落花开。望云霄拜将台。袖星斗安邦策，破烟月迷魂寨。酸斋笑我，我笑酸斋。

——元代·张可久《殿前欢次酸斋韵》二首

梧州城天气正热，那些在街旁角落里的小野花或许是知道自己的来日无多，于是拼尽了全身气力，愤怒地进行着最后的开放，黄灿灿的颜色与青灰的城墙一衬，愈发刺眼。

直道右侧临湖一边是梧州新修不久的一座酒楼，最清静又最热闹，二者并不抵触，清静指的是环境，而热闹指的是人群。

刚过正午不久，太阳散着刺眼的光芒，烘烘的热气在城中浮沉，将所有闲人都赶进了酒楼里。酒楼后方是新开出来不久的小湖，湖风借势灌入，宛如内库出产的大片风扇，而且不需人力，也能带来清凉之意。

湖面上青萍极盛，厚厚地铺在水面，遮住了阳光，用阴影庇护着水中的鱼儿。

自京都出了一座抱月楼，全天下的酒楼似乎在一夜之间开始模仿，楼后有湖，湖畔有院，只是这梧州城的楼、湖、院，却都是属于一个人的。

这个人对梧州来说，就有如这楼的清静、这湖上的青萍、这穿行于民间的清风，无所不在，保护庇佑着一切。

梧州没有大商，没有大族，没有大军，有的就是这位大人。

虽然全天下人都认为那位大人乃是千古第一奸相，可对于梧州来说，大人就是梧州，在官场之上人们往往也弃名讳而不称，直接称那位大人为林梧州。

是的，他便是庆国最后一位宰相，如今归老梧州的林若甫。

林若甫辞官归乡，便一直深居简出，恭敬如孙子的知州大人，执弟子之礼的总督大人，也没有多少机会见到他。但他对梧州城的影响力依然是无人能及，且不说影响力，要知道梧州城至少一半产业都姓林。

梧州城因他占了天下一分繁华，梧州百姓无论如何也不会说林若甫半句坏话，哪怕是那些最热血的学子——但别的人就不见得了。

"我便要为明家鸣不平！"酒楼中一位三十左右的人愤愤不平地说着，眉宇间满是激愤之色，"难道逼死了一条人命，朝廷就是罚些俸禄便作罢？"

如今明家风雨飘摇，老太君更是离奇死亡，范闲的名声受到了很大影响。不过还是有很多人站在他一边，说到底，也没有几个人会相信他会贪明家的银子。

"明家，有什么不平？"一位二十出头的年轻人耻笑道，"不过个与海盗勾结、杀人劫货的大土匪，小范大人收拾他们乃是朝廷之幸，万民之福！"

那位中年人怒道："哪里来的什么海盗？休要血口喷人。我便是苏州人，明老太君何等样的慈悲！老人家走了，怎还容得你这黄口小儿胡乱构陷！"

与他争辩的年轻人是梧州城里一位士子，冷笑一声，挥着扇子扇着风说道："此事早已在士林之中传遍，明家你还以为真那么干净？倒是小范大人……敢问这位兄台，你可知道小范大人做过何等见不得光的事情？"

那位苏州商人一愣，细细想来，发现还确实没有什么传闻。

那位士子微笑道："想不出来吧？小范大人天纵其才，持身甚正，揭春闱弊案，赴北齐扬国威于域外，如此人物，怎会与你们这等铜臭商人夺利？那明家若不是行了太多人神共愤之事，又怎会引动小范大人出手？"

其实这话有些强词夺理了，不过那位苏州商人也无法反驳，只得恨恨道："明家勾结海盗？江南人都不知道，你们梧州人倒知道了……海盗在哪儿呢？朝廷怎么没有抓住？如果明家真的有问题，朝廷应该查案，怎么能用强势逼人？"

双方吵得越来越凶，声音渐高，火气渐大，商人站起身来，卷着袖子，便往那边冲了过去。幸亏旁边有人上来拦住了，那位文弱书生才没有吃亏。此时却没有人注意到，在拉架的过程中，有几个人往那个苏州商人身上踹了好几脚。

酒楼里好多人都愣住了，尤其是那些路过梧州的外地客商，心想为什么这个苏州商人说了小范大人几句坏话，却像是得罪了全体梧州百姓？再看了一会儿，这些旅客更觉心寒，居然连店小二都上去踹了一脚！

终于有人看不下去了，从角落里的桌子旁发出一声娇喝："都住手！"

出声的是位少女，紧身打扮，淡黄色的衣衫包裹着曲线有致的身躯，腰畔系着一把长剑，看来是个江湖人物，容貌倒是生得十分秀气。

与她同桌的几人纷纷暗道糟糕，心想小师妹又要闹事了，有些害怕地看了一眼桌后的师父。那位师父年近中年，精气内敛，看不出深浅，只是有些头痛地摇摇头，似乎对于自己的女徒也没什么法子。

"你们为什么要打他？"那少女喝问道。

在场的梧州市民们根本懒得理她，先前那位书生冷笑着说道："大庭广众之下，侮辱朝廷命官，就算大人们大度，咱们这些人难道也打不得？"

那少女有些厌恶地说道："那范闲又有什么了不起的？"

楼中一片哗然，就算那位苏州商人不喜，听着这女子大言不惭，也不禁有些吃惊。如今这天下，还有哪个年轻人比范闲的风头更盛？

那位梧州书生冷笑道："你这小姑娘难道更了不起？"

那位少女恼火道："就算他厉害和你们又有什么关系，为何要打人？"

梧州书生微嘲道："小范大人是我们梧州的姑爷，这人居然敢在梧州的酒楼上说他的坏话，难道不是讨打？"

范闲娶了林若甫的女儿，自然而然便与梧州这个他从来没有来过的地方有着一种亲密又奇怪的关系。林相退位后，梧州在京都便没有了发声的大人物，直到范闲声震天下，梧州民众自然与有荣焉，怎容得外人放肆议论。

那位少女似乎很讨厌听到范闲的名字，冷笑道："那又如何？也不见他敢在咱们北齐放肆！也只敢仗着老丈人的威风，躲在梧州城当乌龟啊……"

原来这一桌子人竟是北齐人！虽说南庆与北齐早已恢复邦交，又因为联姻与苦荷收若若为徒二事，论关系甚至可以说是蜜月期。但毕竟是几十年的宿敌，此时听着这女子自曝来历，所有人都露出了警惧的神情。那位被打的苏州商人也自觉晦气，往地板上吐了口唾沫，根本没有对她道谢，反身便离开了酒楼。

那少女出身高贵，师门又是世间首屈一指的存在，哪里受过这么多白眼，心情顿时变得极为糟糕。偏在这时，那位梧州士子怒骂道："小范大人是乌龟，那你们那个北齐圣女算是什么？"

那少女神情骤变，眼中闪过一丝寒意，似被这句话激起了真怒，手指按上剑柄，一股剑意逼将出来，顿时将清风凝在了原地。如此玄妙境界，哪里是一般百姓能够抵挡的？那位梧州书生只觉双腿一软，便要往地上跪去。

她的师父，那位神情肃然的中年人吩咐道："不得伤人。"

少女冷哼一声，弃了剑柄，反手一掌抽向那位梧州书生的脸。

忽然，一道灰影一闪。

桌上那位中年人眉头一皱。少女不及收掌，感觉自己的手硬生生地砸在一件硬物之上，一道强大的劲力传来，一时间无法站稳，刹那间退了数步。

来者身着一身灰衣，一只手稳稳地挡在身前，握着把长刀，刀尖落在地板上。

少女看着对方那张毫无表情的脸颊，冷哼了一声，知道自己不是对手，却并不怎么害怕——只要师父在，整个南庆只要叶流云不来，谁能将自己如何？

那位灰衣人没有理她，对她身后行礼道："狼桃大人，许久不见。"

"高兄，许久不见，今日真巧。"

那位中年人便是北齐国师苦荷的首徒、宫中第一高手狼桃。救了梧州书生一命的灰衣人，手执长刀，自然是范闲的贴身虎卫首领高达。

双方在梧州碰上，自然不是真的巧。

狼桃望着高达问道："他还是不肯见我？"

高达面色不变，朗声应道："旅途劳顿，少奶奶正在静养，少爷没有时间。"

那少女一直在山中修行，不知道曾经发生的那些事情，此次下江南也是自作主张，根本不知道师父的真正计划，不禁有些茫然。

狼桃面无表情地说道："这件事情不能这样拖着……北齐人有北齐人的骄傲。"

说完这句话，他便准备起身离开。就在这时，楼后竹帘微动，一位年轻人走了出来，英俊的脸上带着温和的笑容，笑容深处却有一种令人心寒的意味。

狼桃停下脚步，意味深长地看着来人。那人却不理他，对那少女说道："这是南庆，你当街行凶难道想就这么离开？"

狼桃不知道以对方的身份为什么要为难自己的女弟子，正准备说些什么，却只见对方根本不理会自己，只好无奈地摇了摇头。

那北齐少女不认识对方是谁，还以为又是梧州城里的书生，冷笑着说道："姑娘行不改姓，坐不改名，姓卫名英宁，阁下有什么指教？"

"卫英宁？"那个年轻人听着这个名字，联系到最近收到的消息，以及狼桃南下的目的，便明白了先前为何这少女如此生气。他转向狼桃问道，"你的徒弟？卫华的妹妹？"

狼桃有些好笑地点点头，想知道他准备如何处理此事。

那年轻人转身望向那个叫作卫英宁的少女，淡然道："看在没有什么恶劣后果，你把剑留下，我便饶了你这一遭。"

天一道极重师承，佩剑由师长所赐，所谓剑在人在，剑亡人亡，哪里可能随便留下！卫英宁大怒道："你是什么人？竟敢如此嚣张！"

那年轻人冷笑道："我与你父亲称兄道弟，管教你一下又如何？"

卫英宁根本不信，自己父亲是北齐太后的亲兄弟，怎么可能和一个年轻人称兄道弟？只听她喝道："休得胡言乱语！"

年轻人不再多言，轻轻巧巧地便把那把长剑夺了过来，这一出手快疾如闪电，更关键是毫无征兆，动作极为细微，好漂亮的小手段！

卫英宁像是看见了鬼一般，张大了嘴说不出话来。

年轻人缓缓抚摩着长剑的剑面，赞赏道："果然好剑。卫华那小子把老子给他的钱都贪到自己府里去了，居然还好意思和我抢媳妇儿。"

卫英宁胸口一闷，发觉自己是真傻，自家兄长是北齐锦衣卫指挥使，人见人怕，整个天下除了皇帝陛下，也只有那个家伙才敢用如此轻蔑的语气。

年轻人轻弹剑背，望着她皱眉道："我妹妹是你小师姑，我那没过门的媳妇儿是你大师姑，不论怎么算你都是我的晚辈，我教训你有什么问题？"

天一道确实极讲究这个，卫英宁也无话可说，气得满脸通红。

"你们的来意我很清楚，不过死了这条心吧，让卫华也死了这心，准确地说，请你们的太后死了这心，再过些天，你们终究也是要喊我姑爷的。"

说完这句话，年轻人将手中那把剑揉成了一团破铜烂铁大麻花，扔还回去。

范闲一行人离开杭州，来到梧州已经快半个月，只是除了向皇帝报备，这个行程没有任何人知道，梧州的百姓更不知情。不过世上本无绝对的秘密，狼桃等人知晓范闲的踪迹，并不难以想象。

狼桃南下，则涉及另一件有趣的事。

庆历六年春，海棠朵朵单身下江南与范闲相会，此事早已传遍了大江南北，尤其监察院刻意传了很多流言，所有人都相信了南朝钦差大臣范闲与北齐圣女海棠之间有说不清道不明的暧昧关系。这个男女间的浪漫故事，毫不令人意外地牵动了无数人的心思，南庆方面还没有什么反应，北齐那边就沉不住气了。

海棠是苦荷最喜爱的徒儿，是北齐皇帝最亲近的小师姑，是北齐太后最疼爱的晚辈，北齐臣民的精神之所在，传说中却……要下嫁南庆！

北齐人愤怒了，北齐皇室着急了——北齐皇帝极欣赏范闲，也是《石头记》的粉丝，怎奈何皇太后年纪不大，性情却固执，绝不会允许这件事情发生。

在沈重的问题上，在上杉虎的问题上，在锦衣卫镇抚司指挥使的问题上，北齐小皇帝成功逼着母亲做出了让步，可在这种涉及婚姻、关系皇室脸面的问题上，太后说句话依然是力量十足，小皇帝也挡不住。更何况因为某些难以言明的心思，他也不见得希望海棠嫁入范府，便保持了沉默。

于是太后派出了狼桃一行人，要将海棠带回北齐，同时为海棠谋了个看似门当户对的婚事，也就是她的亲侄子卫华。

卫华是长宁侯之子，锦衣卫统领，与海棠年纪相近，地位又高，能力人品也极出众，看着确实是良配。但卫华也不是傻子，他绝对不想娶一个比自己厉害的女人进家，更是绝对不想在这个问题上得罪范闲。世人皆知，范闲继承了陈萍萍的一个习惯，那就是绝对的护短，绝对的记仇，夺人妻是何等样的大仇！

可不论想不想娶，他也没有胆子违逆太后的旨意，只好经由锦衣卫的密信通道发去了自己的亲笔书信，向范闲解释此事，先把自己择了出去。

但南下的人依然还是来了，其中便有他的亲妹妹卫英宁。

卫英宁一直认为范闲是用了什么见不得人的手段才将海棠留在了苏州，无论怎么看，范闲做的事都是长宁侯府不能忍受的屈辱，所以她才会如此冲动。

此时酒楼里的北齐人听到范闲说的这些轻佻言语，也忍不住愤怒起来，心想庆人果然无耻，无父母之命、媒妁之言，居然就在这里妄谈男女之事！

狼桃了解范闲，苦笑道："你明知此事不可能，何必如此执着？"

范闲冷笑道："大师兄，我不知道你说的事是什么事？"

狼桃是海棠的大师兄，因为这个缘故，范闲对他还比较尊敬，只是这话落到卫英宁耳中更觉刺激，心道自己还真是对方的侄女了。

狼桃让弟子们都退出酒楼去，对他说道："你便是一直避而不见，我总是要下苏州的。"

"苏州景致不错，我和朵朵经常逛街，都很喜欢。"范闲道。

狼桃目光一凝，转而言道："有许多事情并不是你想怎样，便能怎样。"

范闲立即回道："我这辈子还没什么事情是想做而做不到的。"

所谓话不投机，半句也多。

狼桃微嘲道："你如此自信，是不是断定了朵朵不会随我返国？只怕师妹并不如此想。她是北齐的人。这不是谁强加给她的概念，而是她自幼形成的认识，当她自身的走向与朝廷万民的利益冲突时，她会怎样选，你应该能猜到。"

范闲皱眉说道:"你们就不能尊重一下她的意见?"

狼桃冷笑道:"你尊重她?那你日后究竟准备如何?"

范闲应道:"我辛苦万般做出这等局面,为的自然是日后娶她。"

狼桃似笑非笑地说道:"你怎么娶?把你现在的妻子休了?"

不论林婉儿还是海棠,都不可能为人妾,范闲也没有解决这个问题的办法。在很久以前,他曾经耻笑过长公主,认为对方的目光有局限,因为对方有屁股局限性。如今他才黯然地发现,自己也有局限性。

"你们去苏州吧。"他想明白了一些事情,忽然说道。

此时轮到狼桃愣住了。

范闲轻声说道:"我想通了,在这件事情上太过自私总是不好的,让她承担一国之压力更是无耻。回便回吧,便像是回娘家一般。"

狼桃从他的话语里嗅到了一丝危险。

"回北齐又如何?你们家太后想得太简单。就算你们请苦荷国师出马逼海棠点头嫁人,可是这天底下还有谁敢娶她?"范闲盯着狼桃的双眼,说出了他重生以来最嚣张的一句话,"天下皆知,她是我的女人……谁敢得罪我去娶她?卫华他有那个胆子吗?"

酒楼间一片死般的沉寂,微风徐来,狼桃品出了范闲话里的玉石俱焚之意,摇头叹道:"真是不明白你这个人,为什么非要把这件事情弄得这般大。"

范闲道:"有很多事情在你们看来很小,在我看来却是很大。"

狼桃忽然问道:"去年在西山石壁之前,那个黑衣人是不是你?"

这话来得太突然,以致范闲也有些反应不及,但他自幼所受的培训实在扎实,立即面现愕然回道:"什么黑衣人?"

关于西山、肖恩、神庙的事情,范闲已向海棠坦白,也从海棠处知道苦荷国师早已经发现了问题……但他是打死也不能承认的,能顶一时便是一时。

范闲相信海棠一定不会在这种关键问题上出卖自己。

狼桃不再追问，轻声道："既然如此，那便不再说了。我去苏州，你在梧州，只盼日后不会有什么问题。"

范闲平静地回道："会有问题，如果你们敢不顾她的意愿，强逼着她嫁人，相信我……我一定会想办法灭了你们北齐。"

狼桃沉默了很长时间，说道："放心，我不会让这样的事情发生。"

范闲伸出手与狼桃宽厚有力的手掌握了握："这是男人的承诺。"

狼桃眼中闪过一丝笑意："也许不仅仅是男人的。"

范闲来梧州并没有大张旗鼓，但在林家大宅里住了这么些天，消息早就传开。梧州知州已备了厚礼拜望过了，市井百姓也猜到了他们的姑爷在这里。但当范闲的马车行于街上时，没有任何人前来打扰，也没有任何人会喊破此事，民众们只是远远对着马车微微低头，无声行礼。

这种带着距离感却又发自内心的尊敬让范闲很舒服，也让他清晰地看出，自家老丈人在梧州城里究竟拥有怎样的地位与声望。其实他并不知道，梧州人民对他的尊敬不仅仅是因为林老相爷，更多的是因为他自己的名声。

马车回到林宅，范闲快步走到后堂。那位正把玩翠绿鼻烟壶的老人，第一句话就是："做大事，就需要脸厚心黑。"

范闲拉了把椅子坐下，轻声反驳道："这和那些事情没关系。"

这位把玩鼻烟壶的老人自然就是归乡养老的林若甫，不过一年时间，当初庆国首屈一指的大人物已经变成了一位乡间善翁，头发随意地梳拢着，穿着件很舒服的单衣，脚上蹬着双没有后跟的半履。但那双深陷的眼窝里却带着稍许疲惫与无趣，脱离了朝廷里的钩心斗角，这般淡然的休养，却似乎让他的精神气魄不如当年。他听着范闲下意识的反驳，忍不住微笑着批评道："莫非你以为这真的只是小儿女间的一件情事？"

范闲有些不安道："我不认为有什么区别。"

林若甫一直抚摩鼻烟壶的手停了下来，说道："是吗？如果那个女子没有北齐圣女的身份，没有与北齐皇室之间的关系，会是小儿女情事？你以为老夫会允许你成婚不足两年，便又想这些花花心思？陛下会默许你？"

范闲明白这个道理，如果不是娶了海棠会为自己以及自己身后的那些人带来很大好处，没有人会站在自己一边。尤其是林若甫，断没有为自己女婿讨小老婆出谋划策的道理。他苦笑道："让我去的是你，批评我的又是你，我可怎么做？"

林若甫道："昨夜你说的话很对我的胃口……我不理你与那个女子间的关系如何，只要你在朝中站得越稳，我林家地位也就越稳。"

有海棠这外援，范闲在南庆的地位也会稳固许多。只是他在某些方面确实是很冷漠无情的人，却依然保留了前世的某些观念，下意识里就不希望将自己的私事与政治联系起来。更何况海棠不见得肯嫁给自己。

猜到范闲在想什么，林若甫微笑道："你我都明白，她嫁不嫁入你范家是无所谓的事情……只要她不嫁给别人便好。"

这是真正的道理，范闲沉默片刻说道："我去看看婉儿和大宝。"

林若甫想了会儿，道："婉儿那里你不用担心什么，她自幼不在我的身边，但也是在皇宫里长大的人，自然会明白其中道理。"

范闲苦苦一笑，心想老丈人太直接了，转念一想，当年林若甫正是与长公主暗中……才有了后来的飞黄腾达，心里暗道，长辈果然要更王八蛋一些。

"你可知道当初为什么我会答应将婉儿许配给你？"林若甫问道。

范闲猜得到一点，但不知道全部文章，认真听着。

林若甫将鼻烟壶放到桌上，道："陛下当初有意将婉儿指给你，还是庆历二年间的事情，当时陈萍萍极力反对，我便嗅出了这件事情有蹊跷。"

范闲心想陈萍萍反对与你有什么关系？

林若甫开始解答他的疑惑，轻声道："满朝文武之中我所忌者，只有三人。你父亲一个，陈老跛子一个，还有那位秦家的老爷子。"

范闲细细一品，陈萍萍执掌监察院，自然为当初的林若甫所忌惮。秦家那位老爷子虽然年纪大了，极少上朝，毕竟官拜枢密院正使，乃是军方头一号人物，超品大员，门生故旧遍及军中，自然也要得到林若甫的重视。但自家那位老爷子……当初只是位户部侍郎，怎么就让他如此看重？

"而这三人中我最佩服陈萍萍的眼光。你与晨丫头的婚事在当时看来没有什么很明显的坏处，对哪方都是如此，他如此强烈地反对，那么表明他一定知道一些我没有掌握的隐情，所以……"林若甫微笑着说道，"我也反对。"

范闲听到此时，不由好奇地说道："那为什么后来您又同意了？"

"和你说过，或许你已经忘了。珙儿去了，我膝下便只有大宝与晨丫头二人，而陛下当时已经流露出让我去职的念头，我在朝中若干年，奸相之名不是白来的，不知道得罪了多少人，而我的族人也因为我的庇护获得了极大的利益……我去之后，谁来保护他们？谁来庇佑我的大宝？"林若甫盯着范闲的双眼继续说道，"你送鼻烟壶给我的那日，我断定你可以做到这一切，所以我应承了此事。"

那只祖母绿打造而成的精致鼻烟壶，此时正静静地搁在木桌上。

范闲沉默片刻后，平静而诚意十足地承诺道："您放心，只要我活着一天，就不会让婉儿受委屈，让大宝不快活。"

林若甫欣慰地点点头，又笑道："后来你的身世曝光，才知道你原来是叶小姐的公子，那我还有什么好担心的？"

这便慢慢将话题引到了范闲一直不能宣之于口，也无法问人的方向。

"我在朝中没有什么得力的人，除了任少安。"范闲认真地说道，"我能将二皇子打得落花流水，可日后如果真到了那一天，朝廷上没人替我说话。"

林若甫知道他的意思，却不点明，笑道："老舒小胡，门下中书最有权力的两位大学士都很欣赏你……还不知足？"

范闲摇头道："欣赏不能当饭吃，真到了站队的时候，谁都信不过。"

林若甫紧盯着范闲的眼睛问道："你需要一些信得过的人？"

范闲嘿嘿笑了声，就像是张着嘴，流口水，等着长辈喂食的贪心小鸟儿。

林若甫忍不住笑了起来，马上却是笑意一敛："我不会给你。"

范闲很吃惊，不过既然林若甫将全族人都押上了自己的马车，总要给自己一些帮助，断不至于让马儿跑又不让马儿吃草吧。

果不其然，林若甫接着说道："老夫离开京都后，朝中便有些乱了，投二皇子与云睿的投了过去，投东宫的投了过去，老实站在中书门下的还有一大堆……你在天下士林间早有大名，加上庄墨韩之赐，虽说年纪小了点，但要说读书人领袖也当得起。可为什么除了少安因为当年鸿胪寺的关系站了出来，这一年多里满朝文官竟没有一个人登你的门？时至今日，除了那四个在各郡州里熬日子的学生，你竟是一点势力也没有发展起来，这你不觉得很奇怪？"

范闲早就注意到了这种情形，似乎冥冥之中有只手一直在阻碍着自己在这方面的进展。本以为是皇帝的制衡之术，可后来发现，皇帝依然只在军队方面防着自己，并不在乎自己与文官的交往。

他看看林若甫，认真地问道："为什么？"

到了这时候，他自然知道了，这是远在梧州的老丈人在运用自己留在朝中的影响力，不让那些文官与他靠近。

"木秀于林，风必摧之。"林若甫缓声道，"你这棵树已经长得太高，比那几位正牌皇子还要高……不错，这件事情是我安排的，那些在你看来有用的人，我暂时不会让你去用，以免引来宫中的议论。当初我便是站得太高才不得已退了下来，我又怎能忍心让婉儿的夫婿重蹈覆辙？"

范闲沉默片刻后说道："但总有一天，我需要用那些人。"

"新皇即位的时候，那些人我就给你。"说这话时，林若甫面无表情。

范闲觉得有些不妙，这说明林若甫对着深不可测的皇帝陛下，也下意识里不敢生出任何冒险之心，所以他要避嫌，要让皇帝相信他是真的在梧州养老，而这带来的最大的损失就是，他没有办法获得那些助力。

"我怕太晚了。"双方话已经说开，范闲不再避讳什么，"太子与老二的力量基本上都在朝中，万一将来是他们继位，我不会有什么好日子过。"

林若甫微微一笑，说道："说得直接一点。"

"好。"范闲直接道，"我不会允许太子或者老二坐上那把椅子。"

"你不需要那些力量，太子与老二就已经不是你的对手，何必再理会这些？你最近一年做得不错，但最大的问题就是不知道真正的对手是谁。"

林若甫不知道是不是想起了多年前的那些往事，眼窝里散出的目光显得愈发深远，只听他缓声说道："在当前的状况下，你的敌人只有一个——那就是云睿。"

范闲有些不以为然，他见识过长公主的手段，玩起阴谋来有如绣花般细腻美妙，但他是监察院提司，上有陈萍萍下有言冰云，哪里会怕这些。至于实力方面，信阳曾经派遣刺客到苍山暗杀他，结果闹了个灰头灰脸。他想来想去也不觉得长公主有什么厉害，总觉得传闻有些言过其实，忍不住摇了摇头。

林若甫问道："你忘了君山会？"

"叶流云只有一个，不能改变什么大势。"范闲说道。

"叶流云只有一个。"林若甫用一种奇怪的眼光看着范闲，"四顾剑也只有一个，燕小乙也只有一个，我……也只有一个，但君山会，可能有无数个。"

范闲听明白了，震惊地看着面前的老丈人，嘴唇有些发干，声音微涩地说道："您也是君山会的人？还有四顾剑？"

"什么是君山会？"林若甫道，"没有人能说得清楚，云睿她自己也说不清楚吧……我只能说君山会只是一个很松散的组织，有可能是品茶的小团体，也有可能是灭去万条人命、毁国划疆的幕后黑手。"

范闲想问些什么，被林若甫挥手止住。

"我们不是一国之君，只是握有一些极大的权力或者实力……有很多事情总是我们自己不方便做的，所以我们会经由君山会这个渠道请朋友帮忙，而当朋友有麻烦的时候我们也会帮忙。很对等是不是？"林若甫接着说道，"君山会没有一个森严而完备的组织形式，没有确定的目标，也没有什么一致想达成的愿望，不过是朋友间的联谊会罢了。就纯粹意义的杀伤力来说，这并不可怕，至少不如老跛子的监察院好用。"

范闲心想既然如此，为何自己要警惕长公主？

林若甫转而问道："陈萍萍最后在逼云睿，你似乎也在逼……我猜得可对？"

范闲不得不佩服对方的政治嗅觉，点了点头。

"可你和老跛子似乎都犯了一个错误。你们总以为把长公主与东宫都逼得跳起来，逼到皇帝陛下的对立面，就可以轻轻松松地获取整个战役的胜利。"

"难道不是吗？"范闲反问道。庆国皇帝这十数年来很低调，但当年的历史早已证明了，皇帝的手段是任何人都无法抵挡住的。

"因为君山会的松散源自没有目标，因为你们不知道云睿她真的是个疯子。"林若甫叹了口气，评论着那个与他纠缠了许多年，还为他生了一个可爱女儿的公主殿下，"如果君山会发现了一个有价值的目标，松散就会变得紧密，隐藏的力量会全部迸发出来，而那会产生非常可怕的摧毁性。"

范闲听着这话心生寒意，虽然这个局面是他自己营造且盼望的。

如果君山会除了叶流云还与东夷城有联络，还有许多助力，那么实力早已超越了国境的限制，而长公主选择的目标能够让这个松散的联谊会变成一个火药桶，整个天下当然就只有庆国皇帝才有这个资格。

"四顾剑难道也会出手？"他脸色难看问道。

"云睿如果不疯，自然不会做这样的安排，可如果她真被陛下和你们逼急了……那谁能说得准呢？陛下若死了，有太多的人可以获得好处。"林若甫正色道，"除了你我这些大庆的臣民。"

庆国皇帝如果死了，北齐自然最高兴，东夷城也会放鞭炮，太子可以继位，二皇子不必惶惶，但庆国会迎来无数的麻烦甚至是苦难。

"为了这样一个伟大的目标，庆国的敌人都会团结起来……"

紧接着，林若甫又问道："你先前说四顾剑，为什么不说苦荷？"

范闲的嘴里有些发苦，不想接这个话题。

林若甫微笑着说道："有云睿居中联系，谁都有可能是君山会的人。"

难怪长公主与北齐太后之间的私交极好，与东夷城也一直狼狈为奸，长袖善舞，原来最后都是落在了此处，她才是君山会的核心。

"大家来自五湖四海，为了一个共同的目标……"范闲的心情有些苦涩，忽然想到一件事情，不解地问道，"陛下一定能想到，他为什么不先下手为强？"

"云睿虽然是疯的，但我毕竟和她相识二十年，还能猜出她会做些什么。"林若甫感慨着说道，"但谁也不知道陛下的心里在想什么，也许他正等着那一天？"

"如果这是真的，陛下到底为何如此自信……不，这简直是自大加自恋了！"范闲有些茫然，看着岳父颤声请教着，"那我该怎么办？"

林若甫看着他同情地说道："我知道你原想做个看客，但如果事情真到了那一步，不论你愿不愿意，也是要上场演戏的。"

自在苏州时，范闲便一直期待着梧州之行，因为他知道岳父大人这一年敛声静气地似乎已在世上消失，但那只是为了防止皇帝的警惕而刻意摆出来的姿态。

当然，姿态摆久了，这种感觉往往也会渗到骨子里去。

范闲很欣赏岳父敢舍敢得的气魄。朝堂不可久居，便轻身而去，什么条件也不谈，给足了陛下面子，朝廷自然会给荣休的前相爷脸面。

这种政治智慧让他很相信岳父大人的判断，今天这番话听下来，虽然有些发寒，有些隐隐的兴奋，更多的却是有些茫然。

这个世界上知道他很多秘密的是老跛子，知道另一部分秘密的是父亲，知道另一些秘密的是岳父。

而这三个人便是庆历新政后五年间，庆国皇帝最得力的三位下属。范闲记得清楚，自己从澹州到京都之前，父亲与陈萍萍形同陌路，岳父与陈萍萍更是朝中最大的两个对立面。准确说来这三方从来没有互通声息的可能。

而这一切随着范闲入京，随着他与婉儿的婚事便不复存在。除了庆国皇帝，又多了范闲这样一个可以调动三位大人物的资源的幸运儿。只是这种幸运或者说实力不能放在一个臣子身上，所以无论如何这三角之中必然有一个人要退下。

林若甫成为第一个牺牲品。而且皇帝没有就此罢手，才有了春末京都清查户部一事。

范闲不明白，明明朝廷里面还有那么多问题，皇上就开始杀狗……这到底是怎么回事？他的信心究竟是从哪里来的？

"江南的事情我就不问了。"林若甫打断了他的思绪，"你做的这些事情看似有些佻脱，想来必有后手……只是年节时你要回京述职，做好准备，尤其是不知道那些人会什么时候发动。"

范闲想了想，回道："您放心，没事。"

林若甫感受着年轻人的沉稳与自信，好奇地问道："陛下的信心有过往的历史做证明，而你这无头无尾的自信，又是从哪里来的呢？"

范闲认真地说道："我相信，我的运气是这个世界上最好的。"

林若甫哑然，无可奈何地摇摇头，又问道："你对袁宏道有什么看法？"

范闲微微一怔，他知道袁宏道是当年相府的清客，也是林若甫数十年的老友，只是似乎在林相下台一事里扮演了极不光彩的角色，如今此人已经成为信阳的第一谋士，毫无疑问便是卖友求来的荣。他不明白岳父为什么会忽然提到这个人，又想到岳父似乎没有杀死此人报仇的想法，更觉得有些古怪。

"袁宏道是一个很厉害的人，也是一个很洒脱的人。"林若甫接着说道，"我始终想不明白，他为什么会出卖我？"

"他难道不是长公主的人？"

"云睿应该没有这个能力……我也不是很清楚，事情过去了一年多，我对宏道的恨意也渐渐淡了，但若有机会你还是替我问问他，这是为什么？"

范闲点点头，心想这次问候不是用剑就是用弩。林若甫看着他的神情摇了摇头，道："日后京中如果真的乱了，或许他可以帮你。"

范闲怔住了，心想这又是什么意思？

一行人在梧州又待了数日，范闲只要得闲，便会在书房里向老丈人请教，一方面是想知道些当年旧事，另一方面也是想学习些朝政手腕。虽说他两世为人，但在这些方面，又哪里及得上一位必将青史留名的千古奸相。

在谈话中，范闲对朝堂上的很多事情尤其是他最陌生的军方——秦家、叶家这两个开国以来的勋旧增加了很多认识。他了解得越多越觉着奇怪，像叶家这样一个低调稳妥的家族，怎么会和长公主那边牵扯渐深？

当然，这个疑问只能埋藏在他的内心深处。

而江南的事情，林若甫虽说不想管，却还是给薛清写了封信，并且把自己了解的薛清尽数告诉了范闲，重点就是：此人好功，而心思缜密。这样的人最大的盼望就是做个名臣，双手必然不愿意染污秽，日后范闲动手时，只要能让薛清置身事外，事后自己将如此大的功名送与他，他自然愿意在暗中配合。

除此之外，内库的走私正常进行，海上的查缉还在继续，对明家的盘剥与削弱一日未停。据苏州传来的消息，明青达开始加大从招商钱庄调银的份额。

一切都很好，正如梧州城的悠长假期。

梧州城外尽青山，遮住了大部分南向的炽烈阳光，林幽风清，实在是消暑度夏的最好去处。

范闲时常会随婉儿与大宝去四周的山里转转，打些猎物，觅小涧烤烤青蛙，与婉儿讲讲令狐瓜子的故事。也有在山里过夜的时候，其时繁星点点，美不胜收，鹊桥渐合，银河随风而去，他抱着妻子轻声调笑，夜观星象，不知天下大势究竟是分是合，只知道牛郎与织女一年一日的时辰要到了。

夫妻二人极有默契地没有提苏州、京都以及别的地方的事情，没有提海棠、没有提长公主、没有提皇帝，只是偶尔会聊聊在北齐修行的若若妹妹、范氏庄园里藤大家整的野味、德州出产的香美极鸡腿儿……

一路西向，二人指山问山，遇水下水，遇小鹿则怜，遇独狼则凶，于林旁溪边行走，于崖畔云中流连，仿佛身边的一切都不复存了，只有彼此。

错了，还有大宝。

不过大宝的可爱就在于他时常都是安静的。

只可惜这样的日子不能永远持续下去，如果想保有这种日子，范闲就必须再次出山，走入红尘之中。

数日后，那列全黑的车队驶离了梧州，缓缓向着东方驶去，沿路经过数座小城与大山，来到了一处三岔口处。这里已经到了东山路境内，分别通往东山路治下的两个州城。东向是澹州，偏北向是胶州。

"你去澹州等我。"范闲对婉儿和声道，"顶多迟个十天。"

婉儿当然知道他要去胶州做什么，但知道皇命在身，范闲根本无法拒绝，只好露出让彼此心安的温和笑容，打趣道："休要去拈花惹草。"

范闲赔笑道："娘子放心，再也不去路边摘了。"

大宝一直表情木然地坐着，忽然插话道："园子……里有花。"

范闲微窘，转身进了车厢，就此暂别。

由三岔口往北行了不过三里地，他在车里问道："准备好了吗？"

"一切都准备好了，提司大人。"有下属应道。

远方山林侧边隐隐可见一队冷峻而阴寒的黑色骑兵正等待在那里。

东山路乃庆国七路之一，偏于东北，从崤山处往正北行去，便会一头扎进东夷城的那些诸侯小国，穿过那些城池便会进入北齐的国境。上一年范闲出使北齐走的是另一条路，绕北过沧州经由北海而入，没有来过这里。

看着手中的地图，他忍不住皱了皱眉头，指着图上一角问道："原来胶州还在澹州下面……这上面一大片空白，是什么地方？"

他身边是那位黑骑的荆姓副统领，今天荆将的脸上依然戴着那张银面具，沉声应道："澹州北是一大片峻山密林，无人敢进，所以画图时只是一片空白，在这片大空白的正北方就是临着海湾的东夷城。"

范闲今天才知道，原来这座天下第一大城竟离自己童年的澹州并不遥远。澹州城北的那些崇山峻岭他很熟悉，知道想从那些地方觅一条道路来基本上是不可能的事情，而且这一段的地理环境也很特异，沿海是连绵百里的悬崖峭壁，如果东夷城的人要到南庆，就只有从崤山西边绕，或者通过海路。

想到东夷城的航海能力极强，范闲不禁有些担忧，终于明白为什么陛下如此看重此事，要求自己亲自动手。也明白了为什么在泉州第一水师被裁撤后，朝廷一直坚持在偏远的胶州养着一支水师——胶州在澹州之南，这里驻留一路水师，自然是为了震慑东夷城在海上的力量。

范闲无声冷笑，如今自然知道，当年的泉州水师从某种程度上来说等若是母亲大人的私军，朝廷做事果然是滴水不漏。

"老荆……为什么不把面具摘下来？"

奉陈萍萍严令，这一路四百黑骑自范闲出使北齐开始便成了他的属下，帮了他很大的忙，比如上杉虎营救肖恩的那一局，又比如在江南围剿君山会。

因为各方面的原因,他一直没有办法将手伸到军队中,黑骑是他最强大的一支武力,可以加重他的力量砝码,也可以让他在与别人谈判的时候多几分底气。

只是他与这些下属并不怎么亲近,因为黑骑不能入州,甚至不能近州,他又是一个贪图享乐的人,不愿意在军营里住着,与众人没有太多交流,这种陌生感在短时间内根本没有办法消除。范闲明白如果自己将来真想做些什么,这支武力不能依靠陈萍萍掌握,必须让这四百多名骑兵死心塌地跟着自己,从内心深处收服对方……所以与黑骑会合后,他便一直尝试着用收服王启年与邓子越的方法收服这个奇怪的、一直戴着银色面具的黑骑副统领。

他温和地笑着,说着家长里短的闲话,营织出一种温馨而开诚布公的气氛,当然也不会忘记流露出居上位者应该有的沉稳与自信。只是荆副统领还是那般淡漠,一点感动都欠奉,就像现在这样直接回答道:"习惯了。"

范闲忽然微笑道:"戴着面具的人,不外乎是两种。"

荆统领牵着缰绳的手略紧了紧,看来他对这个话题比较感兴趣。

"要不就是面具下面的那张脸生得太过丑陋,或者是受过重伤,不堪见人。要不就是……这张脸生得太俊,俊美得像娘们儿似的。"范闲望着那个闪着微光的银色面具,微笑着说道,"当然,这句话我不是在讽刺自己。黑骑是要上阵杀敌的,面容越狰狞,越容易吓倒敌人,如此一来前一个理由就不存在了。看来荆将一定是个难得一见的美男子。"

荆统领愣了愣说道:"提司大人果然……了得。"

范闲呵呵一笑,心想兰陵王与狄青的故事听得多了,随便蒙一蒙还是可以的。

荆统领依然没有取下面具,范闲忽然问道:"你真叫荆无名?"

他想起去年第一次知道这人姓名时产生的奇怪联想——如果你是荆

无命，我岂不是成了上官妖女他爹？

荆将有些好奇地看了他一眼，道："属下姓荆，没有名字，不是叫无名。"

没有名字的五处大人物？没有名字的黑骑将领？范闲叹了口气，心想难怪世人都如此害怕监察院，在陈萍萍那个老跛子的熏陶下，整个监察院的行事风格、身世都带着一股诡异。他摇头道："还是有个名字的好。"

荆将沉默少许，点了点头："请大人赐名。"

被请赐名，这是极高的荣耀，范闲有些吃惊，回首看着这位将领宁静中带着诚恳的眼神，知道对方不是在说笑话。

他认真地想了许久，道："单名一个戈，字止武，如何？"

荆将当年也是位军中豪杰，因为得罪了权贵险些冤死，幸运地被陈萍萍从天牢里捞了出来，放到黑骑中，也是腹有墨水的人物。一听这名字他便马上明白了范闲的意思，银色面具下的唇角泛起极好看的曲线。

如此一来，当年在军中枪挑上司被处极刑，后来神奇失踪，一直无名无姓，以银色面具遮住自己容颜的风云人物……在斩断了自己前一半人生之后若干年终于有了自己的名字，也开始了自己另一段的人生。

"荆戈，"马蹄嗒嗒声中，范闲看似无意问道，"你当年得罪的是谁呢？"

荆戈不知道是不是没有习惯自己的新名字，还是因为震惊于提司大人的敏锐，半晌没有说出话来。沉默了许久之后，他才轻声说道："秦家。"

范闲震惊无语。秦家在军中的地位他自然清楚，秦老将军一直是枢密院正使，小秦如今也成了京都守备，林若甫在朝时对秦家都要忌惮三分，这属下当年竟是得罪了秦家？他不由得对陈萍萍生出极大佩服，老跛子果然胆子够大，敢用秦家的仇人，而且一用就是这么多年，甚至还让荆戈做了黑骑副统领！

"我……与秦家关系不错。"他试探着说了这句话，心想只要荆戈愿意向自己求助，自己可以在回京后尝试着弥补当年的仇怨。

"谢谢大人。"荆戈的语气很诚恳，"不用了。"

范闲静静地看着他，问道："你和秦家究竟有什么仇？"

荆戈沉默了一会儿，说道："在营中，我杀了秦家的大儿子。"

秦家长子？秦恒的兄长？范闲面色不变，心却是寒冷了起来，当年被荆戈杀死的那人，如果活到了现在，只怕早已经是朝中数一数二的武将了。这样的仇恨……陈萍萍究竟是怎样想的？为什么要收留一个定时炸弹在监察院里？

前方传来几声鸟叫。沉默前行的黑骑整齐划一地停住了脚步，不是人，是马……放眼世间，恐怕只有西胡的王帐军才有这个本事。

暮色已至，范闲与荆戈驰马而前，居高临下俯瞰着山下的那座城池。

城不大，内里已有灯火亮起，星星点点。

这便是胶州。

前方更远处，一片大海正在昏暗的天色里将蓝色蜕变成漆黑，隐隐可见一个戒备森严的船坞与数十艘战舰，还有那些醒目的营地。

那便是胶州水师。

"敢入城者杀无赦。"

范闲将荆戈的提醒抛到了脑后，冷漠地发布了命令，一拉马缰，脱离了黑骑的大部队，没有带任何一个护卫，单骑上了狭窄的山道，往胶州城驶去。

第六章 提督府刺杀及后续

黑骑突袭胶州，为掩人耳目，自然不能走官道。范闲对黑骑的强大战力再有信心，也不能奢望仅凭四百余骑，就可以镇压住庆国的三大水师之一。

所以只能悄悄地进城，打枪的不要。

远远看着胶州城门，范闲便下了马，觅了个清静处将马放走。那马颇有灵性，明白主人的意思，也不怎么流连，往幽谷里奔去，不一会儿便没了踪影。

不是范闲舍不得杀马，只是血腥味会带来麻烦。他坐到了一棵树下，在身边挖了一个小坑，把衣物脱下来扔进了坑里。

接着他取出装备，进行了一番很细致的检查，确认黑色匕首、三处新配的暗弩、迷药毒药俱在，然后有些不甘心地将王启年送来的那把天子剑埋进了坑里，心想不知道什么时候，自己才可以正大光明地用用这把剑。

待他从大树下离开时，监察院的提司小范大人，已经摇身一变成为一个寻常的年轻男子。他面容依旧清秀，只是眉间的距离变得宽了些，眼角往下耷拉了些，少了些英气，多了丝诚恳之意。那件粗布衣裳里面还是贴身的黑色夜行衣，材质一流，透气极好，不会觉得热。

太阳沉没在后方的山下，昏昏的暮色笼罩着四野。关城门前的最后一刻，范闲走到了城门口，交出路引，答了城门兵卒几个问题，便轻松地入了城。监察院做的路引根本不存在作假水平的问题，本来就是真的，自然没有问题。

穿过城门，范闲就像一个远道而来的旅人，好奇地打量着四周的民宅与景致，举止却不会太过悠然，脚下并未放缓，完美地扮演着自己的角色。

胶州城和一般临海州城不同，商业并不发达，贯穿城中的大道两侧并没有多少铺子，就算有些门面也是半遮掩着，没有招牌，无法看清楚是什么营生。整座城都有些肃然与平静，少了生活的烟火气息，却多了几分威严。

范闲知道这是什么缘故。胶州远离中原，山高皇帝远，一切都要仰水师鼻息。水师日常训练、上万官兵生活所需，除了朝廷调配便是就近征用，这给胶州百姓带来了很多麻烦，也带来了很多好处——至少不愁粮食等物品卖不出去。

事实上，胶州城完全可以理解为水师的后勤基地，自然也有了很浓厚的军事气息，城中最好的地段都被水师征用了，最大的豪宅都是水师里面的高级将领住着，最好的姑娘都是水师的人霸占着。

虽说朝廷有明令，不允许驻军将领居住在州城内，不过谁都知道，这个规矩早已失去了作用，不止胶州一地，所有地方上的州军乃至边军，那些大人物都不愿意住在生活不便的营帐中，肯定会在州城里买房子，买女人。

黑骑是唯一的特例。

范闲望着街边红灯高悬的青楼，忍不住摇了摇头，丘八多的地方，妓院生意自然差不到哪里去，只是不知道那些水师官兵会不会赖账。

不过按院里传来的消息，胶州水师虽然是胶州城的皇帝，但向来不怎么吃窝边草——他们以往都是吃南边海上的草。

范闲低头快步走过一处大宅。那宅子占地极阔，飞檐走凤，门涂朱漆，墙隐竹间，占了半条街，竟比京都那些王公的宅院还要嚣张些。

今日这处大宅也如远方那座青楼一般，挂着红通通的灯笼，一片喜气洋洋，门上贴着白须飘飘的神仙画像，看模样应该是有哪位大人物正在做寿。

与欢愉气氛不协调的是守在大宅门口的那些兵士，面色黝黑，耳下隐隐可见水锈之色，想必是长年在海上混生活的人。他们目不斜视，一脸肃然地检查所有的来宾。虽说来宾们除了水师里的上司，其余都是胶州城官员，还有一些能站上台面的富商，甚至还有几位远自江南而来的商人，这些兵士依然不敢放松，细细地检查着礼盒，确保没有人敢携带凶器入内。

大宅正门处守备森严，宅内那些僻静处应该也埋藏着不少钉子。范闲一路走过，将这座宅子的护卫力量查得清清楚楚，同时将四周地形画了一张地图，印在自己脑中。当年他不过去皇宫走了一遭，便把所有小路都记得清清楚楚，这座宅子再如何大，难道还及得上皇宫？

抛离身后的热闹与行礼之声，范闲有意无意地往街旁墙下的某处瞄了一眼，看到一个熟悉的暗记，转身而入，一直走到了小巷的最尽头。

是个死巷子。

范闲轻身而起，手掌在墙头一搭，便翻了过去。

墙后是一个小院子，并不清幽，还隐隐能听到街上的声音。房屋前后六进，看上去也有些老旧，说明住在这里的不是一般百姓，但日子也不如何好过。

范闲走进屋里，坐到主位，端起茶壶嗅了嗅，给自己倒了杯茶饮了下去。

匆忙的脚步声响起，小院主人走进屋，发现一个并不认识的年轻人正坐在那里，心头一惊，又看着那人做出的手势，喜道：“老师，您可算来了。”

范闲笑了笑，放下手中的茶杯，望着侯季常瘦削的脸，忍不住说道："来胶州做官本以为能将你那身子养好些，怎么越发瘦了？"

侯季常在江南大堤与杨万里见面之后，便不辞辛苦地赶来胶州上任，又要暗中替范闲调查那件大案，心神压力极大，竟是有数夜不能入眠。如今双眼深陷，颧骨突出，哪里还有半分当年京都雨天潇洒才子的模样。

侯季常苦笑着自嘲道："学生可没有老师笑看天下事的本领。"

范闲叹了口气，门下四人虽说以侯季常心思最为缜密，行事最为大胆，但真要面对即将到来的血腥……书生毕竟还是书生。

按道理来讲，这件事情由监察院出面就好，范闲安排侯季常来此，一方面是想震慑住胶州的官员，另一方面也是存着私心，胶州大乱后定然有人受贬，有人领功——一个大功劳可以让季常获得非常规的提升。这种好处他愿意留给自己的学生，他受的这些惊吓只能说是必须付出的代价了。

"你到胶州之后，有没有什么异常？"范闲没有问胶州水师走私的事情，他清楚，侯季常断不可能在这么短的时间内摸清楚这些。

侯季常道："天下皆知我是您的门生，官员对我还算客气，水师里的那些将官们也很识趣，但除了一些风声，暂时没有掌握别的。"

范闲早就猜到了这个局面，问道："水师提督常昆今天开寿宴没请你？"

侯季常一愣，道："应该是给您面子，提督大人也给了我个帖子，只是……您说今日便到，所以我一直在家候着，还没确定去还是不去。"

"去。"范闲毫不犹豫地说道，"你先去。"

这意思自然是他会后去。

侯季常担心地问道："就您一个人？"

"一个人就够了，他又不是肖恩。"接着范闲面无表情地说道，"今天是他的寿宴，日后他的家人给他祝冥寿、祭奠可以放到一天，这可以省很多麻烦。"

侯季常心中一惊，怔怔地望着自己的门师，才知道今天范闲来寿宴是要杀人的，却不知道在水师官兵的护卫下，他究竟准备怎么杀？而且堂堂水师提督、从一品的大官，总不能就这样暗杀了事，陛下和老师打算怎么善后？

范闲为什么来胶州，为什么要对付胶州水师，一切的根源都是东海上的那座被血洗的小岛。那座岛上的海盗是明家养的私军，被全数灭了口，幸好监察院那个名叫青儿的密探艰难地活了下来，把当时的情况禀报了上去。

动手的是胶州水师。

只能是胶州水师。

那之后的几个月，监察院加大了对胶州的调查力度，时至今日仍然没有找到拿得出手的证据，但朝廷已经确定了，胶州水师便是明家背后的那只手。在明家的走私生意中，胶州水师肯定扮演着极其重要的角色，尤其是通往东夷城的那一路，如果没有胶州水师的保驾护航，这十余年间一定不会这样顺利。

庆国皇帝再如何隐忍，也不能容忍这种事情发生，于是便密信通知范闲，命他全权处理此事，至于如何处理，却没有给具体的方略。他究竟应该怎样做？水师不是明家，不是崔家，也不是二皇子……一个处置不当，引起哗动，刀兵事起，就算朝廷最后镇压下去，也会惹上极大的麻烦。如果可以，他愿意选择更温和的方式解决这个问题，只是在那个岛上，水师杀的人太多了……

侯季常去赴寿宴，小院里只剩下范闲一个人。

没有点灯，他在黑暗里静静地思考着，一条一条理清着自己的计划。稍后他要做的事情在政治上肯定是幼稚的，从风格上来说是蛮横的，只是皇帝让自己全权处理此事，又有什么办法？如果依照正常途径进行调查询问水师将领，都不是傻子，自然不会承认这种会抄家灭门的罪名。而一旦军方与监察院对峙起来，上万水师官兵将胶州城一围，范闲和自己手下那些人还怎么活？

所以只有行险——今天是水师提督常昆的大寿之日，所有水师的高级将领都汇集在胶州城内，胶州水师里只剩下了几个留守将官，一旦动起手来，城内城外联系不便，水师的反应也要慢几拍，这就是机会。

水师提督常昆满脸笑容地望着满座宾客，笑容里带着一分矜持，两分倨傲。

生而有四十余载，顺风顺水，身居高位，满城官员富商都赶来拍自己的马屁，连远在江南的大人物们也纷纷送礼，这份得意，不笑一笑何以抒发？之所以还不能尽兴去笑，是地位使然。身为胶州一地最高的军事长官，他的一言一行都影响着数十万人，此时不得不摆出一副威严肃穆的模样来。

今天这场寿宴大约又能收进十几万两银子吧？提督大人在心里打着算盘，举杯邀酒，权贵富商们纷纷站起，举杯相迎，口颂不止。

常昆瞥了一眼最角落里的一席，看着那官员一脸漠然，心里便极大的不痛快，对方来胶州已经有些日子了，却从没来孝敬过自己，甚至名义上的请安都没有！但他依然容忍着，甚至今天还将对方请了过来，因为那人叫侯季常。

侯季常，胶州典吏兼州判，不过是个从七品的小官，但背景太深。就算常昆是从一品的军方大员，也不能不给范府面子。而且他内心深处一直有隐惧无法消除，为什么小范大人会安排自己的门生到偏远的胶州来——难道监察院真的对胶州水师动疑了？可明家那边应该不会走漏风声，老太君都已经死了，没有人可以拿到证据才是。

在自己的寿宴上，常昆端着酒杯，思绪却飘到了别的地方——那座岛上没有留一个活口，带兵的是自己的心腹，应该不会有什么问题。

看着提督大人端着酒杯发呆，宾客们面面相觑，不知道发生了什么事情。

常昆醒过神来，自嘲一笑，朝廷就算听到了些风声，又能拿自己如何？

123

监察院没有真凭实据，难道就能动自己？

想清楚了局势，确认了安全后，一直压在他心头的石头终于轻了些，他对下属点点头，同意唤舞女进来助兴。然而看着那个脸色漠然的侯季常，他依然有些不舒服，忽觉得腹内有些鼓胀，对下属说了一声，便去了院后的茅房。

范闲从侯季常的家中离开，走到提督府后墙外，隐藏住身形，借着夏夜层云的遮掩，体内真气流运，双手稳定地贴在涂着灰漆的墙面上。他稍一用力，确认了流出掌缘的那层薄薄真气依然还能发挥澹州悬崖上的那个作用。

像一只幽灵，他悄无声息地翻过提督府的高墙，滑入院内草丛中，轻松点倒后方的两名护卫，走到了厨房外，从怀中取出监察院专用的注毒工具，借着胶管前方套着的细锐针器，将备好的迷药灌到密封好的酒瓮之中。

旁边有个开了封的酒瓮，范闲捧了一口尝了尝，觉着这酒味道确实不错，胶州水师的享受果然不是靠军饷能做到的。离开前他顺手扔了一颗药丸进去。

站在夜色中，范闲远远看着不远处屋外的几名亲兵，忍不住皱了皱眉，常昆那厮果然怕死，上个茅房还要人在外面守护着。

他爬上屋顶，有些恼火地捏着鼻子跳了下去。脚尖落在地上，悄然无声，他发现提督府的茅房也是这般豪奢，竟是里外两间，于是解开裤子，开始小解。

水声滴答，在隔间里蹲马桶的水师提督大人被惊动了。

此时常昆的裤子褪到一半，正坐在椅上，椅子中空，下方搁着个马桶，模样虽然有些难看，他眼中已经现出了如鹰隼一般的狠厉之色。

外面有人！

发现有人能穿过提督府的层层防卫，来到出恭的自己身边，常昆感到了一丝寒意,第一个反应就是应该大喊:有刺客!但他是个聪明人,此时能做的便是闭紧自己的嘴。如果来人是杀手,那就不会刻意弄些动静来惊动自己,而那人有本事悄无声息到了自己身边,就算自己喊来护卫,只怕也挡不住对方的刺杀。

隔间外传来很清冷的声音:"你开寿宴,怎么也不请我?"

常昆的脸上闪过一丝狠色,强笑道:"不知壮士姓名,能往何处发帖?"

布帘被掀开,范闲走了出来,一脸嫌弃地问道:"你就是常昆?"

堂堂水师提督,什么时候在这种情况下被人问过话,更何况对方的语气还是那般的居高临下与轻佻,常昆愤怒至极,但知道现在不是硬气的时候,回道:"不错。这位壮士怎么称呼?可否允我净手后再做交谈?"

"快点。"范闲放下帘子,用随意的语气说道,"另外,我是范闲。"

常昆心头大震,双手开始颤抖起来……范闲怎么会忽然间来到了胶州,怎么会出现在自己的寿宴上,怎么会……出现在自家的茅房里?他一面胡乱地处理着,一面系着裤腰带问道:"你究竟是谁?"

知道来人的身份后,常昆就明白今天这事麻烦了,甚至已经开始嗅到身败名裂的气息。他强自镇定心神拖延着,不停盘算接下来要发生的事情。

"在茅房里相见自然不舒服,不过为了隐人耳目也只能如此了。"

隐人耳目?那自然是另有说法,常昆心下稍安,却不敢掀帘出去。他深吸一口气说道:"如果真是范提司,不知道你今日前来有何要事?"

"和你谈个交易。"

"什么交易?"

"东海无名岛上的交易。"

常昆如遭雷击,嘴唇发干,竟连房内的污臭之气都闻不到了。他急促地呼吸着,脑内只有一个念头——朝廷果然知道了,监察院要来办自己了!但他毕竟不是蠢货,听出范闲话语里的回转之意,咬牙说道:"你说的话,本官不明白。"

"你与明家勾结，暗纵海盗抢劫内库商船，又往东夷城走私……我要说的就是这件事情。"

"休要血口喷人！"常昆身在茅坑，心也如茅坑里的石头，刻意将自己的声音提高了少许，想暗中通知一下外面的亲卫。

范闲似乎没有察觉到他的小心思，嘲笑道："你自己清楚是不是血口喷人。"

常昆厉声喝道："监察院休想构陷入罪……老夫可不是什么善男信女，我胶州水师也不是京都里的娘们儿官员，你当心闹得不好收场。"

"你的那些罪名我信不信无所谓，这天下百姓官员信不信也无所谓。"范闲的声音不带任何情绪，"关键是陛下觉得你有罪，不然怎么会让我到胶州来办案。"

常昆是当年随着庆帝三次北伐的老将，内心深处对皇帝的崇拜与害怕早已深植骨髓，无法抹掉，顿时被范闲这句话击倒了，心脏猛烈地跳动起来。如果陛下真要办自己，就算不用国法，也有的是法子让自己生不如死！

范闲继续说话："这个世上能救你的人没有几个了……除了我。"

常昆一屁股坐回椅上，茫然半晌后叹道："提司大人究竟想要些什么？"

范闲在帘外轻声说道："你的地位虽高，实力虽强……但在君山会里，依然只能是个打工者的角色，所以我很好奇你的真正主人是谁……谁会授命你调动朝廷的军队去帮助明家，去暗通东夷城。"

常昆紧闭着嘴，无论如何他也不会回答，这些罪名一旦坐实，不说范闲，就算是皇太后出马，也不可能保住自家满门性命。

"我不会对陛下说的。"范闲接着说道，"在这种情况下你只能相信我……我真的只是好奇，你死不死，你全家会不会陪葬，对我都没有什么好处。"

常昆冷笑道："提司大人，这些事情和咱家的胶州水师有什么关系？

你要是有证据，大可以拿着天子剑在营帐中把我当场擒下，水师一万官兵屁都不敢放一个……可你要是没有证据，就不要再把我堵在这臭不堪闻的地方聊天了。"

"是啊，你是一品大员，便是监察院没有特旨也不能索你问话。至于证据，你们杀得干干净净，就算有那么一两个活口也没用……"范闲发出的声音显得有些苦恼，"明家老太君也死了，我确实没有证据，可是陛下不想让你继续在胶州水师待着……那么你说，怎样才能让你在胶州消失？"

常昆忽然感到了危险，同时也在震惊着，为什么外面的亲随还没有冲进来？

范闲最后叹息道："既然你不肯接受这个交易，那我也没有法子了。我只好选择最直接，也是最荒唐的那个法子。"

常昆眼瞳微缩，盯着面前的布帘，看到了一个很诡异的画面。

青色的布帘就像是一片平平的土壤，骤然间却生出了一根竹笋，那竹笋不是青色却是黑色的，带动着青色的布帘向着自己的胸膛靠近。

他急了，却无法动弹，只能眼睁睁地看着那黑色的匕首尖端撕破青帘，吱的一声来到自己身前，深深地插进自己的胸膛！

临死前的那一刻，常昆心里闪过无数疑问与不解，为什么自己体内的真气忽然间流转得如此不顺，为什么四肢如此麻软，为什么……监察院敢暗杀自己？

自己是胶州水师的提督！自己是胶州的土皇帝！自己手下有一万官兵！自己死于非命，会惹得天下震惊，会引起水师哗变！监察院怎么敢暗杀自己！

监察院擅长暗杀，但在庆国皇帝的压制下，从来不敢把这种手段施展在官场上。因为皇帝清楚，先例一开，整个朝堂乃至天下都会陷入混乱。所以他先前并不怎么害怕，可是谁能想到，范闲居然真的杀了他！

范闲收回匕首，在青帘上擦拭干净血渍，插回靴中。看着帘内椅上满身是血的常昆，摇了摇头。不错，就算是皇帝陛下也不会在没有任何凭据的情况下暗杀一个军方大将，但他又不是皇帝，而且他要赶时间回澹州看奶奶。

他提着常昆的尸体走出茅厕，地上躺着几个死人，是常昆的亲随，想必这些死人的武功也是极高的，却是悄无声息地就死了。

看着那个正在发呆的影子，范闲笑道："提督府里杀提督，别不当回事。"

"寿宴之上立冥寿。"影子给面子地回了一句，"你也知道这事玩大了？"

虽然他说玩大了，但那张有些苍白的脸上却看不出丝毫担忧，身为监察院六处的真正头目，天下第一刺客，暗杀一个水师提督算什么？以他和范闲的身手，就算这时候有人发现了常昆死于非命，也有能耐在合围形成前轻身远去。

影子接过常昆的尸体，抓着尸体的后颈像提木偶似的提着，低头看了一眼，脸上闪过一丝异色，回头问道："按计划处理？"

范闲笑道："反正你家习惯了。"

茅房偏僻，外有丛树遮掩，提督府的下人很少会注意到这里，尤其此时夜已渐渐深了，没有烛火照明，漆黑一片，谁知道发生了什么。只不过茅房总是有人会上的，范闲也知道影子不可能掩住形迹太久，说完这番话后，他脚尖一点，如一道轻烟般掠起，翻出院去，消失在黑夜之中，不知去了哪里。

提督府前方隐隐传来饮酒作乐的声音，寿宴正在热闹时，想必那些舞女的衣裳也落了几件在地上，没有人发现提督大人出恭时间过长，也没有人会想到提督大人这时候已经死了。

提督府与侯季常家隔着两条街，以这条直线往北转两个弯，有一家很不起眼的布庄。范闲从提督府悄然离开后，在夜色中狂奔至此，掠入门内手指一并比了个手势，同时将腰间系着的提司牌子拿出来亮了一下。

房内灯光并不明亮,布庄老板见到范闲先是一惊,待确认了他身份后,立即恢复了平静,请示道:"马上?"

范闲点点头便开始脱衣服,同时拿了杯茶灌了下去。一路疾行,纵使他修为极高,在这大热天里依然是感到渴了,待脱了中衣,他问道:"几个人?"

布庄老板正带着几个徒弟忙着取出衣物与相关的物件,应道:"七个人。"

范闲将手伸进他递过来的袍子里,没有再说什么。

这家布庄就像是北齐上京城里那个油铺一样,都是监察院的暗桩。

范闲没有动手,任由布庄老板和那些下属除掉自己的易容,忙乱而准确地在自己身上整理,他感觉有些怪异,此时的自己就好像是个在后台换衣服的男模。

不过一会儿工夫,他就摇身一变,变回了监察院的提司大人,身上那件黑色的官服透着几分冷然的杀意,将这大热天的暑气灭了不少。

布庄老板是监察院驻胶州的真正主办,看着这一幕,生出极大的疑惑,他清楚提司大人今天晚上的工作流程,越发有些不明白,为什么提司大人先前要冒险进入提督府,事后又要忙着换装,光明正大地上府问案。

就连此时在提督府里候命的影子也不了解范闲的想法,暗杀常昆,他一个人就够了,何至于让范闲如此忙碌,甚至有些狼狈。

推开布庄的门,范闲走了出去,夏风拂着他的黑色官服,呼呼作响。布庄的几人也干净利落地除帽去衫,露出里面哑然无光的黑色监察院常服。

布庄老板手里捧着一个明黄色的卷轴,一个徒弟怀中抱着一把长剑。

一行人就这样在胶州的夜里正大光明地出了门,沿着戒备森严的长街往不远处的提督府走去。除了远处的提督府与青楼还在热闹,胶州城非常安静,这样奇怪的队伍骤然出现在长街之中,马上引起了一些人的注意。

离提督府渐近时，便有官兵将这一队人拦住。

维持胶州治安的本应是州军，但由于庞大的水师在侧，水师官兵在这城中也等若是半个主人，渐渐抢了州军的位置。这些官兵一向骄横惯了，今日负责提督府防卫，听着里面的歌伎娇吟，嗅着酒肉之香，自己却要在大热夜里熬着，心情本就不怎么好，这时出来查验，自然语气也不怎么温柔。

"给我站住！你们是什么人，这大半夜的怎么还在街上……"

水师官兵问话的声音戛然而止。

那行人竟是根本理也不理他，就这般直接走了过去。

小校官怒了，拔刀而出，欲拦在对方身前。

刀出则断，当的一声脆响，刀尖就落在了地上。

范闲身旁那位已经穿上了官服的布庄老板收回袖中劲刀，取出腰牌一亮，冷声道："监察院办案，闲人回避。"

校官大骇，手握断刀半晌无语。其实监察院与军方的关系向来良好，监察院也极少调查军方事宜，所以庆国官兵对于监察院并不怎么害怕。可是民间传说毕竟太多，对那个院子简直是谈虎色变。今夜陡然发现有一队冷酷的监察院密探正在自己的身边走过，还将手里的刀砍断了，那个校官依然止不住地害怕起来。

等他反应过来的时候，才发现监察院一行人已经走到了提督府门前。

守在提督府外的当然不仅仅就是这么一小队水师官兵，街头街尾的水师官兵都发现了这里的异样，也马上认出了这一行黑衣人的真实身份——监察院密探！

没有人知道监察院的人想做些什么，都是朝廷一属，水师官兵们自然也不可能马上拿出刀剑将对方斩成肉酱，只能警惕地盯着范闲一行人。

提督府的正门前，范闲将官帽往上拉了拉，挠了挠有些发痒的发际，抬头看了一眼府门口的红灯笼与上面贴着的画，笑着对门口的亲兵说道："监察院奉旨办案，让你家大人出来接旨。"

那几个亲兵正虎视眈眈着,忽听着"奉旨办案"四字,马上泄了气,有人快速跑入府中传话,剩下的人赶紧打开正门,准备迎接天使。

范闲却是担心提督府后园去人,没理这些规矩,将脚一抬,便跨过了提督府那高高的门槛,往里闯了进去。官兵们面面相觑,心想就算你是监察院官员,有圣旨在身,可……你又不是来抄家的,怎么就敢这般闯进去?

他们自然不敢怠慢,赶紧跟着进去。

范闲走到正厅,一眼便看见那个亲兵在一位偏将的耳边说话,想来是没能找到提督常昆,心下稍安,面色愈寒,冷笑道:"诸位大人好兴致啊。"

厅内骤然一静,几个水师将领今日已经喝高了,猛听着耳边的娇吟之声趋无,定睛一看怀中娇娥正带着畏怯看着厅外,回头望去便发现了那行黑衣人。

有位将领心想是谁他妈的敢打扰老子喝花酒,便欲破口大骂,几位胶州政务官却是一眼便认出了那些黑衣人的真实身份,赶紧出声阻止。坐于末席之上的侯季常与身边的妓女轻声交谈,眼睛都没有往这边望一望。

本准备破口大骂的水师将领生生将脏话憋回了肚子里,满脸不忿,暗道晦气,心想怎么监察院的这些黑狗突然跑了来。

坐于主位侧的一个中年人起身含笑道:"不知几位院官今夜前来何事?"

范闲知道这人是胶州水师里的重要人物,常昆的臂膀,以智谋出名的党骁波。

那位布庄老板冷声道:"监察院办案,水师提督常昆何在?"

厅内一阵大哗,所有人都证实了自己心中的猜想,愈发地紧张起来、警惕起来,尤其是胶州水师的人更是眼珠子直转,不知在盘算些什么。

此时只好由坐在上方的胶州知州出来说话了,这位半百老家伙咳了

131

两声，自矜道："这位大人，今日乃是常提督大寿之日，有何事务不能明日再说？"

"不能，因为本官事忙。"范闲看了此人一眼。

胶州知州微怒，心想这厅内至少坐着五个上三品的大员，你监察院也不能如此放肆，只听他含怒问道："敢请教大人官职名讳。"

范闲道："监察院提司范闲。"

本已安静的提督府变得更加安静，陷入死寂中。满座官员瞠目结舌，几位水师将领更是神情剧变，所有人都闻到了暴风雨的味道。

天下人都知道范闲的身份，他奉旨来胶州水师查案，用屁股想都能想到那件事情一定很大。水师将领们偷偷互视，心想……莫不是东海上的事发了。

那位副将党骁波在常提督不在的情况下，自然要代表胶州水师出面，起身与胶州知州并排站着，对范闲行了一礼，其余官员将领都纷纷行礼请安。

"见过提司大人。"

"见过钦差大人。"

文武不同，心思不同，水师与胶州府方面对范闲的称呼自然也不一样。

"免了。"

范闲微微点头，目不斜视地往上走着，然后一屁股坐到了主位上。那八位监察院官员也跟了过去，站在他的身后，手握刀柄，盯着厅内的官员。

——有点嚣张了，不过他有这个资格。

党骁波面色稍有不豫，心里却是暗自高兴，这等跋扈之辈不难对付，看来传闻小范大人心思深沉并不是事实，问道："不知大人此次前来胶州办理何案？"

范闲看了他一眼，却没有回话，转身对胶州知州说道："今奉旨办案，身边带的人不足，麻烦吴大人把州军调一营给我。"

胶州知州姓吴名格非，也曾经走过林相与范府的门路，今日一听小范大人居然知道自己姓什么，只觉浑身上下无不舒泰，笑眯眯地应道："请大人尽管吩咐。"

这位吴大人有一桩好处，就是该贪的银子一定会贪，但不敢动的心思一定不动，为人最是"老实本分"。反正胶州这个破地方处处被水师压制，政务不协不说，有什么大好处也轮不到他，反而落了个干净。

他早就想调到别的富州去，只是在京都没有什么说得上话的人物帮衬，今儿听着小范大人语气里的亲热，早已高兴得忘了监察院调兵需要院里与枢密院的手令，直接对师爷交代了数句。那师爷领命而去，也不含糊。

党骁波心头一惊，暗想范提司初至胶州，什么事都未言明，便要向胶州府借兵，这是准备做什么？但他也不担心，胶州地方势弱，州军不过区区几百人，哪里是水师官兵的对手，如果监察院真是来找水师的麻烦，范提司断不可能当着自己的面去调州军才是，只是监察院究竟想做什么呢？

"常提督呢？他怎么还不来接旨？"范闲眉头微皱。

党骁波面色一窘，也觉着奇怪，外面这么大的动静，提督大人怎么还没察觉？就算您老人家在后面玩女人，这时节也该出来了。他苦笑着向范闲解释了几句，一使眼色，让提督府亲兵入后园去通知提督。

三息后，提督府后园响起一声极凄厉的惨叫，划破了安静的胶州夜空。厅内众人猛然一惊，根本来不及说什么，于案几下胡乱抽出兵器，便往园后跑去。虽然没人敢相信提督府内会出什么事，但那声凄厉的惨叫却不是假的。

党骁波没有离开，用一种古怪的眼神盯着范闲。范闲没有看他，皱着眉头一脸担忧，自言自语道："难道来晚了？"

后园一片血泊。七八名提督府亲兵倒在地上，有的尸首分离，有的胸口血洞森然。那些胶州文官见此场景，双腿发软。水师将领死死盯着一个黑衣人，表情激动无比，却根本不敢有一分异动，因为提督大人在那人的手里！

鲜血从常昆的身上流下，头低着，不知道是生是死。

水师众将常年在海上杀人，性情凶悍，哪里想到居然有刺客敢在胶州行刺，敢当着这么多人的面，杀死了这么多兄弟！

"放下大人！"

"你个王八蛋，把剑放下来！"

范闲来到人群后方，望着那个黑衣人遗憾地说道："本官果然来晚了。"

党骁波随在他的身后，已从震惊中醒来，深深感觉到这件事情有古怪，为什么范闲似乎早知道有人要来暗杀提督大人？

他料到此事应该与东海那座小岛有关系，但他不知道君山会的存在，盯着那个黑衣人，看着他手中的提督大人，太阳穴有些火辣辣地痛，暗想难道是朝廷要调查那个组织，所以那个组织要杀提督大人灭口？所以范闲才急着赶过来？他忍不住偷偷看了一眼范闲，只见范闲双眉紧锁，看着血泊之后的黑衣人，说不出的忧虑与担心，还有一分沉重感挥之不去。

"都别过来，谁过来，我就杀了他！"黑衣人的声音厉狠而自信。

水师提督是一方大员，他的生死必然要惊动朝野，而且会影响到整个胶州水师。一干水师将领虽然着急，却是根本不敢动，生怕那个黑衣人的手稍微抖一下，常大人的头便会被割下来。

提督府外面的水师官兵早就围了过来，占据了院墙的制高点，纷纷张弓以待，瞄准了园中的黑衣人。被军队包围了，黑衣人还能怎么逃？

没有人敢下令进攻，水师将领不敢担这个责任，纷纷望向胶州知州。

从名义上讲，这是发生在胶州城内的事件，理应由胶州知州处理。

胶州知州被这些目光看得一惊，从先前的恐惧与害怕中醒了过来，心想你们这些狗日的水师，平日里根本瞧不起本人，这时候出了大事，却要推本人到前面去挡箭，自己当然不干，毫不犹豫地望向范闲。

这时候众人才想明白，场间地位最高的，当然是监察院提司大人范闲。

水师将领们忽然有些害怕，小范大人可是出了名的冷酷无情，在意朝廷颜面，如果他让水师儿郎们放箭，提督大人可活不下来了。

范闲走出人群，盯着那个黑衣人说道："我不管你是什么人，但暗杀朝廷命官，已是抄家灭族的死罪。我叫范闲，你应该知道我的身份，就算我今天放你走了，可我依然能查到你是谁。请相信我，只要让我知道你是谁，你的父母，你的妻子儿女，你的朋友，你幼时的同伴，你的乡亲，甚至是在路上给过你一杯水喝的乡妇……我都会找出来。"说到此处，他的唇角泛起一丝温柔的笑意，"然后全部杀死。"

场内一片安静，只隐约能听见官员们急促的呼吸声，与院墙之上弓箭手手指摩擦弓弦的声音。一位水师将领心中大骇，心想紧要的是救回提督大人，范闲这般恐吓能有什么后果，正准备开口说什么，却被党骁波示意闭嘴。

范闲接着说道："放下提督，交代清楚指使之人，我……便只杀你一人。"

"小范大人？"黑衣人嘶声笑道，"没想到你会来胶州，有些失算了。"

范闲微笑道："本官也没有想到你们居然会这么快动手。"

黑衣人冷笑道："不要想套我的话，我只是来杀人，别的都不知道。"

"是吗？"范闲又往前走了几步，"你和云大家怎么称呼？"

云大家？东夷城剑术大师云之澜？四顾剑的首徒？园内众人面面相觑，水师将领们更是震惊无比，胶州水师与东夷城有私，东夷城为什么要这样做？

能在重重保卫下闯入提督府，在离正厅不远的地方杀死这么多人，确实也只有东夷城那些九品的刺客才做得到，但党骁波还是有些不愿相信自己下意识里的那个判断，不愿意相信那个黑衣人是东夷城的人。

黑衣人冷冷地说道："我不是东夷城的人，四顾剑那条老狗和我有什么关系？"

就算对方想隐瞒身份，如果真是东夷城四顾剑一脉，也不可能当着众人之面称四顾剑为老狗。听着这话，众人都知道范闲的判断错了。

范闲的眉头皱得更紧了，轻声地自嘲道："看来与我抢生意的人还真不少。"

黑衣人冷漠地说道："在城外准备三匹马与三天的清水，我就把手上的人放下。"

范闲说话的语气比他更冷漠，显得更不在意常昆的死活。

"你不怕我在饮水之中下毒？还有先前的威胁，看来你是真的不在意。我不会让你走的。你要杀死提督大人便杀吧，与我有什么关系？"

虽然知道范闲是在攻心，但党骁波看着黑衣人手中的提督大人，依然是被这句话吓得不轻，那些水师将领们更是着急得乱叫起来。

黑衣人看了四周一眼，冷笑着说道："你不在乎，有人在乎，至于你先前说的……我是个孤儿，这个世界上没有人对我好过，所以我不在乎你事后将这个世界上所有人都杀死。"

范闲心中涌起一股强烈的荒谬感——对面那个黑衣人自然是影子，只是这一番谈判下来，倒似乎越演越像真的了。

"小白脸，快些下决定吧。"看出了园内众人无法对付自己，黑衣人冷漠地下了最后通知，手中的冷剑贴着手中常昆的后颈。

"你再说一遍？"范闲双眼微眯，伸出手指杀意十足地指着黑衣人的脸。

黑衣人张唇，正准备说什么。

范闲伸在空中的手指头微微一颤，袖间一支黑弩化作黑光，无声刺去。

黑衣人怪叫一声，根本来不及用常昆挡住自己的身体，整个人往后一仰，躲过了这一记暗弩。这电光石火的一刹那间，范闲早已欺身而前，手指一弹，正弹在他的脉门之上，手腕一翻，便握住了黑衣人的手腕。

甩！

用大劈棺之势，行小手段之实，范闲右臂一抖，便将常昆的身体拉了回来，紧接着脚尖一点，与黑衣人缠到了一处。不过片刻工夫，两个人便从园内杀到了墙头，化作两道恐怖的黑影，以奇快的速度厮杀着。剑出无风，拳出无声，却是劲力四溢，将墙头那些弓箭手震开了一个缺口。

党骁波早已扑了过来，接住了常昆的身体，监察院八名官员也不去相助范闲，而是紧张地挡在了党骁波身前，生怕再出几个刺客将常昆杀死。

党骁波看着墙头的两道黑光，惶急地喊道："范大人退下，放箭放箭！"

墙头一声暴喝，范闲肩头中了一拳，一口血喷了出来，同时间他身子一缩，靴中黑色匕首出鞘，插进了那个黑衣人的胸口！

那些弓箭手却很奇怪地阵形一乱，缺口变得更大了些。

那个黑衣人捂着胸口，挥剑斩了数人，便消失在黑夜之中。

几个水师将领正要带兵去追，却发现夜色深沉，哪里还有刺客的踪迹。

范闲捂着自己的左肩，有些恼怒于影子居然下手真的这么重，咳了两声，用厉狠的眼神望了四周一眼，说道："都回来，不要追了。"

水师将领们有些不安，都看着党骁波。

党骁波眼神一闪，皱眉道："提司大人有令，谁敢不听？"

听了这话，水师众将才赶紧过去看提督大人的伤势。范闲自然也走了过去，只见常昆胸前的伤口有些宽阔，影子将自己给其留下的伤口遮掩得极好。常昆早已奄奄一息，有进气没出气，随时都可能死去，只是不知为何偏偏还没有死透。

党骁波看着老上司的惨状，正不知如何是好，忽然想到小范大人还有个神医的身份，顿时多了几分指望。

范闲稍一查看，又搭了个脉，摇了摇头："救不回来了。"其实哪里需要搭脉，人是他杀的，吊命也是他吊的，常昆的情况他最是清楚不过。

众将如遭雷击，却知道小范大人定不会说假话，不知道接下来该怎么办。党骁波的身体摇了一摇，脸色惨白，勉强稳住身形，悄无声息唤来一个亲随在他的耳边轻声说了几句，让亲随赶紧出城调水师营中的官兵前来。

场间的气氛异常诡异,党骁波很感激范闲的帮手,依然觉得事有古怪,强打着精神,对范闲行了一礼:"大人千金之体,下官感佩莫名……"

话还没有说完,范闲截道:"先前刺客逃走的时候是怎么回事?"

党骁波心中一惊,心想难道水师内部也有刺客的内应?

范闲转身对惊魂未定的胶州知州吴格非冷冷地说道:"让你调的州军呢?关城门,所有的水师士卒下弓待审,不准一个人出这宅门!"

"大人!"两个声音同时响起,吴格非很开心地接受了这个任务,党骁波却是感到了极大的不安,想出言反对。

反对无效,水师提督遇刺是何等大事,而且那黑衣刺客出逃时水师弓箭手里确实有些异样。范闲身为监察院提司,恰逢其会,主导后续事宜,胶州水师诸人虽然心头凛惧,却也没有办法。

不一会儿,三百多名州军便将整座提督府围了起来,水师亲兵与箭手面面相觑,最后得了党骁波的眼神示意才弃了武器,被暂时看管在提督府后园里。

胶州的城门也关了,另有两百名州军在城中追索着黑衣刺客,众将众官心想连堂堂范提司都不能将那刺客留下来,这些武力寻常的州军又能有什么用?

党骁波看了一眼园中被缴了兵器的手下,又看了一眼那些终于翻了身,面带兴奋驻守园外的州军,眼中闪过一丝异色。小范大人来得太古怪了,而且一来,刺杀事件就发生,对方借着这件事强行缴了水师亲兵的武器,又调州军将提督府围着,种种迹象都表明,事情没有这么简单。

直至此时,范闲才稍许松了口气——这是最明确的斩首计划,先将胶州水师最重要的常昆一剑杀了,再将水师的头脑都关在提督府中,就算胶州水师是一条巨龙,此时群龙无首,就算哗变,也会将损害降到最低点。

为了这个目标,他着实损耗了一些心神,言冰云远在京都,没有办法帮忙设计，一应程序都是他自己安排的。

他没有带启年小组的人，只是和影子单身来此，真要是搞不定胶州水师，他与影子也能带着四百黑骑轻身远离。而为了保证行动的突然性，他更是刻意在梧州潇洒了许多天，还借澹州探亲的由头，掩住了自己的真实行踪。

要的就是突然，不然他就算是监察院提司，也不可能把胶州水师清洗干净。

不错，是清洗。

这是没有办法的办法，按正规法子查案，监察院根本抓不到常昆的把柄。而一旦真的引动兵变，黑骑也不可能正面挡住一万士兵的围攻。虽然监察院在胶州城中还有些潜伏着的人手，可不到关键时刻，范闲并不想用。

他转过身来，看着那些面色如土或愤怒不平的水师将领，心想陛下既然要自己稳定江南，清洗水师，那这些陌生的面孔……自然大部分是要死的。

但胶州水师不可能完全被常昆一个人控制，肯定也有忠于朝廷的将士，春天时胶州水师往东海小岛杀人灭口，常昆一定只敢调用自己的嫡系。今天晚上他就要看清楚，这些水师将领究竟哪些是忠，哪些是奸，至于这个党骁波……

"党偏将，你看此事如何处理？"他轻声问道。

党骁波正在着急出城的亲信有没有在关城门之前出脱，骤听得问话，心尖一颤，悲痛应道："提督大人不幸遇害，全凭小范大人做主……只是此事甚大，卑职以为应该用加急邮路马上向京都禀报此事。"

说的是范闲做主，却口口声声要向京都报告，只要常昆之死的消息传开，范闲做事便不会太方便。范闲心想早知道胶州水师有这样一个人才，自己就应该收为己用，而不是派季常冒险来此。只是常昆已经死了，党骁波必须立刻拿掉。

"当然要向陛下禀报，不过……提督大人不幸遭奸人所害这消息一旦传出去，不论朝廷的体面，只怕东夷城与北齐也要借机兴风作浪，所以胶州水师与院里同时向京都密奏，将今夜原委向朝中交代清楚。但是……"他冷冷盯了众人一眼，"三天内如果有人走漏消息，休怪本官不留情面。"

众将领一想如此处置确实有理，纷纷点头，唯有党骁波心头叫苦，对着常提督的几位心腹连使眼色——真按范闲的安排如此处理，外面不知道提督府里发生了什么事情，内外信息隔绝，自己这些水师将领就真要成为瓮中的王八了！

范闲没给党骁波太多时间，冷冷地说道："诸位大人，今夜出了这等事情，谁也别想脱了干系，委屈诸位就在这园子里待两天吧，等事情查清楚再说。"

这个命令便等若是将水师将领们软禁了起来。

紧接着自然是要安排常昆的后事，范闲不再插手，站在一旁冷眼看着。忽然间他有些恍惚，常昆是当年北伐时的旧人，从水师将领们发自内心的悲痛就看得出来，此人在军中威信极高，而东海血洗小岛也可以看出此人的阴狠手辣。

——就这般死了。

他收拾心情，领着几人走向了提督府后方的议事房。议事房其实便是书房，面积极大，装饰极为华贵。范闲就像是没有看见这派豪奢，坐在了主位上。吴格非沉默地坐在了他的身边，知州大人已从先前的震惊里醒了过来，察觉到今天有些不对劲。那几个水师将领更是面色复杂，不知道小范大人会说些什么。

"陛下有密旨给常大人。"范闲叹了口气，从怀中掏出一封信看了两眼，又道，"只是常大人突遭不幸，那这密旨便只能让你们几人听了。"

党骁波不知道是天气太热，还是因为心伤上司之死，总之神情有些疲顿。他擦了擦额上的汗珠，用诚挚的语气说道："大人，于例不合。"

范闲瞄了他一眼，淡淡地说道："闭嘴，把耳朵张着就成。"

话已至此，还有什么好说的，知州吴格非领头跪下，党骁波一咬牙，与另外两位水师将领也跪到了范闲的身前。

范闲起身说道："转述陛下口谕，你们一字一句都听清楚了。"

"是。"四人齐声应道。

"常昆，两年未见，朕有三不解，四时难安。思来想去，此事总要当面问妥你方可安心，故让范闲代朕当面问你一问。"

范闲低眉念着，这是宫中直递过来的皇帝陛下口信，实实在在的口谕。跪在下方的四人心头寒冷一片，听出陛下当时说这番话时的心情一定非常不好。

"一不解，你可缺钱？朕可是少了你的俸禄？还是京中赏你的宅子太小？"

"二不解，当年北伐时你也是个精明的家伙，怎么如今却蠢成了这样？"

"三不解……"

范闲念到此处略微停顿了一下，感受到了庆国皇帝的愤怒与极度的失望。

胶州北控东夷城，下慑江南，何其重要，常昆是当年随皇帝北伐的亲近之臣，不然也不可能单独执掌胶州水师。然而最终他却背叛了皇帝，暗中出兵相助江南明家，屠了那座海盗岛！范闲想到陈院长曾经说过，陛下最不能接受信任之人的背叛与欺骗，所以常昆必须要死，只是皇帝依然不甘心，要在常昆死之前狠狠地骂他一顿，只不过遗憾的是常昆已经被他杀了。

他定定神，继续念下去："……你的心是不是被狗吃了？若你答不好，朕便让范闲把你的尸首拿去喂北边荒原上的野狗。当年你跟着朕在那里出生入死，应该知道那里的野狗最喜欢啃人的脸骨。"

书房里随着范闲转述的皇帝口谕，似乎起了一阵阴风，无比寒冷。

吴格非断然没有想到陛下的口谕竟是这种内容，不知道常昆怎么把陛下气得如此厉害，困惑与震惊无比。那三个胶州水师的将领脸色极为苍白，连连叩首，根本不敢开口询问，也不敢开口解释。天子一怒，虽只在一张纸上，依然无人能挡！

范闲缓缓坐回椅中，也不喊跪着的四人起来，神情淡漠地说道："都听明白了吧？本官今日前来胶州办的便是常昆的案子，只是他倒死在了前头。"

党骁波将牙一咬，抬起头来直视着范闲的双眼道："提督大人于国有功，守边辛苦，下官实在不知有何罪过……只怕是胶州地远，圣上被某些小人欺瞒。"

范闲目光渐冷。党骁波牙都快要咬碎了，硬撑着说完这句话："还请提司大人详加查办，还大人一个公道，切不可凉了辛苦守边的上万将士们的心啊！"

书房里一片死寂，范闲盯着此人的眼睛，半晌后忽然笑了起来："与东夷城私相勾结算不算罪过？身为守边水师，暗中主使内库出产走私之事，算不算罪过？与江南商人勾结，纵匪行乱算不算罪过？暗调水师出港，于海上登岛杀人灭口！胶州水师的胆子当真不小，如果这都不算罪过，那什么才算？你让朝廷不要凉了将士的心，可是你们的所作所为比那些海盗还要无耻！还要冷血！你们就不怕凉了朝廷的心，凉了百姓的心……凉了陛下的心！"

范闲厉声训斥的时候，一直在暗中注意那三个水师将领，此时有一人的目光有些畏缩，另一人则是一脸震惊，似是根本不知此事。

党骁波神情沉痛地大声说道："欲加之罪，何患无辞？监察院要构陷我水师一众，我们断不能心服，提督大人尸首未寒，大人您就忍心如此逼迫？"

范闲冷笑道："你要证据？"

"正是！砍头也不过碗大一个疤，但提督大人怎么也不能死得不明不白。"党骁波说着这大义凛然的话,心里却是紧张无比,只希望胶州城外的亲信下属们能够得到消息,杀进城将园中的水师将领们都捞出去。至于这算不算造反,那就顾不得了。

范闲淡然地说道:"本官是来查案的,证据这种东西不查怎么能找到……不过你放心,水师的人至少今天晚上进不了城。我有一晚上的时间让你们招供。"

想到传说中监察院的手段,那三个水师将领不由毛骨悚然。党骁波盯着范闲狠狠地说道:"大人准备屈打成招?难道不怕……"

"引起兵变?"范闲看着他微微一笑,"你有本事就变给我看看。"

话说得潇洒,但他心里确实有些担心,清洗胶州水师又不能出现大的动乱,就必须在天亮之前拿到水师将领的口供,同时找到水师中值得信任的将领,事后让他们镇抚住上万官兵,这……真是一个很难解决的问题。

党骁波脸色迅疾变了几变,如今胶州城已经关了城门,提督府也成了孤府,水师里的自己人不可能赶过来,而要在监察院的手下受刑一夜神仙也熬不住。他终于明白了范闲的用意,脸色惨白道:"大人不是来查案……是来杀人的。"

范闲看着他面无表情地说道:"先前列的罪状你自己心里清楚,就算你们做的那些事情天不知地不知,可终究做过,难道还想活下去吗?"

党骁波绝望了,知道再无活路,便决意一搏!范闲似是瞧出了他的想法,微笑着道:"动我?那就真是造反了。"

党骁波面色再变,忽然长身而起,愤怒地说道:"就算你是皇子,就算你是九品高手,可要屈打成招……也不可能!"

话音一落,他一掌便朝范闲的脸劈了过去!

但真正出手的却是跪在地上那个神情畏缩的将领!

这将领不知从何处摸得一把直刀,狂喝一声,便往范闲的咽喉上砍了下去,出手破风呼啸,挟着股行伍之间练就的铁血气息,着实令人畏惧。

党骁波单掌护在身前，撞破书房门，逃到园中大声叫喊了起来！

范闲手指一点，点在那个将领的手腕上，紧接着又左手一翻，掀起身旁的书桌，轻松举起沉重的木桌砸了过去。砰的一声闷响，木桌四散，木屑乱飞。

那个将领的头上鲜血横流，满肩碎木，脑袋似被砸进了双肩之中。垂死的他目瞪口呆地看着面前的范闲，怎么也不明白自己砍出去的一刀徒有其势。

范闲望着吴格非轻笑着说道："你看见了，本官要审案，胶州水师偏将党骁波知晓罪行败露，唆使手下将领暴然行凶，意图行刺本官。"

吴格非牙齿咬得咯咯作响，吓得根本说不出话来，只是艰难无比地点着头。

等范闲领着吴格非与那个面色难看的水师将领走到园中时，情势已乱，待查的水师将领们已经聚到了一处，眼中满是警惕与戾气。

党骁波对同僚们喊话监察院意欲如何如何，京中文官如何如何，提督大人蹊跷身死，这监察院便要借势拿人，只怕是要将水师一干将领一网打尽。

有将领纳闷监察院与军方向来关系良好，今日为什么要对付胶州水师？这对小范大人有什么好处？如果小范大人今天是来夺兵权的，为什么只带了八个下属？他们对党骁波的话半信半疑，对朝廷谋杀提督大人这个猜测太过不可思议——不过今天夜里发生的事情确实太诡异，监察院到底想做什么？

常昆的那些亲信已经握住了手中的兵器，站到党骁波的身后，原本被缴了械的那些亲兵们也鼓噪了起来，与胶州州军们对峙着，情势看上去无比紧张。

范闲不紧张，将眉头一皱，冷声问道："怎么，想造反？"

他是监察院全权提司，如今行江南路全权钦差的差使也没有免去，只要京都没有新的旨意，他的话就代表了庆国皇帝。更何况天下皆知……

他本就是龙种。

水师将领们忍不住望向了党骁波。

"是他杀死了常提督！"党骁波凄惨地笑着，近乎疯狂，"世上哪有这般巧的事情，你范提司一到，咱们家的老将军就无辜惨死……小范大人你可真够狠的！但你无凭无据妄杀国之柱石，我看你日后怎么向朝廷交代！"

他不知道常昆死于范闲之手，只是这时候必须这般说，却反而契合了事实。

"不错，即便那刺客没杀死他，本官……也会杀死他。"

听到范闲的这句话，园中一片大哗，将领们更加愤怒。范闲继续轻声说道："常昆叛国谋逆，如果不是畏罪自杀，自然是有人想杀他灭口。党偏将……莫非你也参与此事？不然怎会如此害怕？怎会如此口不择言？"

党骁波知道那个将军已经死在范闲手上，心中愈发寒冷，咬牙说道："还是那句话，欲加之罪，何患无辞？"

所有人都呆住了，叛国？提督大人叛国？

"你要证据？"范闲面无表情地问道，"我来问你，三四月间水师可曾有一批船队与军士离港一月之久？"

立刻有人想了起来，当时提督大人用的命令是进行近海缉匪，权为演习。而那些参与此事的常昆亲信则是面色如土，下意识里便再次望向党骁波党偏将。

党骁波冷笑道："出海缉匪，本就是水师应有之义。"

"缉匪？为何一直未曾上报枢密院？"范闲挑眉说道，"那些海盗是明家的私军，本官奉旨前往江南调查此事，结果这些海盗却让你们灭了口……真是好大的胆子，竟敢与朝廷作对，这不是谋逆又是什么！"

"证据……"党骁波大喊道。

"你真以为我没证据？带去岛上的上千官兵总有嘴巴不严的，总有诚心悔过的，你们在岛上搜刮来的金银财宝想必就是某些人许给你们的红利……真就能简单洗干净？你以为卖出去了，本官就查不到来源？"不等党骁波在众将之前辩解，范闲冷冷地说道，"人证我也有，只是……你这时候想要？"

党骁波与几个将领对了一下眼色，知道不管有没有证据，反正事情已然败露，于是将心一横，惨笑渐起，喝道："总不过是构陷的老套把戏，那便……玉石俱焚吧。兄弟们，监察院杀了常提督，定是要杀我们灭口，和他拼了！"

范闲对党骁波的表演很是欣赏，叫道："吴知州？"

吴格非心头一紧，常昆已死，他又是没有派系的人物，这时候当然知道自己应该如何站队，只听他厉声喝道："州军何在？将那些水师之人给我看住！"

本有些畏惧的州军强打精神，将那些蠢蠢欲动的水师亲兵们压制了下去，一番厮斗，倒是州军伤了十几个人，好在人多没出乱子。

这边党骁波已经带着那几个将领拔刀往范闲这边冲了过来。

不过是你死我活罢了！你纵是皇子，也得付出些代价！

这几个水师大将都是血火中浸淫出来的厉害角色，就算范闲是九品强者，也不敢小瞧。只是范闲根本没有出手，那几个将领便在他的身前自行缓缓倒下。

党骁波掠到了吴格非的身旁，准备将他劫为人质，他清楚自己无论如何也不可能在范闲面前讨到好的。此人应变极快，心机极深，确实算个人物。可惜他也同几名同党一般，真气一提便觉胸间一阵烦闷，整个身体都软了下来。

迷药？他想到传闻中监察院的手段，不由大惊失色！

忽然，一把刀子捅进了他的右胸，那股难以抵抗的剧痛，让他整个人像虾米一样弓了起来，瘫软在吴格非的身前。

吴格非被党骁波拼死一搏的气势吓得不轻，双腿有些发软。

刺倒党骁波的是范闲带入提督府的八名监察院密探之一，一直站在最后方。

　　这名密探握着刀把的双手有些颤抖，不知道是在害怕还是在激动。

　　范闲望着脚下眼中满是怨毒之意的党骁波，说道："这位叫青娃……就是那个东海小岛上唯一活下来的人，也就是你要的人证。"

　　党骁波绝望了，心想岛上被梳洗了几遍，怎么可能还有活口？从江南苏州直接转入胶州的监察院密探青娃向范闲行了一礼，双眼微红，退到了最后方。

第七章 谁的水师？

范闲冷漠地看着州军们将那些水师亲兵捆住，心想城中的事情算是基本搞定了，可城外呢？皇帝派自己来胶州，当然不是要自己杀死那一万名士兵，再说自己也没有这个能力……清洗将领，却要保证水师军心稳定才是重中之重。

就如同在江南一样，帝王总是要求稳定重于一切。

范闲先杀常昆，再制众将，由上至下保证对方无法集合水师反扑。但要重新将胶州水师控制在朝廷的手中，终究还是需要这些将领出面。

他望着那些并未参与此事的将领皱了皱眉，谁可以信任？还有没有常昆留下来的亲信？监察院在情报方面的工作虽做得极为细致，可又怎能全无遗漏？

"今夜之事，要辛苦诸位将军了。"他沉默了会儿，继续问道，"朝廷办案，元凶已伏，但总还有些手续，哪位先来和我说说心里话？"

这些将领沉默地看着范闲，眼神极为复杂——畏惧、愤怒且无助。提督大人死了，党偏将重伤不知生死，常年相处的同僚都被监察院用药迷倒，亲兵被州军那些小崽子们绑了起来，骤然到来的风雨让诸将在惊心动魄之余也多出了愤恨。他们明白小范大人想做什么，城外还有一万兵士，如果没有自己这些个老家伙出马，一定会惹出大乱子。

朝廷肯定不希望胶州出大乱子。

所以朝廷需要自己这些人。

这便是水师将领们唯一可以和范闲讨价还价的底气，只是提督大人新丧，没有哪位将领敢冒着被唾骂的风险出来与范闲谈判。

范闲明白此中缘由，微笑道："那诸位请先回房休息，待会儿我亲自来谈。"

说完这话，他看了眼在书房中听了陛下密旨的那位老将。

入暮时胶州的城门已关了，所以范闲后来的那道命令有些多余。不过城中既然发生了这么大的事情，吴格非知道一定要小心处理，不然让城外的一万水师官兵打进城来，自己的老命也无法保住，因此他严令属下密切注视港口那边的动静。

同一时间，胶州府的衙役与州军们也在城中搜索，虽然朝廷是来调查胶州水师，可提督大人被刺……总要把那个刺客找到。

当然，吴格非希望永远都找不到那个刺客，这样自己便不用接触那些隐秘。他揉了揉有些发干的双眼，涩着嗓音对范闲汇报了城中的情况以及城外的动静。

范闲对知州大人的反应速度表示满意，如果没有对方配合，自己要想控制住提督府，把水师一干将领软禁，基本上是不可能完成的任务。

他温言劝勉了几句，便让对方暂去歇息，吴格非却是连道不敢，心想您一位皇子都在熬夜，自己怎么敢去睡大觉？见吴格非坚持陪在自己身边，范闲翘起唇角笑了笑，轻声问道："是不是在担心城外的局势？"

吴格非苦笑道："常昆执掌水师已逾十年，帐下尽是亲信心腹，在兵士中威望也是极高。今日他蹊跷死去，大人又将水师将领软禁，这边的情况如果传到海港处……只要几个有心人从中挑拨一番，那些汉子只怕都会嗷嗷叫起来。"

"本想拿下常昆，让他出面将水师安抚下来，谁知道竟是被人暗杀了……"范闲叹了口气，自嘲地一笑道，"对方真是好手段，让朝廷与水师间生出这么大一条裂缝，叫本官好生为难。"

这说的自然是假话，常昆是他杀的，如果常昆不死，想要收服水师，更是不可能的事情，只是既然要栽赃，当然要一栽到底。

吴格非微微佝着身子请示道："朝廷办案，总要将旨意传入军中，接着……"

在范闲原初的计划中，先杀常昆，接着拿下常昆的亲信，用监察院手段拿到供词，然后借助仍然忠于朝廷的将领控制住局势，再在水师中找到东海黑幕的证据，将这个案子办成铁案……现在的问题在于，水师将领中自己究竟应该相信谁？在这种时候，他很是想念远在京都的小言公子。

言冰云若在他身边，一定会布置出一个完美的计划，而不会像自己这样站在提督府的夜色里，对着水师一干将领却是不知如何下嘴。

范闲坐在石桌旁沉默片刻，下了决心，挥手对青娃做了个手势。

青娃一愣，旋即领命而去，不多时，提督府后方的柴房里便响起了一阵阵惨号，耳力好的，也许还能听到烙铁落在人肉之上的嗞嗞声，骨头断裂的咔咔声。

吴格非面色如土，知道监察院开始用刑了，联想到传闻中监察院的手段，他的手抖了起来，强抑着紧张与害怕劝道："大人，此举……只怕不妥。"

范闲明白他的意思，此时提督府内还有许多水师之人，自己如此公开地用刑，只怕会激起公愤，不过……他本来就是存着这个念头。

在暴力与屈辱的双重作用下，那些水师将领要不然就是愤怒地发出最后的吼声，要不然就是被吓得魂不守舍，坦露出最深层的心思。

事情果然如吴格非担心的那样，被软禁在提督府里的水师将领们听着惨号连连，纷纷走出房间，面带愤然地望向范闲。

面对此番场景，范闲毫不在意，淡然地说道："原来诸位将军都还没有睡，此时想说些什么？"

正说着，忽然提督府外面也闹了起来。夜已经这般深了，提督府早已被重重包围了起来，寿宴上发生的骤变也被封锁住了，外面是些什么人？

吴格非抹了抹额头上的汗，吩咐一个衙役出去看了看。那个衙役回来后，带着为难的脸色禀报道："是将军们家里的人。"

水师常年在胶州经营，提督府的消息不可能完全掩住，此时早已夜深，水师将军们的如夫人与小妾发现自家男人始终未归，自然担心，又收到那些风传的消息，虽不知是真是假，还是前来接人。

范闲笑了笑，想起被自己留在大厅之上的那些富商与江南商家，心想果然是瞒不了多久。吴格非有些为难地看着范闲，将军们则是心情复杂，他们没想到自家的女人竟然有这么大的胆子，更纳闷的是谁放出的消息呢？

"既然都来人接了，诸位将军都回吧。党骁波已然自曝其罪，那些藏在水师中的奸人也都跳了出来，诸位将军不过是受了牵连，本官自然不会难为。"

范闲的这句话让所有人都傻了眼，不是要软禁吗？怎么就这般放了。水师将领们面面相觑，不敢相信自己听到的是真的。

"回吧。"范闲笑道，"本官总不好得罪了诸位嫂夫人。"

胶州城内无正妻，都是这些水师将领的小老婆甚至是妍头，他这般称呼，反而让将领们更加尴尬，偏此时柴房内的惨呼声又响了起来。

府外的妇人们似也听着了，带着家丁们高声喧闹了起来。

范闲摆了摆手，将领们狐疑不安地离开了提督府，但知道胶州城内一定有监察院的无数双眼睛正盯着自己，别想着与城外的水师联系。

吴格非也不好多问，离开前小心翼翼地叮嘱道："大人，最好再等等。"

范闲点点头，就今天晚上吴格非的表现来看，户部对他的评价有些偏低了，或许是常昆的缘故，这位知州大人的能力一直没有得到很好的表现。

连胶州城里的那一干娘们儿都知道监察院控制了提督府，知道提督常昆已经身死，这些消息自然也传到了很多人的耳中。党骁波事先派出去的那个亲信，终于成功地通过了城门处的封锁，悄无声息地接近了海港。

他看着远处港口的点点灯火，心里激动不已，现在他还不知道党骁波已经重伤被擒，心想只要能够进入营中调兵，将整个胶州城拿下，就能保住水师众将的安全，至于事后如何处理……那是大人们应该考虑的问题。

但离水师营地还有数百丈的时候，他忽然感觉到地面震动了起来。他回头却没有看见人，只看到十余匹全身黑甲的战马，直到隔得近了些，才发现每匹战马的背上都有一名浑身黑衣的骑兵。

在夜色中那些黑甲反映着天上幽暗的月光，仿似带着一丝死意。

他瞳孔骤缩，身子难以控制地颤抖了起来。

黑骑，监察院的黑骑！

头颅飞上天空，鲜血喷出腔孔，这个水师校官直到死亡到来前的那一刻才悔恨自己的愚蠢——监察院既然来对付水师，怎会不带着天下皆惧的黑骑？

荆戈脸上仍然罩着那个银面具，他冷漠地看了一眼地上的尸体，点了点头。

一个亲卫一扯马缰，反身离去，紧接着又站在山坡处做了几个手势。此时夜色如此深沉，月光如此黯淡，这些命令谁能看得见？

但当他的手落下之后，在胶州城与水师驻地之间的那道山梁，忽然如雨后的林地一样，生出一排密密麻麻的立体物，看上去有一种莫名的美感。

都是骑兵，在山梁之上一列整整齐齐的黑色骑兵，就像幽灵一样安静待命，阵势所列，正对着远方水师的驻地。

阵势纹丝不动，也不知道这些骑兵是怎样控制着身下的马，竟是没有发出一声马嘶，便连马蹄也没有动一下。

水师里的上万官兵似乎一无所觉。

荆戈领着身后的十骑亲卫，冷漠地看着水师驻地道："还有半刻。"

他身后的亲卫们单脚踏着马镫，开始给弩箭上弦，然后整齐划一地缓缓抽出直刀——左弩右刀，这是黑骑的标准配置。

荆戈的眉宇间闪过一丝杀意，他奉范闲之命在城外负责阻止城中将领与水师之间联系，但连他也没有想到，那些将领们应对奇快，在党骁波让那个校官出城的同一时间，竟还有很多将领做出了同样的选择。

在这道矮矮山梁的前后，黑骑已经狙杀了七人，但荆戈也不能保证有没有水师的人穿过这条封锁线，进入了水师营地。

远远注视着港口的方向，荆戈脸上的银面具带着冷冷的光芒，水师驻地已经动了，灯火也比先前亮了少许，看模样兵士们已经知道了城内的消息，想必正有几个擅于煽动的将领，正在诱惑着水师的士兵去攻打胶州，去救出那些早已毙命的人——让这些士兵去送死。好在水师不是铁打的营盘，对方顶多只能调出两千人，这是范闲事先算好的事情。

——四百黑骑对两千不擅陆战的水师官兵。

荆戈默然想着，都是大庆朝的将士，自己不是很愿意屠杀对方。

范闲不知道城外的紧张局势，但猜到水师方面应该已经有所动作，有黑骑在，今夜应该没人能对胶州城产生威胁。只是如果等到天亮，自己仍然不能让那些水师将领出面收拢人心，一场更大规模的哗变只怕难以避免。

在为黑骑担忧的同时，他坐在提督府内等待着那些将领的再次归来。

仿佛按照品阶顺序，第一个回到提督府的将领是水师的第三号人物。这位年过四十的将军在书房里对范闲直接下跪，表达了对朝廷的忠心，对于常昆逆行倒施、叛国行为的无比痛恨，以及对提司大人连夜查案辛苦的殷勤慰问。

这个表态让范闲很欣慰，只是后面的谈话让他有些恼火。这位姓何的将领虽然在水师中的地位颇高，可是他自承，在没有常昆与党骁波的情况下，自己要完全控制住水师也是件很困难的事情，坚持不肯先站出来。

更让范闲恼火的是，他对这个老不要脸的将军没有任何办法，因为这位何将军一把鼻涕一把泪地说道："大人，本将一直随着大殿下在西边征胡，来胶州不过半年时间，对于水师中的事情，确实不怎么明白，您就饶了我吧。"

得，搞了半天原来是大皇子的人。范闲很是无奈，对方已经死皮赖脸地说到这种程度上，自己再怎么着，也得给大皇子一个面子。

接下来，陆续不断地又有将领回到提督府，向陛下表示忠心，向范闲表示慰问，同时又小心翼翼地取出相关佐证，来说明自己的派系以及所站的位置。

这些将领都不是常昆的亲信，也不是长公主安在胶州的钉子，可问题在于也没有谁愿意站出来替范闲解忧扶难。因为事情确实太大，他们只是怕范闲像对付党骁波一般把自己抓了起来，还给自己安一个叛国的罪名。

各有派系，各有靠山，而那些靠山在京都里与范家都有或深或浅的关系，范闲不用给长公主与东宫的面子，可是这些人的面子要给。

"大人，我是任少安的远房表叔。"

"大人，下官是秦老爷子的……"

"大人……"

当一个负责水师后勤的副将神秘兮兮却又尴尬无比地说道："大人，我姓柳……"这时，范闲终于爆发了，这就是庆国最强大的三个水师之一？他根本没有想到，只是一方水师，内部的派系山头关系竟然是如此的复杂！姓柳？你和我后妈的亲戚关系，先前怎么不说？范闲愤怒着将这厮赶出书房,却不让他走,既然是拐着弯的亲戚,这出面当奸人的戏码,你不想演也得给我演!

范闲最后选定了两个将领,一个是柳国公府的人,一个是岳父大人当年的关系,然后喊进了最后一个人。

他知道对方乃是水师的老将,在军中颇有几分威信,却不知道又是哪家的人马,嘲讽道:"敢问这位将军与朝中哪位有旧?林相爷?舒大学士?还是说秦老爷子?不要说是院长大人和我那位父亲,我是不会信的。"

那位将军站在范闲身前,微笑道:"少爷,末将是您的人。"

范闲怔住半晌,挑眉道:"你是谁的人?"

那位将军面不改色,微笑着重复道:"末将是您的人。"

范闲心中涌起一股荒谬的感觉,自己先前还在大义凛然地腹诽朝臣往军中伸手,这便一拳头砸到了自己脸上?

只是自己在军中没有关系,陈萍萍和父亲也被皇帝盯得紧,而且安插了人手也不可能不告诉自己,他忍不住又问了一遍:"你到底是谁的人?"

那位将军微笑着第三次重复道:"和所有的人都没有关系,我只是您的人。"

书房内的油灯跳了个花儿,房间内骤明骤暗。

范闲看着面前这位将军脸上黄色光芒的变化,半晌没有再说话。

油灯迸花儿,按庆国常俗来论是喜事,但他此时不能确认。

"说出你的来历、想法。"范闲盯着对方的眼睛,不知道对方是怎样在当年的清洗中逃脱出来,更不明白为什么对方会选择在此时向自己挑明。

"我叫许茂才。"那位叫作许茂才的将领微笑着说道,"少爷,我不是范府的人,也不是监察院的人。我是叶家的人,更准确地说,我是小姐的人。"

"泉州水师的老人？"

证实了自己的判断，范闲的眉头却没有舒展开来。

"正是。"许茂才应道，"二十年前我是泉州水师舟上的一名水手，泉州水师被裁撤后变成如今的三大水师，而我到了胶州，一直待到现在。"

范闲知道这一段历史故事。当年京都事变，母亲大人在太平别院遭遇突袭，五竹叔赶回来时只来得及抱走了自己，也许是因为自己的关系，五竹叔才没有以一个人的力量去挑战这一个国家……不过事情终究是发生了，京都里老叶家的势力在一日之内被拔起。但叶家的力量并不局限于京都一地，而是在各郡各路里都有自己的产业，触角已经伸展到了庆国的方方面面，甚至军队也不例外。

当皇帝带着范建班师回朝、当陈萍萍赶回京师后，局面已定，所以在复仇之外，摆在君臣面前的最大问题，就是如何处理叶家遗留下来的产业与影响力。

正如范闲所知的历史那般，叶家的三大坊被收归了朝廷，成了如今影响庆国经济命脉的内库。那些叶家的掌柜们被软禁，叶家则被安上了谋逆的罪名。

京都事变四年后，皇帝带着陈萍萍与范建进行了一场血腥的复仇，杀光了京都里三分之一的贵族，甚至将本来极强大的皇后家族屠杀干净，然而却依然改变不了某些事情。比如叶家的罪名，以及对叶家的处置问题，因为这件事情肯定与深宫里的那位老人家有关，而且涉及天下的太平。

叶轻眉死得蹊跷，死得冤屈，但为了防止叶家势力的反扑，为了庆国的稳定，朝廷必须对叶家进行清洗，然后继承消化，陈萍萍与范建也都默认了这一点。

所以庆余堂那么多的叶掌柜可以在京都苟延残喘，直至许多年后，被长大成人的范闲带出来放风。而叶家遗留在军队中的势力却是被无情地一扫而空。

当年的泉州水师负责内库货物出海，从某种意义上来说等若是叶轻眉的私家水军，所以在事后清洗中，泉州水师也成了首冲之地，被朝廷无情地裁割成了三个部分，在暗地里的镇压与清洗之后便成了如今庆国的三大水师。

每每思及当年之事，压抑在范闲内心最深处的那股邪火便开始升腾，他明白，叶轻眉既然已经死了，为了天下的太平稳定，如果自己是皇帝，想必也不会手软……只是，他的心里依然会有很多不舒服、不愉快。

发现他开始走神，那位叫作许茂才的泉州水师老人轻声咳了两下。

范闲回过神来，心情复杂地看着这位许将军，生出诸多疑问：这位叶家老人怎样在当年水师清洗中活了下来？又是怎样将自己的身份掩藏到了今天？叶家的老人们自然没有死光，不过绝大多数就如内库里的那些司库忘却了当年的身份，成为朝廷里的一员，而许茂才显然不是这种。

许茂才微笑着给出了解释："我入水师太晚，小姐本来是安排我在海上锻炼两年便进监察院帮陈院长，不过您也知道后来出了一些事情，所以我没有机会与陈院长接上头，很凑巧或者很幸运地……苟活到了今天。"

"你的意思是，陈萍萍知道你是叶家的人也不会容你留在军中？"范闲问道。

许茂才缓缓地应道："不知道，但我的运气已经足够好，所以我不会去赌。"

"那我父亲呢？"

许茂才知道这位年轻人说的一定不是龙椅上的那个男人，而是户部尚书范建大人，略一思忖后说道："当年的事情太古怪，我……谁也不敢相信。"

依然是平稳的语气，但范闲能听出对方言语中的冷意与失望。京都事后，朝廷里没有一个人为老叶家喊冤，也难怪这位泉州水师的老人会怀疑陈萍萍与范建究竟在这场清洗当中扮演了怎样的角色。

"你这个时候来和我说这些事情，有什么意义。"范闲这是试探，从开始谈话到现在，他自问没有表现出任何可以被人捉住把柄的地方。

"少爷，您是小姐唯一的骨肉。"许茂才疑惑地抬头，像看着陌生人一样地看着范闲，却浑然忘了今天之前双方本就是陌生人，"小姐的家业必须是您继承，而小姐的仇……您身为人子，自然也要落到您的肩上。"然后他顿了顿，加重语气说道，"茂才不才，愿做犬马。"

范闲沉默片刻后说道："据我所知，当年参与此事的王公贵族十三年前就已经被杀死了，陛下英明，只是让这些家伙多活了四年，我还能找谁报仇？"

这些年许茂才一直在胶州水师，对朝廷上层的动静并不清楚，但很奇妙的是，他心中总有一种很强烈的直觉，叶家的仇人不可能就这么轻易地死光了。

他认真地说道："这是需要少爷去想的问题。"

许茂才没有被朝廷所疑，如今已经混成了胶州水师的重将，完全可以就这般幸福地混着日子，将什么叶家、小姐都抛诸脑后，享受荣华富贵，不用想着报仇之类可怕的事情。况且当年入叶家时他不过是个二十出头的年轻人。

范闲对此人颇有几分敬佩，但面上依然不为所动，问道："我为什么要想？"

"您是叶家的后人。"许茂才的呼吸稍微快了些，似乎有些失望。

范闲摇摇头，道："将军，我敬重您的为人，但您似乎忘了一点，我不仅仅是母亲的儿子，我也是父亲的儿子。"

许茂才盯着范闲的脸，片刻后脸上涌现出失望、震惊、了解、放弃等诸多复杂的情绪，苦笑道："也对，少爷您毕竟也是位皇子。"

依世间常理，范闲是叶家后人，更重要的身份却是皇帝的私生子。尤其是叶轻眉早死，一个被皇室暗中看管长大的人怎么可能对从未见面的母亲留有多少感情？如果为叶家复仇的对象是朝廷……难道有皇子会愿意造反？

这个社会，依然是个纯正的父系社会，所以许茂才虽然失望，并不怎么吃惊，只是苦笑着暗想自己忍了这么多年，今天看到小姐的骨肉后终究还是没能忍住，却不知道接下来自己会不会立刻便遭到灭口。

出乎他的意料，范闲只是温和地问道："你既然能听明白我先前的那段话，那请你告诉我，为什么今天夜里敢来找我？"

许茂才不明白他为什么会问这个，回道："那个消息传开后，我便开始注意您，不论是执掌监察院还是接手内库……我总觉得您做事的风格与手法，以及后面隐着的那颗心都和小姐很像，所以我选择来见您。"

所谓消息，自然是指的去年震惊天下的范闲身世之谜。

范闲自嘲地笑了一下，不知道母亲当年是不是如自己这般阴险无耻，不过能够空手创出偌大的家业，想来手段也是厉害的，而且那两位亲王的死与她可是脱不了关系。至于许茂才说的那两颗极为相似的心？

——同是天涯穿越人，相逢何必曾相识。

在这个世界上，他与叶轻眉是唯一彼此能够完全理解的，这种关系甚至要比一般的母子关系更为奇妙，或许少了些血缘上的亲近，却多了一些精神上的亲近，而且难以弱化。这是庆国皇帝想不到的，范建与陈萍萍也想不到，整个天下都无法理解——身为皇子的范闲，为什么会对从未见过面的母亲有那般深沉的感情，甚至会深沉到将这个世界上的所谓亲情与皇族远远抛离。

正是没有人能够明白范闲对叶轻眉的感情，所以这世上再聪慧的人，都不可能猜忖到范闲的真实心思，而在将来的某些时刻，这很重要。

"洪常青。"范闲没有继续与许茂才说话，唤进一个下属。

进屋来的是青娃，这位荒岛余生、幸被范闲纳入门下的人物本有姓名，但如今跟在身边做事，范闲便给他改了个名字。之所以叫洪常青，一方面是源自范闲前世对于英雄人物的记忆，一方面是因为洪竹那小子在姓洪之后运气绝佳。

"机警一些。"范闲低声嘱咐道,"十步之内,不要让人靠近这个房间。"

洪常青领命而去。许茂才有些诧异地看着范闲。范闲望着他微笑着说道:"这个时候,你可以拿出你的证明,来让我相信你与我母亲之间的关系了。"

许茂才明白了范闲的意思,心中涌起一股难以名状的激动,舔了舔有些发干的嘴唇,小心翼翼地从靴中取出一样东西,递给了范闲。

既然他敢向范闲自报家门,一定就有证据来说服范闲相信自己的来历。

范闲捏着那颗金属子弹,一时间竟有些失神。皇帝在找那个箱子,陈萍萍也在找那个箱子,却从来没有找到过。他仿佛回到了许多年前的泉州海边,一个刚刚加入水师的年轻人不知因何得到叶家女主人的欣赏,得到了一样宝物。

"你是怎么得到的?"他的笑容有些疏离。

许茂才回忆起往事,眼圈渐红,轻声道:"小姐在海边用这个扔着玩,我瞧着做得精细,所以觉着有些可惜……"

二十年前的泉州海边,一个面容清丽无俦的女子百无聊赖,从怀里取出一颗M82A1的子弹往海里扔去,试图打中一条因自己美貌而渐渐下沉的海鱼。

身旁一位年轻人面露可惜之色,女子笑了笑,随意地扔了一颗给他当玩具。

是的,当时的情景就是这样的。

范闲缓缓摩挲着子弹的金属表面,感受着那种不属于这个世界的触感与流线。此时提督府里其余的人似乎都消失了,什么胶州水师、长公主、君山会等都如同海水泡沫一样在他的脑中消失,只剩下海边那个拿着子弹当弹珠玩的少女。

原来我自远方而来,就是为了赴你之约。

书房的门紧紧闭着,就像仁人志士们在酷刑面前永远不肯张开的那张嘴。

只是党骁波等提督心腹的嘴早已被臭抹布塞住了，无法发出惨呼。

洪常青警惕地注视着四周的黑夜，防止任何人靠近那个房间。

书房再次陷入沉默，不知道范闲与许茂才又说了些什么，商量了些什么，计较了些什么，争执了些什么，淡淡的烛光照着二人的脸，表情都很沉重。

范闲低着头道："这件事到这里了，就到这里了。"

许茂才又沉默了很长时间，才缓声应道："是，大人。"

关于当年及以后的对话暂告段落，许茂才也恢复了平静，将称呼由少爷变回了大人。他清楚刚才与范闲的对话是怎样的大逆不道，如果被别的人知道了，自己必死无疑，范闲也一定没有什么好日子过，所以万事要小心。

"以后的事情以后再说。"范闲抬头问道，"眼下这个问题怎么处理？"

许茂才在胶州水师已有二十年，由小兵一步一步熬到如今的重要将领，自然人脉极广。范闲处理胶州水师，如果有他的帮助，一定会简单许多。

许茂才毫不犹豫地回道："如果大人需要有人出面，我可以试一下。"

范闲心想那位老秦家的将军既然不肯出面，许茂才愿意出来帮助自己，想必效果也差不多，但他摇了摇头说道："你不要亲自出面。"

许茂才有些不解地看着他。

范闲更加放低声音说道："我不要任何人察觉到一丝问题……你毕竟是泉州水师出来的人。"不到关键的时刻，这枚在军中的关键棋子自然不能暴露，只是替皇帝处理胶州水师，何必冒险？他继续说道，"不过你也帮我做点事，影响一些你能影响的人，天亮后我就要去水师宣旨，不希望到时候上万士兵都来围攻我。"

许茂才笑了笑，说道："大人放心，其实您将这件事情想得过于艰难了。"

"怎么说？"范闲来了兴趣。

"您低估了军队对于朝廷的忠心，低估了陛下对于士兵们的影响力。"许茂才说道，"或许常昆的心腹可以煽动不知事实真相的士兵闹起来……可现在常昆已经死了，党骁波等几人也被捕入狱中，如果还有胆子对钦差动手，那一定需要人带头的。羊儿们敢起来造狼的反，一定是有只狼躲在羊群中间。"

范闲的眼睛亮了起来，发现母亲当年留下的这个幸运儿果然有些本事，略一思忖后道："奈何水师里的这些老狼太爱惜羽毛。"

许茂才淡淡地说道："您押着他们去……也不用他们说什么，只要往营里一站，水师官兵自然就知道了他们的立场，如果仍有闹事的，大人不妨杀一杀。"

"杀人立威？我怕的就是惊起哗变。"范闲蹙紧了眉头，带着些担心道，"血腥味很刺鼻，很容易让人脑子发昏。"

许茂才看着他笑了笑，和声道："大人，血腥味也很容易让人们变得胆小，尤其是……那些本来胆子就不怎么大的小人物。"

这话说得平淡，却带着一丝古怪的怨意，想必是二十年前叶家、泉州水师被清洗时，他看多了被鲜血吓得噤若寒蝉、不敢动弹的同伴。

范闲缓缓点头。许茂才看他眉间的忧色依然未减，知道他在担心什么，稍一思忖后，试探着说道："就算今天我不出面，事后也可以尝试一下。"

尝试什么？自然是尝试将胶州水师掌握在范闲的手里。以许茂才如今的资历与地位，只要在朝廷查办胶州水师一案中表现得突出一些，对陛下的忠心显得纯良些，就算范闲不从中帮忙，也有极大的机会升为水师提督。

他这个提议不是为了自己的仕途着想，而是想着帮范闲获取更强大的助力。

不料范闲却摇了摇头说道："我以前不知道你，所以事先没有安排，胶州水师的后事京都早已定了，十日后就会有枢密院的人来接手。至于你……我会想办法让你不受牵连，依然留在胶州，提督的位置却没有办法。"

许茂才明白了，问道："下任提督是……？"

"秦易。"范闲回道，"秦恒的堂弟。"

秦恒是如今的京都守备，老秦家第二代的翘楚人物，在京中时与范闲的关系还算融洽，许茂才听着这个名字，面色却是有些古怪。

"怎么了？"范闲看着他的脸色问道。

"为什么陛下会让老秦家的人来接手？"许茂才皱着眉头说道，"就算叶家如今失了宠，可军中不止两家，西征军里还有几员大将一直没有合适的位置。"

范闲心想胶州这样一个重要的地方，皇帝肯定是要选择自己心腹中的心腹掌握，避免再次出现常昆这样的情况。

许茂才望着他欲言又止，半晌后压低声音说道："老秦家不简单。"

"什么意思？"

"您也知道，水师里列第三的那位是秦家的人，常昆在水师里做了这么多手脚，领着上千士兵南下，怎么可能瞒过他？为什么他一直没有向朝中报告？如果他向老秦家说过，老秦家却没有告诉陛下……这事情就有些古怪了。"

范闲沉默了会儿，道："你留在胶州盯着那位新提督，不过……我相信老秦家不会背叛陛下，因为不论从哪个方面来看，这对他们都没有任何好处。"

许茂才心想确实是这个道理，现在大皇子掌着禁军，也等于被皇城所困，叶家被陛下骂得大气不敢吭一声，只好龟缩在定州养马。整个庆国军方声势最盛的就是老秦家，他们背叛陛下根本不可能再获得更高的地位与荣耀——政治上的选择与做生意一样，得不到利益的事情，没有人愿意做。

范闲看着他的脸再次沉默了一会儿说道："去做事吧，注意自己的安全，今后的日子里只要我不主动找你，你就不要为我做任何事情。"

许茂才跪了下去，恭恭敬敬地磕了一个头，没有多说什么便转身离去。

看着这位四十出头的将领离开的身影，范闲的心情有些复杂，他知道对方这个头磕得心甘情愿，甚至是欣喜无比。二十年前之事，落在二十年之后，人生并没有几个二十年，此人却一直等了这么久，实是不易。

远处的天边浮起一片淡漠的白，他抬头看着，心里多了一分压力，又多了一分兴奋。叶轻眉当年在信中说她不屑一统天下，范闲也不喜欢玩这种游戏，不过在今后的岁月里，除了造反，总有许多有意义的事情可以做。比如好好活着，比如让刚刚离开的那个人好好活着，比如让有些人活得很不愉快。

此时提督府没有喧嚣，只有一片宁静围绕，很多人没有睡着，天刚刚破晓。

晨光渐盛，胶州城门被缓缓拉开，封锁了一整夜的州军疲惫地收队，有气无力地站在城门洞两侧，恭送钦差的队伍出城。

范闲骑在马上，已经换上了官服。左边的洪常青面色冷漠地抱着皇帝钦赐的天子剑，右手边的监察院官员捧着金黄色的圣旨。前有开道官兵扛着牌子气喘吁吁地走着，后面跟着一把曲柄云黄金伞。胶州府不知道从哪里搞来一个丝竹班子，吹吹打打，热闹不停，正是一个有些简陋的钦差仪仗。

那位胶州知州果然有两把刷子，不过半夜工夫居然整出了这么些东西来，只是这丝竹班子身上的脂粉味怎么这么重，难道是从青楼里借来的？

那些胶州官员与未获罪的水师将领老老实实地跟在范闲身后，单从表情上看不出来这些人是高兴还是难过，只是折腾了一夜，没有几个精神好。

胶州市民隐约知晓了昨夜所发生的事情，在街道两边看着，对着钦差仪仗指指点点，说那个俊得如同姑娘般的年轻官员就是传闻中的小范大人。也不知是谁起的头，城门内外的上千百姓忽然一声大喊：祝钦差大人安康，随后便跪了下去。

范闲看着那黑压压的一片人头有些恍惚，想到凌晨许茂才说的那些话，确信小人物对于皇权确实有本能般的畏惧与敬服。他下意识看了一眼许茂才。许茂才装作谄媚的样子笑了笑。不得已，范闲挥手示意队伍停下，然后堆起温和的笑容，下马走到百姓面前，温和回礼，极有礼数地扶起了几位老人家，又寒暄了两句，说了几句圣安、天顺之类的废话，这才重新启程。

水师操场有座高台，台上摆着几把椅子，范闲坐在正中，看着下方的官兵。

官兵们的脸色各异，或激动或愤恨或畏惧，眼神闪闪烁烁地看着上面。大部分人已经知道了昨天夜里的事情，只是由于时间太紧，那些常昆的心腹没有机会挑起整座大营的情绪，带着一路军士意图进州救人，却就此消失在黑暗之中。

水师官兵不知道朝廷为什么会忽然派钦差大人过来，也不明白为什么常提督与党偏将都不在台上，难道军中的流言是真的？

范闲看着台下那些攒动的人头，发现黑压压的竟是一直排到了港口边上。直到此时，他才感觉到了一分后怕。他见过禁军，带过黑骑，可上万名士兵整整齐齐站在自己身前，这种压迫感实在是太可怕了。

如果这一万个士兵都是敌人，谁能安坐？好在自己的运气真的不错，居然找到了许茂才。现在看台下兵卒们的情绪虽然稍有不稳，但应该不会出现大的问题，想必定是许茂才在凌晨后暗中做了很多工作。

他摸了摸怀中的薄纸。党骁波确实强硬，痛昏过去了数次没有开口，不过军中并不都是这种硬汉，在监察院的严刑逼供之下，终于还是有人招了口供。

有了口供便有了大义上的名分,范闲不再担心什么,继续听那位将领意兴索然地讲话,老秦家的这位将领本不愿出头,可是范闲听了许茂才的建议,根本不给他这个机会,直接让他出面训话,同时将宣布罪状的艰难任务也交给了他。

果不其然,当这位将领说到党骁波勾结外敌,私通海匪,违令调军这三大罪名后,官兵们都骚动了起来,那些中层校官们更是开始互使眼色。

范闲看着这一幕,起身离开椅子,走到台前,望着台下的上万官兵神情温和地说道:"本官范闲,奉旨而来。"

他不是神仙,没有用眼神就让全场陷入安静的能力,但声音挟着霸道真气而出,如雷般响彻了整个操场,让那些官兵都愣在了当场。

范闲开篇名义:"提督常昆常大人,昨夜遇刺。"

台下一片哗然,满是不敢置信的议论之声与惊呼声。

胶州知州吴格非担忧地看了一眼台前的小范大人,他起始就不赞同全军集合宣旨,应该分营而论,不知道小范大人是怎样想的,非要行险。

范闲望着官兵们缓声道:"常提督常年驻守胶州,为国守一方,甘在困苦之地,实为国之栋梁,陛下每每提及,便赞常提督其功在国,忠义可嘉。"

知道内情的数人早就收到了范闲宣布的旨意,保持着沉默,其余的官员将领们听着这话顿时傻了眼,心想小范大人不是来查常提督的吗?台下的官兵们也安静了下来,疑惑地看着台上,没听明白钦差大人说的话。

范闲面上多了一抹沉重,颤声道:"天无眼,不料常提督竟然英年早逝,那些穷凶极恶之徒,竟敢做出这等恶行……"

那些水师将领与胶州官员以为钦差大人是先褒后贬,接着便要提及常昆做过的那些事情,谁承想在接下来的讲话里,竟是完全没有这方面的内容。

范闲的声音在操场上传得极远，他温和且悲痛地回忆着水师提督常昆为庆国做出的丰功伟绩，表情沉痛，态度诚恳，根本没有提到一点有关东海小岛的事。

吴格非与那位老秦家的将领互视一眼，然后缓缓偏过头去，昨天夜里范闲就已经向这几位重要人物传达了宫里的意思，所以他们并不奇怪。

常昆是一品提督，不管他背后那只手究竟是谁，不管是不是长公主与君山会，在没有获得有力证据的情况下，朝廷便绝对不会对他明正典刑。

一位一品军方重臣却与海盗勾结，里通外敌，这个事实一旦传遍天下，庆国朝堂的脸往哪儿搁？陛下的那张老脸往哪儿搁？

庆国皇帝与范闲只是要常昆死，要他永远再无法影响胶州水师，至于他死之后的道德评价，他们都不在乎，用最小代价完成这件事情才是第一位的事情。

当然，皇帝陛下肯定不会咽下这口恶气，再过些日子，京都局势大定，常昆自然还是会被从坟墓里挖将出来，挫骨扬灰，身败名裂。

微咸微湿微冷的风从海面上刮过来，让所有人的脸一片冰冷。一通赞扬说完之后，范闲的脸已经冷得像海水里的石头一样，难看得不行。

"昨夜本官初至胶州，本欲与提督大人密谈，要彻查水师一部与海匪勾结一事……殊不知，大人容貌未见，斯人已去。"范闲深吸了一口气，厉声问道，"是谁，敢如此丧心病狂于提督府之中纵凶杀人？是谁，敢抢在朝廷调查案情之前，用这种猖狂的手段进行抵抗？是谁，试图在事发之后杀死整座提督府内的官员将军，以图灭口？"

他的声音渐渐高了起来，充满了愤怒，眼神里也满是狠厉之意，似乎是想从台下上万官兵之中找出那个所谓的真凶来。

"……是谁，在昨天夜里暗中调动水师，煽动军心，意图引起骚动，占据胶州，想将这一切的黑暗都吞噬在血水之中？"

昨天夜里水师营地里确实有异动，也有流言四起，但直到今日高台之上钦差大人细细讲来，水师官兵们才知道，提督大人竟不是被朝廷逼死，而是被人买凶杀死，而水师当中竟然有将领与海盗勾结，意图暗中对抗朝廷！

自然不是所有人都相信范闲的话，至少常昆与党骁波的亲信不会相信，有人开始喊道："党将军在哪里？党将军在哪里？"

又有人喊道："哪里来的海盗？"

只要人一多，情绪便容易被挑动起来，然后汇聚成浪。

人群如潮，渐往高台前方拥来。

范闲面色平静，微微一笑。

许茂才向台下自己的亲信使了个眼色，那些夹杂在兵士中的校官们眼珠子一动，高声喊道："替提督大人报仇！杀死那个王八蛋！"

王八蛋究竟是谁，上万兵卒们并不清楚，但这样一喊却恰好契合了水师官兵们悲愤压抑的心情，于是渐渐喊声合一，声震海边天际，有意无意间将那些心怀鬼胎、不甘心受死的军中将领们的挑拨压了下去。

范闲平举双手微微一摁，沉声道："天无眼，天有心，那些丧心病狂的歹徒昨夜已然成擒，案结之后，自然明正典刑，以祭奠提督大人在天之灵。"

"是谁？"水师官兵纷纷猜测着是谁居然有这么大的胆子，看着高台上比往日少了几个将领，有些聪明的人渐渐猜到了少许。

果不其然，范闲接下来念到的几个人都是水师之中往日地位极高的几位将领，党骁波的名字赫然列在其首。

说话间，从台子后方押上来五位浑身是血的将领，正是昨夜在提督府对范闲发难的那几人。此时这些人面色惨白，精神颓丧，受刑之后腿都站不稳了，直接跪在了范闲的身前。也不知道监察院使了什么手段，这些人虽然面有阴狠不忿之色，却是根本无法张嘴喊冤。

上万将士同时安静下来，用极其复杂的眼神，看着台上那些平日里高高在上的将领们跪在地上，头颅低垂，乱发纠血不飞，凄惨无比。

范闲手背在身后,做着准备握拳的手势。果然,士兵当中忽然发出一声尖锐的喊叫:"提督大人是台上那些人杀的!奸臣干军!党将军冤枉!"

常昆与党骁波的心腹都明白这一幕针对的是什么,自然不甘愿看着事情按照钦差的安排继续下去。随着这一声喊,马上又有几个声音喊了出来,充满了愤怒与仇恨,将矛头对准了台上的范闲与其余的将军官员。如此一喊,台下顿时乱了起来,本来被流言弄得有些人心惶惶的水师官兵们更不知道该信谁的了。

范闲只是盯着那几个领头喊话的人,将身后的手一紧,握成了拳头。站在他身后的那位秦家将领表情复杂,被范闲逼迫着下了决心。他清楚,如果真的哗变,自己站在台上也只有被撕成碎片的结果。于是他站到了范闲的身边,暴怒着喝道:"狗日的,要造反吗?连钦差大人和我们的话都不信!"

他来水师不久,但毕竟地位在那里,一声喝出去,下面情况稍微好些,但那些党骁波的心腹依然潜在暗处,不停地挑唆着,高声辱骂着。

便在此时,许茂才也随着范闲的手势用眼神下达了第二个命令。

台下顿时多出了数道不一样的声音。

"杀死党骁波!替提督大人报仇!"

这数道声音响应者不多,没有形成滚雷般的声势,但范闲已经很满意了,他温和地一笑,和蔼地顺从了民意,点了点头。

洪常青与几个面色异常难看的水师将领走到场间,拔出直刀,一脚蹬在常昆那些亲信将领的后背,将他们踹倒在地,然后一刀砍下。

咔咔四声响,刀锋砍进了那些壮实的颈柱,破开皮,划开肉,放出血,断掉骨,让那头颅离开了身躯,在高台之上骨碌碌地滚着,喷出一大摊的鲜血。

四具将领的身躯在台上弹动抽搐片刻,便归于安静,归于死亡。

营地再次陷入死般的沉寂,水师官兵们目瞪口呆地看着这一幕,心想……就这么死了？案子都还没有审，钦差大人就这么把人给杀了？

范闲看了眼脚下不远处的鲜血与身边不远处呼吸沉重、面色惨丧的党骁波，旋即抬起头来微笑道："满足你们的愿望。不过党骁波乃是首恶，要押至京都……只怕要送他一个凌迟，才能让提督大人瞑目。"

这话有些无耻，台下的水师官兵们却不知内情，只是看着台上那个穿着华贵官服的年轻人，由内心深处涌出一股恶寒。

水师官兵们不是傻子，他们不相信党偏将会杀死常提督，一来没有那个理由，二来谁都知道这二人之间亲密的关系。但是此时四颗人头摆在台上，众人清楚钦差大人敢杀人，愿意杀人，常提督已死，党骁波已伏，就算是朝廷在清洗，自己这些当小兵的又没有跟着两位大人捞多少好处，此时还能做什么？难道真的一拥而上将高台上的钦差大人杀死，然后落草为寇，与整个天下为敌？

有血性，不代表就不会用脑子思考问题，所以官兵沉默了，那些先前还在意图煽起暴动的校官们也沉默了，只见他们将身子低了低，心想怎样才能偷偷逃出水师呢？

杀人果然能立威，但事情还没有完，水师里依然有党骁波的心腹、常昆的死党，不把这些人揪出来，胶州水师如何能称安宁？

范闲站在高台上平静地说道："昨夜，水师有人得了党骁波的密令，意图领军攻城，这种丧心病狂的谋逆行为自然不能轻饶。"

营外马蹄之声如暴雨般响起，所有人都偏转身子，紧张地看着那里。一群浑身黑甲的骑兵疾驰而入，硬弩在鞍，利刀在腰，一手控缰，一手提着麻袋，以极其精妙的驭术来到了水师营中，瞬间带起一股烟尘，透出三分幽冥之意。

黑骑！

水师官兵第一次看见这传说中杀人如麻、暗行如鬼的庆国最强骑兵，纷纷惊呼起来，却不明白这些人来这里做什么。如果是来镇压水师，人也显得太少了些吧？

一百黑骑驶至台下，松开手中的麻袋，然后列在两侧。同一时间，水师营帐左后方的山坡上幽幽无声地出现了两排骑兵，就如同两道坚硬的黑色线条，深深地揳在山梁上，对着下方的水师官兵做出了冲击的预备姿势。

水师官兵大哗。

麻袋里面全部是人头，或血污满面，或缺鼻损耳，或脑门被劈开了一条大缝，几百个人头从麻袋里滚了出来，堆积在高台之下，这种血腥恐怖的场面在太平已久的胶州水师里已经很久没有出现了，吓得有些人连退数步。

范闲指着台下的人头堆，面无表情地说道："这便是昨夜试图血洗胶州的叛兵。众将士不要惊慌，叛兵已伏，本官不是喜欢滥杀的人。但是……是谁暗中主持此事，本官一定要抓出来，敢阴谋附逆，就要有被满门抄斩的心理准备。"

又有许茂才早就安排好的将官在人群里喊道："一切谨遵钦差大人吩咐。"

"人，本官已经查清楚了。"范闲望着台下的人沉声喝道，"一共十七个人，不，是十七条狗！十七条用朝廷的俸禄蓄养起来的狼子野心的狗！"

台上的水师将领与台下的官兵们都松了一口气。

四百黑骑的陡然出现以及那么多人头，已经成功地震慑住了所有人。没有人敢造反，就只好等着看朝廷怎么处置，十七个人真的不算多。

事不关己，高高挂起。

为了保护自己，甚至可以出卖平日里害怕无比的上级。

随着高台上那位秦家将军的唱名声，水师官兵们不停移动，恨不得离那被点到名的校官越远越好，操场上便多出了十七个圆圈。

每个圆圈的中心空地里都站着一个面色如土的水师将校。这都是昨天夜里煽动大营闹事，让水师官兵在胶州城外与黑骑大战一场的元凶。

马蹄嗒嗒，黑骑缓缓进入操场。

他们面色冷漠，不旁顾，不紧张，虽万人在侧，却如入无人之境。

水师官兵全无反抗的胆气与意愿，纷纷让开道路。

三骑抓一人，虽然也有校官在绝望之中勇起反抗，怎奈何已是困兽，啪啪几声便被砍翻在地，只是在死亡之前徒增了一次痛苦罢了。

又是十七声血腥而残酷的响声，十七个人头与那四个将领的人头滚在了一起，血水涂染着高台，一股腥臭吸引来无数的苍蝇。

范闲眯眼看着渐渐移至头顶的太阳，知道胶州的事情算是办完了。他也不在乎朝廷的礼仪规矩，让下属开始宣旨，自己却是坐回了椅上。

"奉天承运，皇帝诏曰……"

他没有去细听皇帝说了些什么，只是看着台下跪倒在地如蝼蚁一般的水师官兵们，心有所思，最后听到了一声震天价响的喜悦呼叫，随后便传出山呼万岁的欢呼。

——陛下又给水师官兵加俸了？

第八章 天子有疾

胶州水师发生的事变传到京都已经是半个月之后了。京都地处内陆，没有海风滋润，所以比胶州要干闷一些，并不如何舒服，有些身子骨弱的人很不适应。

洪竹这几天火气就有些大——是火气，不是生气。他揉着鼻子，心想今天晚上如果还流鼻血，就得去求太医正看看。不过太医院的水平真不怎么样，如果范小姐还在太医院里学习，那该有多好啊。想着这些事情，他小跑着来到了宫殿之前，恭敬无比地推开门去，附在皇后娘娘的耳边说了几句什么。

来东宫有些日子了，他获得了皇后的信任，只是太子瞧他总是有些不舒服。一个小太监脸上长青春痘，火气旺得直流鼻血，哪有点儿阉人的模样。

听着洪竹的话，皇后蹙紧了眉头，问道："常提督被追封是理所当然之事……可这么大的案子怎么不是三司会审，反而是监察院自己在查？"

皇后并不清楚胶州水师的内幕，但隐约猜到这件事情一定与长公主脱不开干系，微微地嘲笑道："看那位殿下什么时候找上门来吧。"

如果事情真如想象中那样，范闲去了胶州水师等若断了李云睿又一只胳膊，这位公主殿下一定会发疯的。只是胶州的案子有些模糊不清，一个偏将敢勾结匪人谋刺提督？而且恰好是在范闲到胶州的当天？胶州水师居然和东海上的海盗有勾结？难道常昆他以前就不知道？所有的朝臣都生了疑心，军方也有些反弹的意思，因为不论常昆如何，他都是军方一位重臣。只是没有人敢说什么，因为陛下虽然满脸沉痛地对常昆的死亡表示了哀悼，后事处理十分隆重，对常府的赏赐也是不轻，但所有人都能看出来，陛下其实……心情很愉快。

夏日明媚，并不欺人，然则午后闷热也不是假话。整座京都被笼罩在暑气之中，让人好生不适，喝下去的清水用不了半个时辰就会从肌肤处渗将出来，携着体内的那些残余，化作一层油腻腻的润意将整个人包裹住，使人们艰于呼吸，浑身不爽。

尤其是那些做苦力的下层百姓，扛着大包在流晶河下游的码头上登梯而行，汗水已然湿透了全身，更淋落到青石阶上，化作无数道水痕，走在上面，让人惊心。码头边的大树伸展着叶子，却无法将天上的日头完全遮住，河上吹来的清风也无法拂去暑意，反带着股闷劲儿。

石阶旁的一条黑狗正趴在树荫下，伸长着猩红的舌头，呼哧呼哧喘着气，同时略带怜悯地看着那些被生活重担压得快喘不过气来的苦力们。

流晶河上一座装饰朴素的船正在漂着，二皇子缓缓收回投注在岸边同情的眼神，回身微笑道："范闲确实厉害，内库调回来的银子不说，他事先就在东夷城和北齐采购了那么多粮食，想必是猜到今年忙于修堤，夏汛就算无碍，可是南方的粮食还没有缓过劲来，总是需要赈灾的。"

码头上停着不少商船，几百个苦力正将庆国采购的粮食往船上搬运，然后借由水路，运往去年灾后重建未竟全功的南方州郡。

二皇子身旁那位可爱的姑娘眨了眨明亮的眼睛，笑了笑，却没有说什么。

二皇子微微一笑，继续道："是不是奇怪我为什么会说范闲的好话？其实道理很简单，范闲这个人确实有值得称道的地方，尤其是在政务这方面，虽然他从来没有单独统辖过一路或是一部事务，可是他……很有心。或许你不知道，刚刚查出来，他门下杨万里去河运总督衙门的时候，暗中居然有一大笔银子注进了河运衙门的账房，也正是如此，今年大河的修堤才会进行得如此顺利。"

说到此处，他的脸上浮现出一丝嘲弄的神色："如果让朝廷里那些部衙筹措银两，户部工部一磨蹭，鬼知道要折腾到什么时候。治理天下，手段技巧都可以学，但像范闲这种心思却极难得。这都是他在江南辛辛苦苦刮来的银子，竟是毫不吝惜地全部砸进了河运之中。得名的是父皇，得利的是天下百姓，你又能得什么？这范闲……我倒是越来越看不透他了。"

今日天热，京都里的那座王府也显得闷热起来，所以二皇子带着新婚半年的妻子来到了流晶河上，一面是散散心，一面也是夫妻二人觅个清静地，说些体己的话。只是远远望着码头上的热闹景象，二皇子不由心有所动，将话题扯到了远离京都的范闲身上。

"……谁知道他是个什么样的人呢？谁也看不透他。"叶灵儿轻声叹道。小姑娘当年是何等样精灵古怪的可爱人儿，如今嫁给二皇子，摇身一变成了皇妃，自然多出了几分贵重气息，人也显得成熟了一些。

"确实看不透。"二皇子那张与范闲颇有几分相似之处的脸上浮现出一丝自嘲的笑容，"他从澹州来京都之后做的这些事情，又有几个人能看得透？"

他摇了摇头，不知所谓地笑了笑，牵着叶灵儿的手，走到了船后，看着流晶河上游的宽阔镜泊水面，似乎想用天地开阔来舒展一下自己的心胸。

王府仆人们看着这一幕，都知趣地远远避开。王府甚至整个京都的人都知道，二皇子与叶灵儿成婚之后，两人感情甚好，时常腻在一处。二皇子面相俊秀，叶灵儿也是京都出名的美人儿，一对璧人不知道羡煞了多少人。

叶灵儿靠在二皇子的身旁，轻轻抱着他的臂膀，看着远方飞翔着的沙鸥，心里想着那个在远方的师父，唇角多出一丝笑意："京都里的人们都畏惧范闲,都以为他骨子里是如此阴险可怕,才会折腾出这么多事、杀了这么多人。可在我看来,这家伙不过就是个爱胡闹的荒唐家伙罢了。"

二皇子知道妻子嫁给自己前与范家经常来往,也知道妻子与晨丫头姐妹相称,交情非同一般,更知道妻子私下称范闲为师父……只是他从来不会去怀疑叶灵儿与范闲之间有什么男女之私,因为叶灵儿虽然有些小脾气,却极大气,若她不喜自己,便是圣旨也不能让她嫁给自己,只是……偶尔听着叶灵儿用那种熟稔的口气提到范闲时,他依然掩不住生起一丝荒谬的感觉和淡淡酸意。

"哪里是胡闹荒唐这般简单。"二皇子温和地说道,"听说前些日子太子殿下的门人做了一个册子,看范闲在这两年里杀了多少人、得罪了多少人,结果……竟是拉了长长一个名册,让太子殿下高兴得不得了。"

叶灵儿扑哧一笑,心想师父怎么变成大恶魔了。不过她也清楚,包括春闱案、掌一处那些事情,范闲确实已经得罪了朝廷里的很多人。

"所以说没有人能明白范闲究竟想做什么。姑母是他的亲岳母……而且姑母早已释出了善意,可是他不接受。我从他归京之后便一直尝试着与他和好,他却异常执着地选择把我打倒。"二皇子自嘲着笑道,"我承认牛栏街的事情是我的错,可朝局之中,敌人变成朋友并不少见,他为何就这般恨我?"

叶灵儿喃喃道:"他这人性子倔,又好记仇,哪里是这般好说服的。"

"可是这对他有什么好处?"二皇子不解地问道,"得罪了这么多人,将来……我是说万一,父皇不在了,新皇即位后肯定要将他的权柄收回来。他手中没有了监察院,这些仇恨都会回落在他的身上,到时候谁能保住他?"

"你怎么就知道新皇会对他……"叶灵儿沉默了一会儿,轻声道,"我看太子殿下可没有太多机会,三殿下可是范闲的学生。"

"老三太小了。"二皇子叹道,"一个人的成长过程总是会被突如其来的事故打断,我当年是这样,等老三再大些,父皇自然又会弄些事情,而且将来真的是老三坐上那把椅子,你以为那时的老三还是现在的老三?他会允许范闲保持现在的权势?我们兄弟几个都不如父皇,所以不论是谁继位,第一件事情肯定就是打掉范闲,以他的聪慧不可能想不到这点。"

叶灵儿担忧地看了他一眼,轻声道:"你还是没有放弃吗?"

二皇子没有接这句话,继续道:"既然范闲明白这一点,那他能怎么办?除非他将来准备走完全不同的一条道路,不然他永远摆脱不了宿命的结局。"

"哪条道路?"叶灵儿有些紧张地问道。

二皇子转过头来,温柔地笑道:"他自己坐到那把椅子上。"

在什么样的位置,就有什么样的话题,叶灵儿并不如何畏惧,反而觉着有些腻了,苦笑道:"以我对他的了解,他不会这么做。"

"噢?"二皇子很感兴趣,"为什么这么说?"

"范闲喜欢周游世界。这次他去江南,天下皆知是陛下不想让他的身世在京都里闹出太大风波,避风头的意思。可据我所知,范闲一点怨言也没有,有机会见见天下不同的人情风物,对他来说似乎才是最大的享受。"叶灵儿笑着说道,"坐上那把椅子?那便再难出深宫了,他会憋死的。"

不得不说,叶灵儿确实很了解范闲,二皇子也笑了起来,又道:"可如果他不去抢这把椅子……难道将来舍得放手?就算他肯放手,别人又会放过他?"

"那把椅子真有那么好吗?"叶灵儿叹道,"更何况范闲凭什么去抢?"

"凭什么?"二皇子笑道,"凭父皇对他的信任,凭陈院长、林相爷、范尚书这三位老人家的全力支持,凭他左手的监察院、右手的内库,而且不要忘了他也姓李……实话说,如果日后不出大的转折,范闲在父皇去后想夺位把握最大。"

叶灵儿却只在这话里听到了"大的转折"四个字,如果身边人说的话是真的,那么一定有很多人在等着这个大的转折。

"范闲目前唯一缺的就是军方的支持,叶、秦两家他没有机会沾手,但我那位亲爱的大皇兄不知道最近是怎么了,总摆出一副范闲的看家人的模样。"

二皇子终于流露出了一丝怨意,他与大皇子自幼一道长大,感情极好,谁知道范闲一入京,大皇子却站到了范闲的那边,换作谁也会有些不舒服。

"还有这次的胶州事变。"二皇子担忧道,"父皇一直没有让他沾手军方事务,这次却安排他去处置胶州水师,我担心父皇是准备在这方面也松手了。"

叶灵儿轻声道:"说到底,还是你心里依然不甘心罢了。"

长时间的沉默后,二皇子缓慢却又坚定地道:"确实不甘心……别人能坐那把椅子,我为什么不能坐?我坐上那把椅子,做得不会比别人差。我承认,在与范闲的对比中我全面落在下风,不过偶尔也会有些不服。如果父皇当初肯将监察院交给我,把内库也给我,我难道就比范闲真的差了?我确实不甘心,谋划了这么多年,却因为这样一个突然冒出来的兄弟便让一切成为泡影,我还是想争一下,就算最后输给他了……也要输得心服口服。"

"何苦呢?"叶灵儿轻声道。

二皇子心头微动,妻子自从嫁入王府之后,当初那些没心没肺的可爱模样便少了许多,或许这便是嫁给自己的代价吧。

叶灵儿轻声道:"我知道长公主最近一直让你与太子和好,我也知道这是为什么事……话说回来,我一直不喜欢长公主,虽然她是晨儿的母亲。"

"姑母是一个很了不起的人。"二皇子斟酌着用词,"她为朝廷做过许多事情,而且……有很多时候不是为了自己的私心。如果她当初真的只是为了日后的荣华富贵考虑,就不会选择我,教育我,她完全可以站在东宫那边。"

"那她为什么选择你？"叶灵儿嘲讽道，"就因为你比太子生得更好看些？"

"够了！"二皇子低喝道，怎样也没有想到妻子对长公主如此愤怒。

叶灵儿冷笑道："难道不是吗？她挑唆着你与太子斗，如今又让你与太子联手与范闲、老三斗，可斗来斗去，又有什么意义？就算将来她成功了，范闲失势，可到时候你与太子殿下怎么办？谁来坐那张椅子？"

"那是日后的事情。"二皇子低头缓缓地说道，"姑母是疼我的。"

"日后的事情？"叶灵儿终于恢复了当初骑马入京都的模样，生气地说道，"她只是陶醉于这件事情的过程！至于最后太子和你谁胜谁负还不都是她的傀儡，你何必再恋着不走？太子要继位是理所当然的事情，范闲要自保那也是他的事情，你只要不再理会便能轻身而脱，这有什么不好的？"

她觉着自己的话说得太急了些，又放软声音继续说道："你不为别人考虑，也要想一想我，想想宫中的母亲。范闲说过一句话，退一步海阔天空，何乐而不为？"

又是范闲。二皇子听着这句话，忍不住笑着反问道："那他为何不退？"

"他退了他就要死，这是你说过的。"叶灵儿毫不示弱地望着二皇子的眼睛，"可你若退，谁能把你如何？"

二皇子抿着那双薄薄的嘴唇，幽幽地说道："我杀过范闲的人，他日后能放过我？太子即位能放过我？老三……谁知道他将来会变成怎样的一个人。"

叶灵儿失望地沉默了。

"太子只是我们目前需要的一个招牌。"二皇子闭着眼睛，迎着扑面而来的河风轻声说道，"我们现在需要他的东宫名分和祖母的支持。"

叶灵儿知道他还有很多事情没有告诉自己，却依然从这句话里听到了危险靠近的声音，在这大夏天里忍不住打了个寒噤，说道："太子不是蠢人，他怎么会猜不到长公主殿下的想法？他怎么会相信她？"

"这就是姑母需要考虑的事情了，怎样弥合当初的裂缝，让太子与皇后完全相信姑母的诚意，这都与我无关，我只需要等待着。"二皇子缓缓睁开双眼，望着河面一字一句地说道，"去年我就是没有忍住，所以给了范闲机会，现在我至少学会了戒急用忍。我毕竟是父皇的儿子，不论事态怎么变化，总有几分之一的机会。"

叶灵儿失望地望着他道："我明白你的意思，你认为长公主最后还是会挑你继位，可是……被人扶着上去，真的很有意思吗？"

"就算被人牵又如何？"二皇子忽然笑了起来，"父皇当年也是被一个女人扶着坐上了皇位，日后仍然成了千古一帝，只要能坐上那把椅子就行。"

因为胶州事变，一直在陈园养老的陈萍萍终于被皇帝的三道旨意抓回了京都，回到了那座方方正正、一片灰暗的建筑中。

在监察院的阴暗密室里，他轻轻抚摸着膝上的羊毛毯子，忍不住打了一个哈欠，用微尖的声音说道："屁大点事，也要打扰我。"

费介今天很奇妙地没有在山里采药，而是坐在陈萍萍的身边嘶哑着声音说道："关键是宫里的问题。范闲又闹了这么一出，咱们的皇帝陛下是越来越喜欢他，可是宫里那些人却是越来越害怕他……只怕是要提前了。"

"太子是蠢货吗？"陈萍萍笑得满脸皱纹，自问自答道，"当然，他确实是个蠢货，不然怎么又会和那个疯女人搞到一起去了。"

"长公主疯则疯矣，手段还是有的。"费介翻着颜色古怪的眼瞳，盯着陈萍萍道，"再说了，这不是你安排的吗？枉我还辛辛苦苦做了那么个药出来。"

陈萍萍叹道："太子胆子太小，咱们要帮助他一下。"

"这是抄家灭族的罪过啊。"费介叹息着，"我是孤家寡人，你老家还有一大帮子远房亲戚。"

陈萍萍耻笑道:"你还是当心范闲过年回京找你麻烦吧。给晨丫头配个药结果却配出绝种药来,范闲发现自己要绝后,你看他怎么撕扯你。"

费介大怒道:"能把肺痨治好就不错了,还想怎么的?还敢欺师灭祖不成?"

"那我就不清楚了,反正最近他来的信里一直怨气冲天,而且一直在问你到哪里去了。"陈萍萍面无表情地回道。

其实费介一直因为这件事情心里有愧,所以有意地躲着自己的学生,听到这话不由愣了神,有些不确定地说道:"他不是收了个通房大丫头吗?再说还有海棠那边……北齐圣女的身体肯定极好,生个娃娃应该没问题。"

"圣女不是母鸡,别让天一道的人知道你这个说法。"陈萍萍微笑着回道。

费介懒得再理会,直接问道:"关于这次胶州的事情,你怎么看?"

"怎么看?我把影子给了他,我把黑骑给了他,我把整个监察院给了他……结果他却做了这么粗糙下等的作品来给我,饭桶!"陈萍萍冷哼一声,"言冰云不在他的身边,他就什么都不会了,不过真不知道是他运气天生就比别人好,还是什么缘故,这事的结果倒还不差。"

他推着轮椅来到窗边,如以往这些年里的习惯那般,掀起黑布帘的一角,望着那处金黄色的宫殿檐角,半闭着无神的眼睛,将整个身子都缩进了轮椅中。

"我让言冰云过来。"

费介听到这话并不吃惊,知道院长大人每逢要做大事之前,总是会先选择将后路安排好……不是他自己的后路,而是监察院的后路。

密室外面传来轻轻的叩门声,陈萍萍脸上露出赞许的神色,敲门的人还是那样的不急不躁,就心性而论确实比范闲适合多了。

他在轮椅扶手上轻敲了两下。得到了许可,那人推门而入,正是如今的四处头目言冰云。言冰云被救回国已近一年，早已养好了当初落下的浑身伤痛，恢复了一脸冰霜模样，将四处打理得井井有条，如今的四处比他父亲言若海在位时更加强势，小言公子这个名字也渐渐成了庆国朝堂里时常被提及的人物。

监察院做的工作不怎么能见光，言冰云的知名度不高，但并不影响知晓内情的高官权贵们拼命把自家闺女往言府送。且不论言冰云的官职、能力与相貌，单提他与范闲的良好关系，以及言府的爵位，这种女婿谁不想要？

言冰云向陈萍萍和费介行礼，将监察院的工作汇报了一番。近期陈萍萍在陈园养老，范闲又远在海边，监察院的日常工作竟是这位年轻人在主持着。

陈萍萍闭着眼睛听了半天，忽然开口问道："范闲事先有没有与你联系？"

言冰云摇摇头："时间太紧，院里只是负责把宫里的意思传给提司大人，具体怎么办理，二处来不及出方略，全是提司大人一人主理。"

陈萍萍点点头，又忽然笑了起来："你的婚事怎么办？你父亲前些日子来陈园向我讨主意……可是这件事情并不好办。"

言冰云沉默了，沈大小姐的事情，院里这些长辈都心知肚明，只是一直没有挑破，可如今的婚事却有来自宫里的意思，让他有些难以处理。

沈大小姐的事情没有几个人知道，涉及范闲在江南做的大事，一直遮掩得极严。就算日后这件事情曝光，为了南庆与北齐的良好关系，言冰云也没有办法光明正大地将沈大小姐娶进府中。

陈萍萍半闭着眼睛说道："你去见一下亲王家那位，让她帮忙拖一拖。"

亲王家那位自然就是大皇妃。这位自北齐远嫁而来的大公主嫁入南庆之后，温柔贤淑，行事大气，很得太后的喜欢，与大皇子自幼的待遇完全不一样了。

言冰云脸上依然平静，内心深处却有些感动，院长只怕连胶州的事都懒得管，却愿意为自己的婚事出主意，这种对下属的关照实在是……

"等范闲回京看他怎么处理。"陈萍萍忽然尖声笑道，"这小子当媒人和破婚事很有经验。"

这话确实，最近几年宫里一共指了四门婚事，其中有两门婚事与范府有关，范闲自己娶了林婉儿，却生生拐了八千个弯儿，闹出天下震惊的动静，让妹妹从指婚中逃将出来。每思及此事，便是陈萍萍也禁不住对那小子表示佩服。

最后陈萍萍冷漠地说道："当初的准备是让你和范闲互换，你先把一处理着，不过看最近这事态……你要有心理准备。"

言冰云微微一惊，不知道要做什么准备。

"范闲不能被院务拖住太多心思。"陈萍萍淡淡地说道，"王启年回京之后，不是去一处，就是会死乞白赖地黏在范闲身边，你准备人接替你在四处的位置。"

言冰云隐约猜到了什么，却不激动，只是点了点头。

"我退后，你这个提司要帮范闲把位置坐稳。"陈萍萍的声音显得有些疲惫，竟似在托孤一般，"他这个人就算当了院长，只怕也不耐烦做这些细务。"

言冰云单膝跪地，沉声道："是。"

陈萍萍闭着眼睛说道："天下人都以为范闲是建院以来的第一位提司，但你言家一直在院中做事，当然知道以前也有一位。而你则将是监察院建院以来的第三位提司，对你来说，这是一个荣耀而危险的职位，希望你记住这一点。"

言冰云感到一股重力压住了双肩，让自己无法动弹。

"那一天会很快到来的，我要你仔仔细细听明白下面的话。"

"是。"

"我院第一位提司的出现是为了监督我。"陈萍萍神情淡漠，没有半点不悦，"当然，他有那个能力，所以他最为超脱，平日里也不怎么管事，日后若有机会看见他……不论他吩咐什么事，你照做便是。"

言冰云没有直接应是，沉默半晌后问道："……哪怕与旨意相违？"

陈萍萍睁开了双眼，眼中的光芒像一只石崖上的老鹰一般，锐利无比。"是。"

言冰云深深地呼吸了两下，压下心中强烈的疑惑与不安，尽可能让自己平静下来，问道："提司腰牌在小范大人身上，我怎么知道他是谁？"

陈萍萍笑了起来："我们都叫他五大人……也有人叫他老五，不过你没有资格这么叫他。只要他在你的面前，你自然就知道他是他，这是很简单的问题。"

见到他就知道他是他，这很拗口也很玄妙，言冰云却聪明地听懂了。

"他的存在是监察院最大的秘密。"陈萍萍接着说道，"这一点陛下曾经下过严令，所以你要懂得保密……只要五大人在一天，就算日后的局势有再大的变化，至少咱们这座破院子，这个畸形的存在，都还可以苟延残喘下去。"

言冰云低头跪着，明白了院长的意思。监察院是陛下的特务机构，却又不局限于此，这是横亘在庆国朝廷官场上的一把利剑，陛下则是握剑的那只手。如果那只手忽然不见了，监察院这把剑一定会成为所有人急欲斩断的对象，只是……不知道那位五大人是谁，竟然可以拥有和陛下近似的威慑力。

陈萍萍竖起了第二根手指，冷漠地说道："范闲是本院的第二任提司，但你也知道他的身份，所以监察院只能是他路途上的一段，而不可能是他的终点。而你将是本院的第三任提司，你要做的事情与前面两位都不一样。你的任务是如果有一天我死了，范闲发疯了，你要不顾一切地隐忍下去，哪怕是忍辱偷生，委曲求全，也务必要将这个院子保住，至少暗中的那些东西你要保留下来。"

言冰云终于再难以伪装平静，抬头满脸惊骇地望着轮椅上的老人。老人关于三任提司的说法有完全相抵触的地方，如果五大人没死，监察院便不会倒，那自己还有什么任务？更何况老人家说得如此严重与悲哀……

那只有一种可能，就是院长大人预测到在不久的将来，不是那位五大人会死，就是有一股监察院远远无法抗衡的力量会自天而降。比如，握着这把剑的那只手无情地松开，让监察院这把剑摔入黄泥之中。

只是陛下为什么会对付监察院？

院长为什么像是在托孤？

言冰云一向聪慧冷静，此时也不免乱了方寸，不敢就这个问题深思下去，也不敢进一步询问，他不知道轮椅上的那位老人会做什么，也不知道会发生怎样的大事，而那件事情会怎样地影响到所有人的人生。

"你说，为什么世间会有监察院呢？"陈萍萍像是在问言冰云，又像是在问自己。

言冰云还停留在先前的震撼之中，院长大人对陛下的忠诚，从来没有人怀疑过，陛下对院长大人的恩宠，更是几乎乃亘古未见之殊荣……为什么？这到底是为什么？听着这句话，他下意识里开口道："为了陛下……"

"我希望庆国的人民都能成为不羁之民。受到他人虐待时有不屈服之心，受到灾恶侵袭时有不受挫折之心；若有不正之事时，不恐惧修正之心……"

陈萍萍忽然哈哈笑了起来。

言冰云太熟悉这段话了，所有监察院官员都如此。因为这段话一直刻在监察院前的那个石碑上，金光闪闪，经年不退，落款处的名字是——叶轻眉。

如今天下都已经知道，叶轻眉便是当年叶家的女主人，小范大人的亲生母亲。

"其实这段话后面还有两句。"陈萍萍闭着眼，缓缓地说道，"只是从她死后就没有人再敢提起，你回家问问若海，他会告诉你那两句话是什么。"

小言公子坐着马车,急匆匆地赶回了言府,不知道是天气太热还是太过惶恐的缘故,汗水湿透了那一身永久不变的白色衣衫。

穿过并不怎么阔大的后园,不理下人问安,他脸色苍白地走进了书房。

书房中,已经退休的言若海正与一位姑娘对坐下棋。棋子落在石枰上没有发出太多的音响,哑光棋子却透着股厉杀之意。

看见言冰云进了屋,察觉到儿子今天的心思有些怪异,言若海向对面温和地一笑,说道:"沈小姐今天心思不在棋上。"

前北齐锦衣卫指挥使沈重的女儿沈婉儿起身对言若海行了一礼,又关切地看了言冰云一眼,缓缓走出书房,小心地将门关好。

言若海看着儿子,问道:"出什么事了?"

言冰云将刚才陈院长的话复述了一遍。

"小范大人肯定是要做院长的。"言若海怜爱地看了儿子一眼,"他的精力日后要放在朝中,院务肯定需要有人打理。你这些年吃了不少苦,也为朝廷做了不少事,在我看来还是年轻了些,但既然他信你,你就好好做。"

老人们非常清楚范闲对监察院日后的安排,他在监察院内除了自己的启年小组最信任的就是言冰云,对言冰云的安排并不怎么令人意外。

言若海话锋一转,不解地问道:"为什么会是提司呢?你的资历能力……都还差得很远。但不论怎么说也是件好事……为什么你如此愁苦?"

"那段话……后面的两句是什么呢?"言冰云问道。

"噢。那是两句很大逆不道的话……不论是谁说出来,都是会死的。"言若海淡淡一笑说道,"当年曾经有人说过那句话,所以就连她……也死了。"

言冰云懂了,脸色变得更加苍白。

"院长大人对陛下的忠诚不用怀疑,我看他老人家担心的只不过是陛下之后的事情，所谓忍辱负重，是指在不可能的情况下保存实力，以待后日。"他盯着儿子的双眼，一字一句地问道，"或许……你要成为卖主求荣的奸人，万人痛骂的无耻之徒，这种心理准备你做好了没有？"

言冰云没有回答父亲的话，而是以一种异常平静的神情盯着他问道："父亲，如果……我是说如果，让你在宫里与院里选择，你会怎么选择？"

选择的是什么？不言而喻。

言若海用一种好笑的目光看着自己的儿子，叹息道："傻孩子，我自然是会选择院里……如果老院长大人对我没有信心，又怎么会对你说这么多话。"

言冰云震惊无语，没有想到父亲竟会回答得如此轻松明确，沉默半刻后他终于获得了真正的平静："我是您的儿子，所以……那种心理准备我也做好了。"

"委屈你了，孩子。"言若海伸手摸了摸儿子的头。

"这些年，确实有些委屈他了。"

夜色如墨，层层宫檐散发着冷漠的气息。庆国皇帝穿着一件疏眼薄服，站在太极殿前的夜风中，冷漠地看着殿前的广场，享受着难得的凉意。

服侍皇帝的太监宫女都安静地避到了太极殿的边角，负责安全的侍卫们也小心翼翼地保持着距离，确保不会听到皇帝与那人的对话。

陈萍萍坐在轮椅上，轻轻抚摩着膝上的羊毛毯子，叹息道："慢慢来吧，小孩子心里的怨气……我看这些年已经抚平了不少。"

皇帝笑了起来，然后说道："其实在小楼里那孩子应该已经原谅我了……只是总感觉还是有些亏欠。"

陈萍萍用微尖的嗓音笑着应道："几位皇子中如今数他的权势最大……该给他的，都已经给了他，他虽然拧些，却不是个蠢人，自然明白陛下的心思。"

"怕的却是他不在乎这些东西。年关的时候他非要去范氏宗族祠堂，这难道不是在向朕表露他的怨意？"皇帝不等陈萍萍开口，继续说道，"朕……可以给他名分，但是现在不行。你替朕把这话告诉他。"

陈萍萍知道皇帝的意思，太后还活着，皇帝总要留些颜面，不过从这番话看来，范闲这两年来孤臣敢当，已经从皇帝处获得了足够的信任。

"陛下有心。"其实有心这种词是断不能用在君王身上的，只是陈萍萍与皇帝自幼一起长大，加上日后的诸多恩情，君臣间的情分实在不同一般。

"朕有心只是一方面。关键是这孩子有心，而且有能力。"皇帝欣慰着笑道，"……北齐的事，江南的事，胶州的事，让朝廷得了面子又得了里子，这孩子不贪财又不贪名，实在难得。"

陈萍萍问道："是不是要把他调回来？"

"不慌。"皇帝淡淡地说道，"明家还有尾巴没有斩掉，你前些日子入宫讲的君山会……让安之在江南再扫一扫。"

"是，陛下。"

皇帝忽然握住轮椅扶手推了起来，沿着太极殿前的长廊行走，笑道："你年纪不大，这些年却是老态毕现，大热的天气还盖着羊毛毯子，也不嫌热得慌。费介那老小子到底给你用过药没有？"

"要死了的人，费那个药钱做什么？"陈萍萍花白的头发横飞着，"陛下放手吧，老奴当不起。"

二人单独相对的时候，他才会自称老奴。

"朕说你担得起，便是担得起。"皇帝顿了顿，"当年宫里把你派来诚王府，你就一直伺候我，直到断了腿，如今咱们都老了，朕帮你推一推又如何？"

陈萍萍沉默半晌后叹了口气："有时候想起来，昨日种种仿佛还在眼前，奴才似乎还在陪陛下与靖王爷、范尚书打架来着……"

皇帝叹道："是啊……朕前些日子还在想，如果能回澹州看看就好了。"

皇帝出巡哪里是这般简单，陈萍萍想也未想直接道："不可。"

皇帝笑道："你又在担心什么？"

陈萍萍知道皇帝去澹州的背后一定隐着什么大动作，道："您下决心了？"

"还没有。"皇帝道，"朕与你都是从死人堆里爬出来的，眼下这些小打小闹还不足以让朕动心思，只是有时候难免有些贪心。如果云睿真能说动那两个老不死的出手……借此完成咱们君臣一直想完成的那件事情，岂不美妙？"

"太险了。"陈萍萍叹息着，心里却不知在想什么。

皇帝道："这天下不正是我们自险中求来的吗？"

宫女太监们远远看着这幕画面，发现陛下亲自替陈院长推轮椅，不免震惊无比，还生出些暖意——如此君臣佳话，实在是千古难见。

皇帝推着轮椅走到了殿角，栏杆在夜里反着幽幽的白光，与广场略有几尺高度的落差感让庆国乃至天下最了不起的这对君臣同时发出了一声叹息。

"其实，去澹州没有别的意思，朕只是想去看看。有很久没有去过了，也不知道那里现在还是不是像当年一样，有那么多鱼。"

"如果没有记错的话，当年圣上去澹州的时候，那里还不完全算是咱们的。"

"是啊，从东夷坐船到澹州似乎更近一些。如果澹州北边不是有那么一大片吃死人不吐骨头的密林，四顾剑想必不会放弃那么好的一个港口。"

"幸亏有那片林子……她才会坐船，我们才会在海上看到她。"

皇帝沉默了，似乎不想继续回忆。陈萍萍叹了口气，转道："陛下站得比天下人高，看得比天下人远，我不敢质疑您的判断与决定，只是……我想不出来，如果长公主真有那个心思，又怎么能说动那两个人。"

皇帝不假思索地说道："不需要说动。如果有机会能将朕刺于剑下，不论是苦荷还是四顾剑那个白痴，想必都舍不得错过。"

此时如果范闲在旁边听着，就会发现皇帝的分析与林若甫在梧州城的分析竟是如此一致，少了那位相爷，不知道皇帝会不会觉得有些可惜。

陈萍萍一直抚摩着膝盖的双手缓缓止住，似乎在消化皇帝的这句话，片刻后，缓声说道："如果那两位真的孤注一掷，我们应该拿什么来挡？"

"兵来将挡。"皇帝平静地说道。

"谁是将？"陈萍萍摇着头说道，"叶流云在南边劈了半座楼，别的人会误认他是四顾剑，我可不会。他不会为陛下出手，甚至还可能临老发疯。"

"他是我大庆的人，总不会与外人勾结。至于那两人终究是人不是神，朕手握天下何惧两个匹夫，更何况……"皇帝淡淡地说道，"老五乃当世第一杀将。"

很平淡的话语，很强大的信心。陈萍萍的唇角挂起了一丝颇堪琢磨的笑容。只是他坐在皇帝身前，皇帝看不到。直到如今，他依然不知道皇帝强大的信心由何而来。虽然他一直在往最接近真相的那方面努力，但悬空庙上因为范闲的横插一手，想让五竹看的那场戏终究没有演完。

"陛下。"

"讲。"

"我想知道您对日后的事情究竟是如何安排的。"

陈萍萍平静地提出了一个他绝对不应该问的问题。

皇帝有些讶异，旋即微笑起来，轻须在夜风中微飘，洞悉世情的眼神也柔和了一些，多年来这是陈萍萍第一次主动问及此事，他笑道："你不是向来不喜欢理会这些事吗？以往朕征询你意见时，你就跟个老兔子似的，能跑多远就跑多远。"

陈萍萍瘪瘪嘴道："一帮小孩子的事情，但终究是陛下的孩子。"

皇帝明白这句话里的意思，沉默半晌后道："朕还没有想好。"

这下轮到陈萍萍惊讶了，下意识回头望去。

"承乾太懦弱，老大太纯良，老二太执拗……老三年纪太小。"

皇帝的手离开轮椅，负到身后，走到陈萍萍身前，隔着汉白玉栏杆望着幽暗而阔大的广场，似乎在注视着千军万马，注视着整个天下。

"朕知道有很多人认为朕把这几个孩子逼得太惨。舒芜有一次喝多了酒，甚至当着朕的面直接说了出来。可是，皇帝……是谁都能当的吗？"

皇帝望着广场，背影有些萧索，声音有些疲惫，像是在问陈萍萍，又像是在问自己，又或是在问宫内宫外那几个不安分的儿子。

远处的宫女太监们远远看着这边。他们根本听不到陛下与陈院长在交谈着什么，更不清楚陛下与陈院长的谈话涉及很多年之后龙椅的归属。

"身为帝者，不可无情，不可多情。对身周无情者，对天下无情，天下必乱。对身周多情者，必受其害，天下丧其主，亦乱。

"朕不是个昏君，朕要建不世之功，也要有后人继承才成，挑皇帝，总不能全凭自己的喜爱去挑。我看了太子十年，他是位无情中的多情者，守成尚可，只是朕去时，这天下想必甫始一统，乱因仍在，他又无一颗铁石心肠，又无厉害手段，怎样替朕守住这大一统的天下？

"老二？朕起始是看重他的，这些年与承乾的争斗，他没有落在下风，只是后来却让朕有些失望，一味往多情遮掩的无情的路上走。他若上位定是一代仁君，可朕这几个儿子……只怕没一个能活得下来的。"

陈萍萍默然想着，二皇子当年是位只知读书的俊秀年轻人，如果不是被你逼到这个份儿上，没有这般大的压力与诱惑，心性何至于变成今天这样？

皇帝这些年放任诸子夺嫡的用意很简单，掌天下艰难，谁能熬下来，这天下便是谁的。只是他没有想过，并不是所有年轻人都像他一样强大，他把自己的儿子们改变了很多，这种改变引发的结果最后只怕也不是他想要的。

"大皇子怎么样？"陈萍萍今天晚上说的话着实大胆。

皇帝再次吃了一惊，笑意更盛，似乎很喜欢陈萍萍回到当年这种有一说一的状态中："我不意外你会提到他的名字。他们母子俩的命都是你和小叶子救下来的，你对他自然多一分感情。朕也是喜爱他的……只是他太重感情，在这场凶险的争杀中，谁心软，谁就可能身陷万劫不复。再加上他有一半东夷血统，难以服众，更关键的是，日后若要血洗东夷城，他能有这个决心吗？所以他不用考虑。至于老三……年纪还小，朕还可以多看几年。"

陈萍萍忽然笑了笑，说了个看似匪夷所思的提议。

"范闲……怎么样？"

皇帝似笑非笑地看着陈萍萍，不知道看了多久，却始终没有回答这句话，然后忽然大声笑了起来，笑声在皇宫里回荡，不知引发多少猜测与恐惧。

笑声渐止，皇帝平静地说道："毫无疑问，他是最适合的一个。"

多情总被无情恼，范闲在这个世界上所表现出来的气质，完美符合他对于接班人的要求，貌似温柔多情，实则冷酷无情，却偏生在骨子的最深处却有那么一丝悲悯的气息，这气息应该是他母亲遗留下来的吧？

如果皇帝的这句话传了出去，整个庆国乃至整个天下都会震动不安。

"他没有名分。"陈萍萍古怪地笑着。

皇帝的笑容也有些古怪："名分，只是朕的一句话……当年的人总有死干净的一天。"

陈萍萍知道陛下指的是什么，轻声道："我看还是算了吧。"

皇帝似笑非笑地望着他问："为什么？"

陈萍萍皮笑肉不笑地回道："……依我看来，以范闲的性格，他可不愿让范、柳两族因为他的关系都变成了地下的白骨头。"

皇帝微微一笑，没有再说什么。

陈萍萍太了解面前这位皇帝了，如果皇帝想扶范闲上位，那么死前一定会将范、柳两家不惜一切代价杀干净，范闲肯定不能接受这个结局。更让他有些疲惫的是，他终于确认了皇帝根本没有将范闲放在继位名单上，那他就只能走最后那条道路，因为这说明陛下有疾，心疾。

"朕喜欢老大与安之，是因为朕喜欢他们的心。"皇帝站在皇宫的夜风中，面无表情地说道，"朕要看的就是这几个儿子的心……如果没有这件事情便罢，如果有，朕要看看太子与老二究竟会不会顾惜朕这个父亲。"

陈萍萍没有作声，心想身为人父不惜己子，又有什么资格要求子惜父情呢？

第九章 荣归

范闲像个猴子一样，爬上了高高的桅杆，看着右手方初升的朝阳，迎着微湿微咸的海风，高声快意地叫唤着。

不用理会京都的那潭脏水，不用理会官场之上的麻烦，不用再去看胶州的那些死人头。范闲仿佛变回了最初在澹州的多动少年，不停地爬来爬去，终于爬到了最高的桅杆上。他手搭凉棚，看着远方红暖一片的色块，心想自己已经算看得够远了，只是不清楚皇帝究竟看到了哪一步。

自从由澹州至京都之后，他坐着黑色的马车，穿着黑色的莲衣，揣着黑色的细长匕首，行走在黑暗之间，浑身上下、由内及外是通透一体的黑色。今日在这宽阔碧蓝的海上，白帆有如巨鸟洁翼，似要向着天边的那朵白云穿进去。

跛子丹中尉曾经将自己捆在杆头，对着满天的惊雨与惊天的海浪痛骂着世道的不公，此时坐在桅杆顶端的范闲却没有这种感觉，在将陈萍萍与阿甘好友进行一番对比之后，穿着件单薄白衫的他微微眯眼，迎着晨间的海，心境犹如风景般单纯快乐起来。

骂天呵地，怨天尤人，与天地争斗，要成那一撇一捺的大写人字，这不是自私惧死的他希望的生活。他只是贪婪地享受着重生后的每一刻，荣华富贵是要的，美人红颜是要的，惊天权柄是要的，偶尔独处时的精神享受也是要的。叶轻眉明显是保尔那一派，范闲则毫无疑问是位小布尔乔亚，所以他像楚留香一样喝着美酒，吃着牛肉，只是可惜……船上没有太多美人儿。

船儿破浪，在碧蓝的海面上留下一道白色的细痕，擦过似乎近在咫尺的红日，桅杆顶端那个年轻人手舞之、足蹈之、口颂之，真的很像一只猴子。

晨间的海风其实有些凉，范闲喊了几声后，便觉得有些湿冷，以他的内力修为早已寒暑不侵，但这种感觉很不舒服，便准备下到甲板。

他最后贪婪地看了一眼仿佛永无边际的海面，心里充斥着某种不知名的渴望——这种渴望打从年前便开始在他的心中出现，却一直没能准确地把握住究竟是什么，他与海棠谈论过，也没能从内心深处找到一些痕迹。

开阔的海面，与他那颗永远无法绝对放松的心形成一种很别扭的感觉，他恨恨地吐了口唾沫，画着弧线远远地落入海中，让海面多了点泡沫与丑陋。

甲板上的水师官兵与监察院众人这几天已经习惯了钦差大人偶尔的癫狂举动。虽然一代诗仙权臣忽然变成了只站在桅杆顶端眺望远方的猴子，让很多人不适应，可转念一想，但凡才子总是会有些与众不同的怪癖，也便释然。

啪的一声轻响，一双赤足稳稳地踩在了甲板上，范闲松开手中的绳索，打了个哈欠，旁边自有水手赶着过去将绳索重新绑好。

相似的画面虽然看了很多次，可甲板上的很多人还是有些傻眼，这桅杆如此之高，小范大人怎么就能这么轻轻松松地跳下来？所有人都知道小范大人是世间难得一见的高手，但却无法想象真正的高手原来这样厉害。

有人将躺椅抬了过来，范闲像浑身的骨头软了一样躺上去，两只脚跷在船舷之上，海风从脚趾间穿过，就像情人在细柔地抚摩。

他左手拿着一杯内库出产的葡萄酒缓缓饮着，右手搓掉坚果的碎皮往唇里送，同时发出一声满足的叹息，当然也有些遗憾，如果婉儿和思思在身边就好了。

忽然有水手高声喊了起来，话语里带着一丝兴奋："东山到了！"

范闲一怔，旋即起身，与兴奋的监察院官员们一起走到船的左舷，等待着东山的出现。在这一刻他无来由地想起前一世，自己还没有生病的时候曾经坐船经过三峡，将要经过神女峰的时候，那些旅客也是这般的激动，只可惜那一次神女峰隐在巫山的云雨中，没能看分明。

好在今日天气晴朗，空中纤尘不挂，大船往北行了数里，绕过一片暗礁密布的海滩，辛苦万分往左一转，诸人顿时觉得眼前一亮。看了数日的寻常景致忽然间消失，一座宛如横亘在天地间的大山就这样占据了所有人的视野。

大东山！

这是一座很大的石山，高不知多少丈，临海一面竟是光滑无比的一片石壁，一丝细纹也无，如玉石般光滑，仿佛天神用一把神剑从中劈开一般！

范闲看着这一幕很是吃惊，以他的眼力判断，这座山至少有两千米高，怎么临海石崖竟是毫无断面？虽然他不懂地质学，却也知道这种奇景难以想象。

那片临海的崖壁紧密光滑，不知受到多少万年海风的侵蚀也没有让它出现任何松动，没有任何动物活动的痕迹，就连那些桀骜不驯的巨禽都没有办法在上面停栖。范闲心想这地方果然神妙，比北齐的西山石壁更美，更绝。

而在大东山背海的那一面，似乎附着不少肥沃的土壤，郁郁葱葱的山林在那一面生长得极其繁茂，营造出一片绿意森然的模样。

一面是青，一面是白，大东山的两面用截然不同的颜色点缀着天地，形成一种很和谐的感觉，就像是一块由绿转淡的翡翠，美丽至极。

这个世界上有两座东山，一处在庆国京都西郊，只是一个小山丘，因为庆庙在那里有个祭庙，一些民间神仙在那里也享受着供奉，所以有些名气。而另一处便是在这东海之滨，是整个人间都享有盛名的大东山。

大东山之所以出名，首先便是因为绝妙的构造和奇妙的美景，而且这里出产世上最完美的玉石。一年前北齐太后大寿，便有人曾经进贡过大东山的精玉。当年庆国北伐将此地占了之后，便在山上建了一座庆庙，严禁开采玉石，所以东山之玉如今在市面上越来越少，价钱越来越贵。

因为庆国皇帝的这道旨意，如今大东山上的庆庙香火早已盛过了京都的庆庙，一方面是京都庆庙毕竟有些森严，普通百姓不大敢去，大东山庆庙则没有这个问题。另外就是传说大东山的庆庙真有玄妙，不少无钱求医的百姓，上山祈福后便会得到神庙庇佑，即便身染重疴也会不治而愈。

范闲前世是个唯物主义者，今世却是坚定的唯心主义者，看着大东山的临海石壁，忍不住再次生出第一次进京都庆庙时的感触，难道这世间真有冥冥的力量在注视着自己？是神庙吗？

在海上，隐隐可以看见大东山另一面森林里的山道，就像是一些细细的线将那层厚厚的绿衣裳，牢牢缝在大东山玉般的身躯上。

范闲目力极佳，还能看见东山之巅有座黑色的庙宇，正漠然对着崖下的海面以及正前方的朝阳。他下意识里笑了笑，心想日后自己不会又要在这块石壁上练习爬墙吧？这难度未免也太高了些。

没有多久大东山便被甩在了船的后方，船上的人们赞叹了几句，便回到了各自的位置上。洪常青却注意到大人比先前沉默了很多，躺在椅上发呆。

一只活蹦乱跳的猴子忽然间变回了沉思的猴子，肯定是发生了什么。但洪常青不敢去问，老老实实地站在范闲的身后，随时递上酒水与水果零食。

"什么时候到澹州？"范闲忽然开口问道。

洪常青愣了愣，去问了问水师校官，回来应道："下午。"

范闲叹了口气。

洪常青愣了愣，犹豫着开口问道："大人因何叹气？"

这下轮到范闲愣住了，他发现了一个有些好笑又并不怎么好笑的事实，自己的心腹……不论是王启年还是后来的邓子越、苏文茂，跟自己久了之后似乎都会往捧哏的方向发展，虽然不是所有人都有老王那样的天赋。

比如这句"大人因何叹气？"是不是很像那句"主公因何发笑？"

范闲明白这些心腹之所以凑趣，那是因为自己是主公，他们拍自己马屁，哄自己开心，只是想替自己解忧。想来想去，似乎也就是小言同学气质异于常人。

他顺着洪常青的话说道："近乡情怯罢了。"

他在澹州生活了十六年，离开了两年多，回家总会有些莫名的情绪，不知奶奶身体可好，府上的丫鬟们嫁人了没，崖上的小黄花还是那么瑟瑟微微地开着？自己离开以后还有没有人会站在屋顶上大喊下雨收衣服？自己自幼梦想的纨绔敌人有没有出现？冬儿……冬儿，你的豆腐卖得怎么样？

洪常青却不知道提司大人怯的是什么，心想您已经是朝廷重臣，以钦差大人的身份返乡，正是光宗耀祖，锦衣日行，应该是快意无比，还怕什么呢？

范闲看了他一眼，问道："你的家乡是泉州？"

"是啊，土生土长。"

"嗯，什么时候找机会回去看看吧。"

"是。"

二人身份不同，也没有太多话可以聊。范闲沉默了一会儿又道："上岸之后去拿这几天的院报。"

洪常青一听提到了公事，肃然应道："是。"

便在这一刻，范闲提前结束了几天的逍遥海上游，恢复到自己应该扮演的角色中，而将那个猴子似的自己重新掩藏了起来。

"向江南传令，所有手段继续，但不要过，一切等我年后从京都回来再说。"

"是。"

"你跟在我身边，让胶州过来的那七个人去江南，帮帮邓子越。"

"是。"

胶州事变中亮了相的八名监察院官员都被范闲带走了。他处置胶州事变的手段血腥粗暴，留在胶州的下属总会有些风险。老秦家那位将军已经接手了胶州水师，对参与事变的一千多名官兵如何处置、如何在不引起大骚动的情况下肃清水师是老秦家需要考虑的事情，监察院不用再管。

至于侯季常他不担心，年后朝廷的嘉奖令一到，季常定然是要升官的，而且胶州有吴格非在，那个聪明人应该知道怎么处理。至于那位许茂才……范闲心想就让他继续埋着吧，说不定哪天就有用了，或者永远不用也好。

发现提司大人又在沉思，洪常青不敢打扰，安静地站在一边守着。范闲忽然开口问道："你是不是很急着把明家剿了？"

洪常青自从小岛上活下来之后，便一直陷在那场噩梦中，骤然听着提司大人说破了自己隐藏极深的心事，面色微白道："卑职不敢扰乱大人计划。"

范闲拍拍他的肩，安慰道："明家蹦跶不了几天了。"

明家还在苟延残喘，但他早就已经给明家套上了一根绳索，就像明青达套在他母亲脖子上的那根。明老太君死了，那绳索只是需要后来紧一紧。明家也已经死了，只是看范闲什么时候有空去紧一紧。

下午时分，大船绕过一片银沙滩似的海湾，便远远瞧见一座并不怎么繁忙的海港。海港四周有海鸥在上下飞舞，远处夕阳照耀下的海面微微起伏，如同金浪一般。金浪下隐着玉流，那应该是鱼群。

洪常青看着那些海鸥，忍不住厌恶地皱了皱眉头。

范闲站起身来，看着海港处迎接自己的官员，看着那些提前就已经到达澹州、准备迎接自己的黑骑，忍不住笑了起来。

澹州到了，海上生活结束了。

在这一刻，范闲有着双重的怀念，双重的感叹。

挂着白帆的船儿沿着海湾起起伏伏的曲线缓缓行着，澹州港来了艘小船，小船驶得极快，不一会儿便近了大船，船上汉子打手势示意，两艘船靠在了一起。

绳梯放了下去，一个满头大汗的官员气喘吁吁地爬了上来。

范闲已经换上了寻常穿的衣服，正在往脚上套鞋子，一时也来不及说什么，示意那位官员开口说话。

那位官员抹去额头的汗，颤抖着声音道："下官乃是澹州典吏，特来恭迎钦差大人返乡省亲。"

范闲愣住了，他先前没有留意来者的官服，听来人自报典吏不免有些意外。他不喜欢被阿谀奉承，但也清楚堂堂监察院提司、钦差大人回乡，澹州的父母官们肯定会想尽一切办法来拍自己马屁……怎么来的却是位典吏？

他看了眼远方码头上蚂蚁一样的人群，问道："知州呢？"

只是无心的一句话，落在那位澹州典吏耳中却如同天雷一般，他被吓得不浅，哭丧着脸说道："大人得了大人要到的消息，这时候应该往码头上赶来接大人，大人不要怪罪大人，实在是……大人不知道大人到得这般早。"

这一连串"大人"将范闲绕糊涂了，品了会儿才明白过来，他笑了笑说道："有什么好怪罪的，只是私人返乡，哪里用得着这么大阵仗迎接。"

可是码头上已然是大阵仗了，有人正在匆忙地准备搭凉棚，又有官员在往那边赶，聚着的百姓更是不少。

原来林婉儿带着三皇子回到澹州，早已惊动了全城，澹州城虽说陛下年年施恩减赋，民生安乐，可是……谁看见过这等大的阵势，这可是皇子与郡主啊！

人们猜测既然夫人与学生都回来了，自然小范大人也要回来，所以早就做了准备。可是范闲在胶州处理事情，官员百姓不清楚范闲什么时候到，等了好些天，渐渐松了心思。今天城外忽然来了一支黑色骑兵，直接到了码头开始布防，人们才猜到小范大人要到了。时间太紧，只有凑巧在近处的典吏赶了过来，澹州知州和别的官员们在府里避暑，只怕这时候正急着穿衣服往这边赶。澹州典吏怕来不及布置好，让大人物动怒，赶紧坐着小船上来请罪。

澹州典吏心下稍安，壮着胆子抬头偷偷打量了一眼，他是范闲走后才调来澹州，听多了伯爵府那位奇怪少爷的传闻，在官场上更是听多了小范大人的名字，对这位从澹州走出去的大人物充满了好奇。

"果然……是天上人物。"典吏被范闲的容貌震得赶紧再次低头。

范闲问道："老太太还好吧？"

典吏谄媚地笑道："老人家身子康健得很，知州大人时常入府请安。"

"嗯，婉……嗯？"范闲忽然皱了眉头。

典吏心中一惊，吓得背后的汗更多了三层。倒是洪常青知道在这位官员面前大人这是不知该如何称呼自己的妻子，便轻声问道："少奶奶可来了？"

范闲松了口气，点了点头，面前这典吏虽是小官，也没有让对方用少奶奶称呼婉儿的道理——虽然对方肯定非常愿意认林婉儿当奶奶。

"夫人在府里呢。"典吏赔着小心道，"老人家也在府里……今儿个天气热，下官怕老人家心系大人要来码头接您，还没敢往府里报。"

范闲非常满意，赞许地拍了拍这个典吏的肩膀。

典吏受宠若惊。

"让码头上的人都散了。把你的小船给我用用，我自己回去。"

既然老太太与婉儿都没有来码头，范闲自然懒得去和那些官员打交道。在竹棚子里一本正经地坐着，这种难受的经历有苏州那一次就足够了。

不料洪常青与那个典吏异口同声阻止道："使不得。"

洪常青自然是担心范闲的安全，范闲看着他微笑着说道："你跟在我身边不久，以后记住了，我的决定接受就好……虎卫我甩不脱，难道你还要让我不得轻闲？"

话虽轻，意却重，洪常青不敢再多说什么。

澹州典吏苦着脸说道："大人，这片海看似平缓，可后方全是悬崖峭壁，无处可行，只能从码头上岸，您若想踏青游山还是待来日吧。"

范闲看着缓缓向后掠过的峭壁，看着那些熟悉得不能再熟悉的礁石，说道："这位大人，安之自幼在澹州长大，难道还不知道回家的路？"

澹州不大，这几十年里却出了位户部尚书，出了位陛下的乳母，如今又多了一位钦差大人……这两年澹州的百姓们无不为之感到激动与骄傲，便是与邻州的人们来往时也多了不少底气与自豪。

今日监察院黑骑到码头上布防，百姓们虽然心中害怕，却也猜到那位大人物是要回来了，自然都围了过来，准备看看那位少爷在京都两年模样变了没有。

一位抱着个篮子，篮中搁着鸡蛋的大婶嘀咕道："年后就说要回来，结果回来的却不是真人儿，这回应该是真人儿了吧？"

旁边一人笑着说道："还能不是真人？没看三殿下和范夫人都回来了。"

又有人兴致勃勃地说道："也不知道范少爷样子变了没？说起来当年他去京都的时候，澹州城里不知多少家小姐的眼睛都哭肿了。"

那大婶哈哈大笑道："这样子怎么能说变就变的？"

"我看未必，连这亲爹都能说变就……"

在一阵尴尬与沉默后，码头上等待范闲的百姓们渐渐将闲聊的话题转回当年。

"还记不记得以前每次来卷子风的时候，范少爷总喜欢站在他家院子顶上喊大家收衣服？"

所有人都笑了起来，那些年龄与范闲相近的年轻人也想起了当年的很多事情，那时的范闲是伯爵府的私生子，偶尔还会和这些小孩儿在街上胡闹一番，只是随着年纪渐大，身份相异，却早已成为两个世界的人。

有人小声说道："我还听过钦差大人讲故事。"

他说话的声音很小，而且也没人信，所以无人接话。见没人理会自己，那个年轻人无奈地说道："是真的……我还记得是个挖宝贝的故事。"

还是没有人理他，那位提着鸡蛋的大婶兴趣十足地说道："说来咱们这位范少爷还真与别人大不一样，打小的时候就听话懂事，还有几样怪事……就说他和府里丫鬟们上街时，啥时让那些丫鬟提过东西？啧啧，这主人家当的……"

不多时，澹州知州领着官员们也赶到了码头，他气喘吁吁地整理着官服，看着就要靠岸的白帆大船，松了一大口气，心想千赶万赶终于还是赶到了。

只是所有人都没有想到，钦差大人不在船上。澹州典吏走下梯子，迎着知州吃人的目光，哭丧着脸道："大人半途就下了，这时候应该已经回府了。"

围观的人群听到这话，齐齐喊了一声，旋即又长吁短叹起来，口气里满是可惜。知州大吃一惊，心里急着想去伯爵府，却又不敢离开，因为船上还有人，那些监察院官员想必都是范闲心腹，怎敢轻慢？

洪常青率先下了船，望向码头上的人群。人群被他的目光一扫，顿时住嘴不言。不料洪常青堆起温和的笑容道："提司大人心疼诸位乡亲被烈阳曝晒，才不得已先行一步，日后自会出来与诸位见面。"

他又转身与知州大人见礼，道："大人不想惊动地方，心意全领了，还是请知州大人带着诸位先回吧。"

澹州城外的悬崖上，有一个白色身影正奋力地向上攀爬。"奋力"这个词或许用得并不正确，因为那人此刻正贴着湿滑的石壁，如流动曲线一般往上前行，显得非常轻松。

那人对这片满是鸟巢与青藓的石壁分外熟悉，选择的路线也是无比精确，落手落足没有丝毫犹豫，就像是知道何处石下有突起，何处缝隙可以落脚。

这人自然就是离了白帆大船的范闲。

他童年时便在五竹的监护下爬崖，一直到十六岁，足足有十年辰光都花在这道悬崖上，对这里的一草一木熟悉得有如自己的掌纹。

有两年多的时间没有爬过了，他平复着呼吸，亲近着久违的石崖，久违的海鸟与泥土，向上攀登，没花多少时间，便站到了崖上。

他俯看着下方的海浪拍石，远处的澹州城景，还有些意外地看到了一大丛盛放着的小黄花。除了花更盛了些，崖顶的一切和两年前似乎没有丝毫变化。

范闲坐了下来，两只脚在崖边上轻轻荡着，生出淡淡的忧意与想念。

五竹叔不在这里。

海风落在脸上，让他从沉思中醒来。他将重生后的所有故事过了一遍，不仅仅是因为想到了五竹叔，也是因为这熟悉的崖顶让他有些感触。

若干年前，便是在这崖上，还是个小小少年的范闲发下了自己的三大愿。

生很多很多的孩子。

写很多很多的书。

过很好很好的生活。

五竹将此总结为：范闲需要很多很多的女人，找很多枪手，很多仆人，于是需要很多的金钱，便是权力，故而二人往京都去。

时至今日，范闲的第二次人生中已经有了不少异性经过，虽然留下来的不多，还没有子息，却并不着急。枪手他没有请，《石头记》也快到断尾的地方了。殿前抄诗，遇美抄诗，毫无疑问，他已成长为这个世界中最大的枪手。至于金钱与权力，他也获得了许多许多，可是……很好很好的生活？

人总是不知足的。

回忆与总结没有花太多的时间，确认五竹叔不在悬崖，他干脆利落地卷起裤腿，沿着那条熟悉的崖间石径，像鸟儿一样掠了下去。

回到澹州不急着去见奶奶，而是来悬崖，是因为范闲一直在担心五竹——虽然这半年里他在人前人后没有流露出一点担心焦虑，其实他很担心。

离开京都前的某一天，在监察院那个冻成镜子似的小池前，陈萍萍告诉了他五竹受伤的消息。

这个世界上能让五竹受伤的人一只手便能数出来，去年夏天五竹与苦荷那无人知晓的一战后，分别养伤数月，这一次……五竹又要养多久的伤？

本来范闲已经习惯了五竹的神出鬼没，可是这次五竹的受伤太过神秘与蹊跷，他觉得事情没有那么简单，所以一回澹州便试图找到对方。

可惜没能找到。

和着暮色，范闲一个人静静走入了自幼长大的澹州城，吸了口略带咸湿味道的空气，心情变得愉快起来。走过布庄、酒坊，一路行走直至杂货铺外。

天光昏暗，没人发现他便是澹州官员百姓们翘首期盼的钦差大人。

他听了听四周的动静，转向侧巷，踏着久未有履迹烙印上的青苔，从满是灰尘的门旁摸出铁匙将后门打开，便闪了进去。

杂货铺前室后室都是一片灰尘，架上的货物也许被小偷搬光了，只有那个菜板还搁在那儿，上面那些细细的刀痕似乎在讲述少年郎切萝卜丝儿的故事。

范闲笑了笑，将菜刀拾起来比画了两下，这把菜刀是五竹"献"给自己的，五竹切萝卜丝儿从来不会在菜板上留痕，他后来也勉强能够做到。

至于别的……萝卜丝儿下高粱不错。

没耽搁太久时间，待范闲站到伯爵府门前时，太阳还没有完全落到后山下，暖暖的光芒仍在照着热闹无比的伯爵府。

今天是钦差大人返乡省亲的大日子，府里的下人们都在兴奋骄傲地忙碌着，所有人的脸就像是府门口挂的那两只大灯笼一样红光满面。

澹州城的官员们已被客客气气地请走，府外没什么人，范闲笑眯眯地站在石阶下，看着门里几张熟悉的脸，还有些不认识的应该是这两年进府的新人。

"这少年，不要在府门口站着。"一位管事看着他皱眉道，语气不算凶恶。

范闲还没来得及说什么，便听到府里传出一声尖叫。

"……啊！"

尖叫的是个小丫鬟，只见她跑了出来，险些被门槛绊倒，范闲赶紧将她接住。小丫鬟像触电一样挣脱范闲，双手绞弄着，看着他激动得说不出话来。

范闲好笑道："不会说话了？"

小丫鬟终于醒过神来，扭头对着院内尖声叫道："少爷回来了！"

"什么？"

"少爷回来了！快去通知老夫人！"

"少爷！"

本来就是一片欢喜氛围的伯爵府顿时炸了锅，一阵脚步声便往这边移，竟是不知道有多少人要来迎接范闲回家。

范闲在小丫鬟的带领下，在几位管事的小意陪送下，走进了府里。

他看着身后那些诚惶诚恐的男子，笑骂道："我不知道路还是怎么的？都回去。"

那几人老实地应了声，有些不甘心地退了下去。

范闲瞧着身边这个小丫鬟有些眼熟，却对不上名字，笑眯眯地问道："你叫什么名儿？小青和小雅现在还好吧？"

小丫鬟顿时伤心起来，心想少爷出门不到两年怎么便把自己的名字也忘了？忍不住幽怨地瞥了范闲一眼，说道："少爷，小青姐姐已经嫁人了，小雅姐姐还在府里……奴婢是小红。"

"小红？"范闲本来就被这小丫头幽怨的眼波惊得不善，这时候听到对方的名字，更是惊得险些摔了一跤。他盯着这小姑娘清秀的面容瞧了半晌，始终不敢相信，忍不住叹道："这才两年工夫，你怎么就长这么大了？"

俗话说，女大十八变，范闲离开澹州的时候，小红还只是个十二岁的茶水丫头，如今却已经出落成了一个大姑娘，难怪他初始没有认出来。

未等主仆二人交流一下感情，便听着西头传来一片嘈乱声，叽叽喳喳，就像无数只鸟儿飞扑过来一般，虎卫和洪常青等几人竟是落在了后方。

一阵香风扑来，丫鬟们在范闲身前的不远处停住了脚步，满脸欣喜地看着他款款地拜了下去："给少爷请安！"

丫鬟们脸上多是欢愉与激动之色，偶有几丝分离两年的难过。

管家仆人们也从后方赶了过来，跪下向范闲行礼。一时间，园内一下子跪了二十几个人，小红站在范闲身边不知如何自处，终于回过神来，也跪了下去。

不料范闲将她的手一拉，对着那些自幼相处的丫鬟们笑骂道："都给我起来！在家时就不兴这套，怎么走了两年，敢违逆我的规矩了？"

丫鬟们嘻嘻一笑，站起身来，围到了范闲的身边，有嘘寒问暖的，有端茶递水的，有拿着扇子扇风的，自然也有借着替他整理衣裳占便宜以满足两年没有亲近世间最标致美男子空虚的，林林总总，不一而足。

范闲看着面色古怪的虎卫们与洪常青，瞪了一眼，心想爷自幼便是在脂粉堆里长大，你们瞧什么瞧？谁知此时便听得一句话。

"成何体统？"

正扶着范闲的丫鬟们嘻嘻一笑，将手松开了。正陶醉在久违了的轻松快活里的范闲一个激灵，脸上堆起最真诚的笑容，往台阶上望去。

只见一位贵气十足的老太太正冷冷地看着自己，婉儿满脸盈盈笑意地扶着老太太的左手，堂堂三皇子殿下小心翼翼地牵着老太太的右手。思思拿着把大蒲伞，躲在老太太的身后，似笑非笑地望着范闲，似乎是在告诉他：今天你完了。

能有这种地位的老太太，当然只能是庆国皇帝陛下的乳母——带出了一位皇帝、一位王爷、一位尚书，教出了一位提司的澹州老祖宗，范氏祖母也。

范闲看着老太太慈祥中带着平静的面容，心里激动不已，怪叫一声，便扑了过来。谁知人还未到，却被老太太冷声喝住："站住！"

范闲愣住了，不知道自己又犯了什么错。

老夫人的目光渐渐由范闲的脸往下移，确认了这小家伙四肢俱全，也未破相，才满意地点了点头，目光落到范闲身上时，脸色还是冷峻了起来。

"去把脚洗了，这么大的人了，一点讲究也没有。"

范闲低头看着自己满是污泥的脚，才想到爬山的时候，鞋子早就扔了，只好抬起头来可怜兮兮地叫道："奶奶……"

"先洗。"

那些丫鬟们哈哈笑了起来，端椅子的端椅子，打热水的打热水，又有一位大丫鬟入屋取了范闲几年前的鞋子，偏头笑道："少爷的脚长大了没有？"

范闲苦着脸任由众人收拾着，看着婉儿忍俊不禁的神情，忍不住瞪了一眼。婉儿心里也是好奇，相公天不怕地不怕，怎么一回澹州对上老夫人却是怕成了这个样子?

洗完脚,穿上鞋,范闲嬉皮笑脸地走了过来。老夫人想到这小子离开澹州那日的癫狂举动,不由吓了一跳,沉着脸训斥道:"……这猴子又要做什么?"

猴子?林婉儿与三皇子忍不住又笑了起来。

管家仆人以及虎卫、洪常青都在后园外看热闹,洪常青想到大人围着桅杆上蹦下跳的画面,忍不住点了点头,心想老夫人这形容果然是分毫不差。

此时范闲哪里还听得到奶奶在说什么,快速走上前去。老夫人慌了,指着他说道:"就站那儿,就站那儿,别再过来了。"

话音刚落,范闲已经跳了过去,九品高手的身手果然不凡,只见他抱着老夫人,在老夫人脸上狠狠地亲了一口,吧的一声响,在场的人都听到了。

园内园外一片欢愉的笑声。

"奶奶,可想死我了。"范闲发现奶奶脸上的皱纹比两年前更深,也愈见清瘦了,心里不知怎的涌起股淡淡伤感。他扶着奶奶进了屋,让老人家在椅子上坐好,这才跪在地上正式行礼,实实在在地磕了三个响头。

"听说你在苏州还有个姑娘?"祖孙二人亲亲热热地说了会儿话之后,老太太忽然话锋一转,打了范闲一个措手不及。范闲愕然抬首,只见婉儿一脸疑惑,思思更是无辜摇头,表示绝对不是自己向老太太说了些什么。

"苏州?"他笑着回道,"您说什么姑娘呢?要说姑娘,孩儿在苏州修了座抱月楼,姑娘倒是挺多的。"

老夫人无可奈何地摇摇头:"说起来这也是一件事,好好的官不做,偏生要做这些风月生意,也不怕丢脸。"

"那是老二的生意,我只是代他看一下。"范闲可没觉着丢脸,笑眯眯地看了一眼坐在老夫人身边的三皇子,三皇子的小脸上顿时涌出一阵难堪。

老夫人护着小皇子道:"别尽打岔,你知道我问的是谁。"

范闲当然清楚奶奶问的是海棠。自己与海棠的事情传得天下皆知,祖母又不是一个两耳不闻窗外事的纯老太太,只是……这件事情背后隐着一些大事,而且当着婉儿的面实在不知该如何言语,他只好温和地笑道:"奶奶,甭听外面那些瞎传,海棠姑娘在江南只是帮孩儿处理一些事务。"

老夫人自是不信:"一个北齐人老在你身边待着做什么?她又不是一般女子。"

一时间范闲无话可说,他偷偷看了婉儿一眼,发现妻子一脸平静,小手却攥着袖角,忍不住苦笑了一声,向奶奶说道:"您可别误会。"

"原来是误会?"老夫人似笑非笑地看着他,此时厅中还有些人,老人家也不好直接将话说明,缓声道,"我最不爱遮遮掩掩,如果是光明正大,就带回来看看,如果你没那个意思,就注意些分寸。她虽不是咱们庆人,可也是位姑娘家,怎能就被你这么胡乱坏了名声。听见了没有?"

范闲心想这事却不是一个是与否的关系,狼桃已经去了苏州,以海棠的性情,只怕不会与师门作对的,一旦回了北齐要再见面便难了,后事不必细说。

"奶奶,"他苦着脸道,"我两年没回来了,怎么一见面就又教训我。"

"还知道两年没回来?"老太太瞪了范闲一眼,笑骂道,"到了澹州也不急着回家,先前你跑哪里野去了?这么大的人怎么还是一点事不懂。"

范闲才知道原来奶奶是吃醋了,赶紧嘻嘻笑道:"半途下船去逛了逛。"

不等奶奶说话,他抢先飘了个眼神过去。祖孙二人一起过了十六年日子,哪里有不知道对方的心思,老夫人环顾四周,轻声道:"天时不早了,准备开宴吧,我还有些话和安之说。"

说罢,她颤颤巍巍站了起来,依足本分准备向三皇子行礼。老太太本是诚王府的乳母，格外注重上下尊卑之分。林婉儿是范闲的媳妇儿，她这个当祖母的可以不用在意，对三皇子却是持礼甚恭。不过三皇子一向以范闲的学生自称，哪里敢受这位老祖宗的礼，小孩儿挣得满脸通红，死活不依地躲着，屁股着火一样往门外奔去。

范闲上前轻轻牵着婉儿的手，附在她的耳边说了几句什么，婉儿点点头，带着思思几人也出了门。厅中只剩下老夫人与范闲二人，范闲搬了个小马扎坐在奶奶的身边，如同往年那样，规规矩矩地听着训话。

此时没有外人，老夫人的话就直接了许多。

"那位海棠姑娘，你准备如何处置？"

范闲想了一会儿，认真地说道："要娶进门来是有些困难，先拖些时间再说。"

"你想娶吗？"

"嗯……"范闲犹豫了，他总觉得和海棠之间还是朋友的成分居多一些，如果娶进门来，只怕反而会有些变化，"就看她吧，她想嫁，我就想娶。"

"还是那句老话。我们范家毕竟是大门大户，怎能放着她在外面一人漂泊着？"老夫人盯着他的眼睛叮嘱道，"既然你喜欢，总是要进门的。"

范闲苦笑无语，心想这可不是自己老范家可以单方面决定的，只是奶奶既然有了吩咐，自己只好努力去做。他用手掌轻轻拍打着奶奶的后背，悄悄传入一丝天一道的柔和真气帮助老人家调理身体。他有些欣喜地发现，奶奶的身子骨不错，这两年虽然见老了些，却没有衰败之迹象。

"不过就算进门，也要有个先后尊卑。"老夫人忽然严肃道。

范闲哑然，他清楚自己这些时日忙于公务，确实有些慢待了妻子。看得出来，澹州这些日子，婉儿很得老祖宗的喜欢。

"这事不提了。"老夫人望着膝下的孙儿，温柔地抚摸着他的脸颊道，"在京都这些年，你应该也不好过……那些事情你都知道了吧？"

其实在澹州的十六年里，范闲与奶奶之间没有太过亲热的举动，范闲清楚，那是因为奶奶想将自己培养成一个心性冷厉坚硬的人，从而才能在日后保住性命。上一次奶奶如此温柔……是什么时候？似乎还是婴儿时，奶奶抱着自己无声哭泣。范闲有些失神，也正是那一夜，他才知道这世上除了五竹叔，还有奶奶是全心全意对自己好的。

"都知道了。"范闲叹道，"身世的问题总是这样令人意想不到。"

老夫人微笑道："都过去了，我看陛下还是疼爱你的。"

她抱大了庆国皇帝，想必内心深处也骄傲于这个事实，只是很明显，她的这句话并没有说透，至少没有解释十八年前那个夜里她为何那样说。范闲缓缓抬起头来，看着奶奶满是皱纹的脸，轻声问道："我妈……究竟是怎么死的呢？"

老夫人怔了怔，问道："你父亲还没有讲给你听？"

范闲无力地笑了笑："父亲说过，只是我总觉得应该没这么简单。"

"你母亲是个很了不起的人。"老夫人疼爱地说道，"我相信陛下已经替她复了仇，至于会不会有什么仇人遗漏下来，自然有那几个小子去管。"

那几个小子自然就是当年在诚王府里天天打架的几人。范闲笑了笑，看来祖母也不是很了解详情，或许是……她不愿意将猜测讲与自己听。说来也是，换作任何人来看，自己已经得到了皇室足够的补偿，何必还要执着于当年的真相呢？

"思辙……是个什么样的孩子？"老祖母忽然问道。

范闲这才想到，老二出生后就一直在京都生活，竟是连奶奶的一面都没有见过，笑着回答道："这个小家伙……当年或许有些胡作非为，不过现在年纪渐渐大了，做起事情会有分寸的。"

"讲来听听。"很明显，老夫人对于自己唯一的一个亲生孙子颇感兴趣。

范闲将入京之后与思辙打交道的过往全数讲了一遍，甚至连抱月楼发生的事情也没有隐瞒，听得老夫人面色沉重，偶露笑意。

"你是说……这两个孩子在京都里开妓院？"老夫人心想自己究竟是老了，怎样也不能理解现在这些孩子们的心思，"可三殿下才这么大点儿。"

"人小鬼大。"想到那事范闲就心情不好，冷哼道，"三儿可不是个孩子。"

老夫人笑了起来：："思辙一个人在北边，过得可好？"

北齐方面时常有书信过来，范闲很清楚二弟在北边的生活，安慰道："放心吧，我布了人在那里照应。"

老夫人担心道："毕竟是在异国，如果那位海棠姑娘还在北齐上京或许无碍，可眼下……"

范闲自然不方便将自己与北齐小皇帝之间的秘密协议讲出来，只好从另一个角度回道："放心吧奶奶，若若也在上京，她现在可是苦荷大师的关门弟子，北齐总要给她一些面子。"

说来真是奇妙，他这两年里竟是想方设法将自己的妹妹弟弟都送到了北齐，范尚书隐约猜到了他的想法也没有揭破，老太太却想不到那里，笑着道："说到若若那孩子，也不知道她的身子骨好些没有？"

"早就好了，头上都没黄毛了。"范闲忽然想到一种可能，高兴地说道，"奶奶，这次就随我一起回京都吧，父亲很想念您。"

老太太沉默半晌后，缓缓摇了摇头。

范闲无奈地叹了口气，不明白奶奶为什么一直要在澹州住着。

"若若那边……"老太太有些担心地说道，"你破了她与弘成的婚事，那你可得好好留意下有没有什么品性好、家世好，又信得过的人。"

"奶奶，将这事交给我，一定办得妥妥当当。"

范闲把胸口拍得震天响，心里却不这般想，若若急着嫁人做什么？多看看，多走走才是正事，却浑忘了自己与婉儿成亲的时候也没多大。

"你这个当哥哥的做得很好。"老夫人温柔地看着范闲，赞赏道，"我老范家是有福的，你弟弟妹妹日后若能成才，全是你的功劳。"

范闲心想若若冰雪聪明的妮子哪里需要自己管，思辙的能力连庆余堂的几位叶掌柜都承认这小家伙乃是经商的天才，自己只需要把把关就好。

谈话进行到了尾声，老夫人才犹疑地问道："那位这次跟着回来没有？"

范闲怔了怔便明白过来，老人家问的是那位当了十六年邻居的瞎老板，苦着脸回道："我正准备问奶奶最近有没有看见他回来过。"

老夫人神情微变："原来他不在你身边……那你别四处去瞎跑，像今儿下午那样是断断不许了，不然出了什么事我怎么向陛下和你父亲交代？"

范闲神神秘秘地凑到奶奶耳边说道："放心吧，奶奶，孙子现在可是高手高手高高手了。"

老太太哑然失笑，掩嘴无语。正说着，外面有人来禀报开席了，祖孙二人极有默契地互视一眼，范闲扶着老人家的胳膊往外走去。

来说话的人是藤大家媳妇儿，低着头在前领路。范闲看着她的背影，忽然开口说道："婉儿的药有没有落下？"

藤大家的略偏了偏身子，轻声回报道："少奶奶的药一直按时按量在吃。"

"大宝呢？怎么今天没瞧见他人？"范闲纳闷今天没有看见大宝来迎接自己。

"我家那口子也来了，不知道少爷提前到，正陪着林大少爷在海上钓鱼。"

范闲有些惊喜，赶紧说道："藤大也来了？待会儿让他来见我。"

"是。"

便在此时，老太太忽然开口道："婉儿最近一直在吃药，我本就好奇，那是什么药丸？闻着还挺香的。"

范闲心想要不要和奶奶说清楚这件事情，想了会儿后终究还是温和地笑着，将声音压到极低，把婉儿的身体与计划要孩子的情况讲了一遍。

老夫人沉默了下来，许久后才开口说："大人最紧要，都还年轻，不着急。"

范闲笑道："所以我最喜欢奶奶了。"

宴毕，范闲与藤大说了会儿话，问了问京都近况以及父亲和柳氏的身体，他感到有些倦，给奶奶请安后，便带着婉儿回到了卧房之中。

卧房还是几年前的模样，没有什么变化。他躺在床上斜眼看着婉儿坐在桌边挑着灯花玩，耳听着思思在隔间外准备热水，忽然开口道："小宝过来。"

婉儿脸上生出一丝羞意，看了外面一眼，嗔道："小点儿声。"

所谓闺房之乐并不全在男女之事上，往往在小细节中，小宝是范闲与婉儿之间的小暗号、小手段……婉儿是大宝的妹妹，自然就是小宝，小宝贝是也。

洗漱完毕，思思笑着出了门，如同以往在澹州那般睡在了隔间的小床上。

红烛一灭，夫妻二人并排躺在床上，婉儿像只小猫似的缩在范闲怀里，两只手紧紧攥着男子胸前单衣的衣襟，攥得有些用力，似乎生怕眼前的人跑了。

"我在这张床上躺了十六年。"范闲在黑暗中睁着明亮的眼睛，"打小我就极喜欢睡觉，午睡的时候从来不需要丫鬟们哄，自己就这般睡了。"

婉儿静静看着他。范闲低头轻吻着她肉嘟嘟的唇瓣儿，含糊不清地说道："可我总觉得还没有睡醒，怎么就娶了你这么乖的一个好老婆，这是不是在做梦呢？"

林婉儿将牙一合，咬了他一口，恨恨地说道："想说什么就说。"

范闲吃痛，伸出舌尖舔了舔嘴唇，赫然发现多了一丝甜意，才知道婉儿这些天憋的火气全在这一咬之中爆发了。他斟酌着用词，小心翼翼地说道："就是觉得……这些日子你有些辛苦。"

林婉儿在他的怀里翻转着身子说道："怎么苦了？"

"我没时间陪你。"范闲想了想又说道，"如今妹妹弟弟都到了北齐，叶灵儿嫁了人，柔嘉也不可能陪你玩……出了京都，下了江南，来了澹州，想必你身边连个说体己话的人都没有，又都是些陌生地方。"

话还没有说完，林婉儿大大的眼睛里已是雾气渐生，叹道："你这人呀……要说没心，却也知道这些，要说有心，却怎么忍心如此对我。"

范闲听得心里有些发紧，问道："我又如何对你了？"

"你想说的莫非尽是这些？"林婉儿认真地看着他的眼睛。

范闲想了一会儿之后，点了点头。

林婉儿说道："又开始无耻起来了，以往在京都里便与你说过，你要做什么，我不拦你……只是希望你能坦诚些，在事情发生之前与我说一声。现在整个天下都传遍了，你什么时候才会和我讲讲她的事情呢？"

范闲紧紧抱着已翻身过去正赌气的婉儿，一只手轻轻挠着她弹软的腰腹，一面在她的耳边吹气说道："分开十几天了，谈那些做甚？"

如果换成海棠或者是若若，这种经受了范闲现代女权主义熏陶的姑娘，只怕早就一脚把范闲踹到床下，但婉儿自幼在皇宫里长大，满脑子的细腻与深刻，偏生在男女之事上受的却是最传统的教育，她闷声闷气说道："那姑娘身份不一样，本就麻烦，偏生你还自行其是，日后又不知道会折腾出什么事情来。"

范闲听着这句貌似承认的话，心情并没有放松，反而生出更多歉意。人，尤其是男人，要说他不会钟情于某人，那必然是假的，可要说他会一辈子钟情于某某而绝不斜视，这更是假话。在东山上赏玉，于西山上观落日，于不同处行不同事，谁都甭想欺骗自己，洗脑天下。

"你天天待在家里，又没人陪你打麻将，确实挺无聊的。"范闲不想就这个问题继续下去。

林婉儿被这句话触到了内心深处真正的软弱处，不由叹了口气，轻声道："宫里的娘娘们不一样是这般混着日子。"

这是范闲与她很久以前就讨论过的事情。

一个人如果在身周的环境内找不到定位，终究是会有一种失落感。如果她只是一个平凡女性，那么操持一下家务，孝敬一下公婆，服侍一下相公，培养一下子女倒也罢了，可是她的出身决定了她如果就这般平凡下去，总会有些遗憾。

林婉儿在某一时已经认命了，准备抱着当年有子逾墙的美好回忆，努力为范闲生个孩子，将相公的心系在自己身边，所以才会冒着奇险，停了费介给的药。范闲当然知道妻子这个举动的深层含义是什么，当然清楚妻子眉间的淡淡忧愁是什么，可是……他一直没有寻找到一个很好的解决方法。

范思辙的人生理想在商，所以范闲可以一脚把他踹到北边去走私。若若的人生理想是见天地，所以范闲可以用尽一切办法把她送入苦荷门下，去行万里路，去看不同人。可是婉儿的身份不一样，她是自己的妻子，她的人生理想……或者更俗一些说，她的价值实现应该觅求怎样的途径？

春闱案以及前后的一些事，让范闲清楚婉儿的长处其实在宫中、在谋划上，可问题是，眼下自己与信阳方面势若水火，怎么可能让婉儿夹在中间难处？他叹了一口气，说道："如果将来真的有兵刃相加的那天，你怎么办？"

他们夫妻间其实一直在避讳这件事情。林婉儿沉默了良久后，说道："你知道，我对母亲没有太多感情……但她毕竟是我母亲。"

"我明白。"范闲抱紧她，低声道，"相信我，至少不会让你伤心。"

这句话有人会相信吗？房间里很安静，范闲忽然开口道："总在家待着确实无聊……有些事情我想让你帮着做做，不过可能会比较辛苦费神。"

林婉儿转过身来与他面对面贴着，睁大眼睛好奇地问道："什么事？"

范闲揉了她两下，笑着说道："你也知道我是有钱人。"

"那是。"林婉儿忍俊不禁，回手啪的一声打了一下那只贼手。

范闲正色道："江南虽然富庶，依然有许多百姓衣不蔽体，食不果腹，江北更不用说了，遭了水灾的百姓更是不知道该如何活下去。"

林婉儿说道："内库里的那笔银子不是已经想办法调到河运总督衙门了？"

"朝廷的事情你比我更清楚，那些官员没几个能信的，就算有监察院和杨万里盯着，可该流走的还是会流走……有些事情我们自己做更方便一些。"

"什么事情？"

"江南真的有钱，那些富商千万两银子是拿得出来的，依然还有那般多穷人……这便是一个不均的问题。我没本事改变这个现象，只能寻些法子。"

"你的意思是……"林婉儿猜忖着问道，"劫富济贫？"

范闲哈哈大笑了起来，没有想到出身高贵的妻子竟然会用话本上常见的强盗语言，他说道："我的想法是这样的，反正从内库和官员手上刮了那么多银子，总要想办法用出去。咱们这一家怎么也用不完。先前也说了，不想通过朝廷，那怎样才能把这些银子用到百姓们的身上呢？"

林婉儿嗯了一声道："往年常见的就是开粥铺，修桥铺路立学。记得小时候北边遭了灾，逃荒的百姓拥到了京都，朝中几位大臣求陛下出兵镇压，将这些荒民驱到旁边的州郡之中。皇帝舅舅没有答允此议，反而把那几位大臣撤了，同时开了皇仓……那一年施粥的时候，太后老人家还带着我去执过勺的。"

范闲听过这个故事，微笑着说道："单单临时放粥是不够用的。修善学也难以推广，所以我决定把银子汇进一个专门的机构里，长年做善事。穷苦的学生没钱了，到咱们办的学校去读书。没饭吃了，咱们买米发，春天没苗儿了，咱们给……总之就是，朝廷没有想到、没做到的事情，咱们都去做。"

林婉儿看着他自信满满的神色，怜惜道："傻瓜，你知道这得花多少银子？"

"挣了银子不就是花的？"范闲笑道，"反正我挣的是朝廷和商人的银子,朝廷和商人又是从百姓手中刮的银子,所谓取之于民,用之于民,何错之有?"

林婉儿听到"取之于民,用之于民"八个字,不由眼睛亮了起来,说道:"这话新鲜,却……有道理。"

范闲看着妻子脸上的崇拜神情,想到去年在上京皇宫里,北齐小皇帝和海棠朵朵听到那句"先天下之忧而忧,后天下之乐而乐"时的情景,有些汗颜。

不料林婉儿接着又认真地摇了摇头道:"依然行不通,不说这是个无底洞,你投再多也不见得能填满,单说这件事情带来的影响,你也要三思。"

朝廷应该做的事,却被别人去做了,不管那人基于怎样美好的想法,不管朝廷做得再差,终究都是忌讳,很容易被人指摘,甚至成为取死之道。

范闲道:"不具名?"

林婉儿像看傻瓜一样看着他说道:"如果不具名,这么大的场面怎么铺得开?你又不是只想救一县一州的百姓。如果不知道是你在主持,那些地方上的官员看见这块肥肉怎能不动心?"

范闲一想确实是这个道理,着实有些难办。这时,林婉儿又忽然说道:"你说……这件事情用宫里的名义办怎么样?用太后老人家的名义,咱们把钱出了,让她们担这个名头,朝廷脸上有光,她们也有了面子,陛下想必也是高兴的。"

范闲心想确实是这个道理,有宫里的贵人们出面,定然会好推行许多,那这……岂不是自己前世经常看到的所谓慈善总会?

林婉儿继续出主意道:"可你再有钱也禁不起这般折腾,我看还是要救急不救贫,真正的重点还是得放在读书和赈灾上,日常要做的事情……"

说到半截,她住了嘴,范闲也住了嘴,两个人面面相觑,然后齐声笑了起来,笑容里带着一丝不好意思与自嘲。究竟应该做些什么,怎样才能让庆国甚至天下的人们活得更好,他们都是咬着金汤匙出身的人物,哪里清楚其间的细节。不过是泛泛之谈,真要说到具体的,便只会在读书与放粥上绕圈子。

笑了一阵,范闲认真地说道:"还是得做,懂这些的人总是有的。杨万里出身贫寒,等大堤的事缓缓,招来进京议议。"

此时他的脑子里闪过前世那些变法来,但自知自己并没有那个能力改变大势,只好去缝缝补补了。虽然琐碎,改变不了太多,但想来还是能让百姓的日子好过一点——哪怕一点,这事都值得去做。

反正又不用他费神,只需要费些钱。

"这事就交给你办了。"范闲笑吟吟地望着婉儿。

婉儿吃了一惊,说道:"这么大件事情,怎么就交给我做?"

"你办事,我放心。"范闲笑着说道,"再说要拉宫里的贵人们入股,你不出面怎么置办得起来……你可别说你不肯干。"

"肯!"林婉儿好不容易有些事情做,哪里肯错过这个机会。

二人又略说了几句,其间范闲不免又说了几句类似于"授人以鱼不如授人以渔"之类的漂亮话,把婉儿震了又震,话说个不停,反而是没了睡意。

"这事你准备了多久?"林婉儿将脑袋埋在他的怀里,瓮声瓮气地问道。

范闲一时说漏了嘴:"小半年了。"

林婉儿看着范闲那张好看的脸,心底深处感觉到一丝温暖,她知道,范闲做这件事情大部分原因是为了自己。

在范闲看来,他做这件事情完全是为了婉儿。

"这么多银子你也别全放在一处。"林婉儿眨着长长的睫毛,认真地说道,"虽然我不懂什么经济事务,但从你和思辙做的事情中也能明白钱是能生钱的。"

范闲点点头,他做这些事情自然不会苦了自己。见婉儿已恢复了明朗的心性，他心里也极为高兴。自己想了这么久的事情，总算起到了应有的效果，最让他高兴的是，这么一打岔，那些家长里短的事情或许便会淡了。

不料世事不如意者总是十之八九。

林婉儿轻声道："最先前说的事你还没有回答我。"

范闲将她搂在怀里亲热着，含糊不清地说道："放心吧，再也没有这种事了。"

还是那句老话，男人的话谁能信呢？林婉儿就不怎么相信，继续轻声说道："思思虽然进了门，但没个仪程，总是委屈，我和奶奶说了过些日子操办一下。"

范闲也是轻声回道："她自幼与我一道长大，大约也是不在意这个的。"

夫妻二人说话的声音极轻，偏生此时外间隔厢的小床上却传来了思思的咳嗽声，咳嗽声里传递的是羞意与恼意。

林婉儿望着范闲笑道："听见没，谁说不在意？"范闲尴尬地拍了她的屁股一下，说道："往常这大丫头睡得跟猪似的，今天怎么这么惊醒？"

说到睡得像猪似的，林婉儿想到了四祺，这也是她贴身的大丫鬟，当年在别院里天天被范闲迷倒，没有功劳也有苦劳，她蹙眉道："四祺怎么办？"

看着婉儿的神情，范闲明白她是想要自己的大丫头也入门来。但他实在是有些怕了这些事情，求饶道："还是免了吧，为夫又不是一夜七次郎。"

婉儿幽幽地看了他一眼。一番折腾之后，夫妻二人终是累了，范闲满足地抱着妻子，附在她耳边说道："过几天带你去个地方。"

林婉儿迷迷糊糊地问道："澹州城不大，我早就逛遍了，还有哪儿要去？"

第十章 澹州今日无豆腐

由老祖母主持，思思终于被范闲正式收入房中，只不过这丫头习惯了服侍范闲，一时半会儿接受不了角色的转变，整个人显得有些糊涂和不知所措。

其实所有人对此都早有准备。思思自幼与范闲一起长大，感情极好，很多府里的下人都还记得，当年十二岁的范闲为了替思思出头，将由京都来的那位管家打了个满脸桃花开。那管家受辱之后便走了，一直没有消息。而且后来老祖宗知道范闲成亲的消息，便把思思送到了京都，这里面隐着的意思谁不清楚？只不过府里的丫鬟们在恭喜思思之余，依然止不住有些羡慕与嫉妒。

第二日清晨，范府后门开了，范闲拉着思思的手鬼鬼祟祟地走出门来。他回头看了一眼两眼红肿得像桃子一样的丫头，好笑地说道："是我欺负你了还是如何？"

思思嘻住了，瞪了他一眼，反正这府里就数她最敢和范闲没大没小。她看着澹州初升的雾气与安静的道路，忍不住好奇地问道："少爷，这是要去哪儿呢？"

看看，称呼依旧是改不过来。

范闲抓着她的手也觉着确实有些刺激，像是偷情一般，可明明昨天才光明正大进的房……由此可见，男人确实是一种很贱的动物。

他的脸上闪过一丝温柔的笑容："我们去买豆腐吃。"

澹州并不大,清晨时在城中可以隐隐听到城郊村里的鸡鸣之声。如果认真听去,或许还能听到谁家在倒马桶,谁家在烧开水准备做早饭。远处的菜市场更是早已醒来,用新鲜的菜蔬与肉食来勾引着各家早起主厨的妇人们。

范闲与思思二人沿着安静的街道来到了熟悉的菜市场旁。他嗅着空气中越来越浓的味道,满足地感叹道："这等地方最近两年倒是很少来了。"

思思看了他一眼,心想堂堂钦差大人自然是再也没有买菜的机会。

范闲道："还记不记得以前咱们在澹州的时候,经常来菜场买东西?"

思思笑了起来,回道："少爷打小就和姐姐们在城里逛着,还替她们提东西,最开始的时候吓坏了不少人。我进府就听说了,也觉着是个怪人呢。"

"现在还觉着我怪吗?"范闲笑着应了一句,走入菜场中,经过一个二层小楼时,他下意识停住了脚步,侧身盯着看了两眼。

思思觉着奇怪,问道："怎么了?"

范闲道："那不是送菜老哈的家?不是说楼子被火烧了,如今又是谁在住?"

思思也想了起来,偏着头想了会儿,抱歉地回道："我也没听她们提过。"

范闲望着那新起的二层小楼有些出神。送菜老哈和监察院东山路的那个刺客都是死在这个地方,事后奶奶让人一把火将这楼烧了毁尸灭迹,澹州的百姓们却根本不知道其中的真相,以为只是寻常的火灾。

这是他来到这个世界后第一次杀人的地方。

菜场里一片嘈杂。

海上的渔夫正推着小车,与场中的鱼贩沉默地比画着今日第一道的鱼价,车上筐中的新鲜银色小鱼儿不停弹动,发出啪啪的声音。不时有车子推进来,小贩们高声嚷嚷着让路,第二排里的菜叶沾着露水,鲜美诱人,隔厢里卖鸡摊上的咯咯叫声随着臭气升腾,西角上一只大白猪正在屠刀下发出最后的悲鸣。

有不少百姓在采买菜蔬食物——赶早才会买到最新鲜的菜。澹州民风淳朴,加上皇帝年年施恩停征,百姓们的日子过得不错,至少能天天吃得起肉。

看着这一幕,范闲有些意动,心想庆国民生真的不错。

没走几步,便走到了菜场最安静的角落里。远远望着豆腐摊上的身影,范闲停下了脚步,眯着眼看着那熟悉的腰身曲线,看着那位少妇红扑扑的面庞,看着她略显丰腴的身体,温柔一笑,心想自己是被她抱大的,怎么还是看不厌?

思思看着那少妇也开心地笑了起来,正准备往那边跑去,不料却被范闲拉住了手。她有些疑惑不解地看了他一眼。范闲轻声道:"何必相见?远远看两眼便罢了,看冬儿姐模样,日子应该过得不错,我们就不要再去打扰了。"

思思不明白,好不容易偷偷溜了出来,难道真的不见面,只是这么傻乎乎地远远看两眼?

"府里每月都有一笔俸钱给她,这是我的意思。"范闲似乎是在安慰自己,"有这笔钱,生活应该没问题。"

卖豆腐的少妇叫冬儿,当年是澹州伯爵府的大丫鬟,这女子从十岁的时候便开始抱范闲,一直把范闲抱到了十岁,与范闲的感情自然非同一般。

只是待范闲十岁的时候,姑娘家年纪也大了,范闲知道自己日后的人生必将万分凶险,所以觅了个由头将她赶出府去,只是一直在暗中帮衬着。

他喜欢冬儿,所以想为冬儿安排一个平常而幸福的人生。

然而平常而幸福的人生看来并不容易。范闲与思思正准备离开的时候，忽然发现有四五个大汉围住了冬儿的豆腐铺子，正神情激动地说着什么话。

范闲的眼睛眯了起来，清秀的面容上闪过一抹冷意。那几个大汉虽然激动，但并不咄咄逼人，也没有太多过分的举动，所以暂时还没有发飙。

他示意思思跟着自己往豆腐铺子那里靠近了一些。

"冬儿姑娘，不是我们逼人，只是这账已经拖了一年了！"一个大汉恼火地说道，"四处去问问，给你家的钱已经是最宽的那种了，哪有这么低的息？"

冬儿有些无措地揉弄着自己的双手，这双手常年在豆腐水里泡着，有些红也有些粗糙，她低着头为难地说道："可否再宽些日子？您也知道我家那口子这一年里身子不好，治病花了不少钱。"

那大汉看了她两眼，忽然开口道："我说冬儿姑娘你怎么就这么不明理呢？"

冬儿有些困惑不解地抬起头来。大汉嘿嘿笑着说道："这管市丞收你的钱一直收得最少，咱们家老大也没有向你要重利，整个菜市的人都敬你三分，这为的是什么？不就因为你是府里出来的人，看着你是被赶出府的。但咱们这些澹州老人哪个不知道范少爷最疼惜你，小时候成天赖在你这豆腐摊子上玩耍。"

"就凭这情分，也没人敢欺压你……"大汉有些恼火地说道，"这银子又不多，你随便去府里和老夫人说两句，难道她老人家还不会帮你？"

冬儿抿紧了嘴唇，不肯说话。

那大汉终于忍不住了，嚷道："就算你不敢去和老夫人说，可范少爷已经回乡了，人家如今可是堂堂钦差大人，随便照看一下你，你们全家都要飞黄腾达，哪里还在乎这些银两？"

冬儿抬起头来，面带坚毅之色地说道："我的事情你不要去惊动府里，欠你的钱我自然会慢慢还你……这两年多亏胡大哥您照看，冬儿十分感激。"

这话明显没什么效果，那大汉虽然不敢威逼冬儿，但毕竟要靠这个挣钱，红着脸喊道："那我们就不客气了，该拿的银子你今天就给我拿过来！"

听到这时候，范闲终于明白了个中缘由，不由苦笑起来。冬儿家的那位身体不好，可自己让府里每月送来的钱应该足够了。看冬儿姐的神情只怕是这两年来都没肯动自己送来的银钱，只靠这个豆腐铺子勉强维持生活。

他没有等着事态激化之后再出来当大爷的业余爱好，对思思点点头。思思疾行几步，来到了豆腐铺子前，看着那几名大汉问道："差多少钱？"

思思今天出门虽然没有刻意打扮，但身上的衣裳装饰自然不普通，大汉们当然知道这姑娘来历不凡，吓了一跳，赶紧恭声道："也就是十两银子。"

说话的时候，大汉们的眼珠子在豆腐铺子四周瞟着。冬儿在思思站到豆腐铺子前时已经呆住了，半晌后红扑扑的脸上流露出一丝无奈的笑容。

为首那个大汉瞄到了站在豆腐铺侧后方的那位公子哥，一看着那公子哥极好认的清秀面容，再一和豆腐铺冬儿的来历以及面前这如花似玉的姑娘一联想，他马上猜到了那名公子哥的身份，赶紧颤着声音加了一句："确实是十两，这利钱……本就没敢贵收，今儿姑娘既然出面，自然是全免了。"

思思回头看了冬儿一眼，问道："姐姐，是不是这么多？"

冬儿还沉浸在震惊之中，有些慌乱地点了点头。

思思对着那几个大汉笑着说道："看得出来，几位对我家姐姐颇有回护之意，这份心意我代我家公子谢过了。"说着话，她从袖子里掏出一张小银票递了过去，温和地说道，"日后你们帮忙多照看一下这铺子。"

那大汉哪里敢收，可是瞥了一眼豆腐铺后方那年轻公子喜怒不知的面容，又哪里敢不收，颤声道："不敢不敢，一定一定。"

说完这话，他赶紧双手接过银票，拉着身后还有些糊涂的几个下属匆匆忙忙地离开，路过范闲身边的时候，深深一躬到地，屁都没敢放一个。

范闲摇着头走进了豆腐铺，对冬儿埋怨道："有钱不用，去借什么贵利？"

冬儿勉强笑着望了他一眼，轻声说道："少爷，你怎么来了？"

范闲恼火地说道："几年前就是这一句，现在还是这句话，你是我的丫头，我来看你不行吗？"

"刚才也不知道是谁站在那边不过来。"思思嘲弄了一句，走到冬儿身边亲热地去牵她的手。

冬儿有些慌乱地将手在身前的布襟上胡乱擦了两下，温和地笑了一笑。

范闲看着冬儿的面容，发现岁月还算有情，没有在少妇的脸上留下太过深刻的痕迹，只是日常操持着家务与小生意，总是显得有些疲态，尤其是此时与思思站在一处，被思思这个养尊处优的大丫鬟一比，更显得有些不自在了。

忽然间范闲也不知道应该找什么话来讲，沉着脸问道："小丫头呢？"

"快回家了。"冬儿自幼抱着范闲长大，当然知道他的心思，也能猜到他为什么心情不高兴，轻声道，"少爷送来的钱可不敢胡乱用，反正也能维……"

不等她把话说完，范闲道："带我去你家坐下来说。"

冬儿看了一眼自己的豆腐铺子，为难地不知如何言语。

范闲大怒道："这么个破摊子还管什么管？当年我就弄错了，什么平淡生活，你要一直跟着我，哪里会受这些腌臜气！"

见他发怒，冬儿不敢再说什么，思思牵着她的手往菜市场外走。

范闲跟在二人身后出了豆腐铺子，对菜场四周投来的关注目光冷冷地回瞪了过去。想了想，又反身将做好的两格豆腐端在了手上，这才踱着步跟了上去。

等他走后，整个菜市场如同炸锅一般地吵将起来。所有的小贩们都认出了他是谁，不免陷入了震惊与兴奋之中。钦差大人来菜场这是何等样美妙的八卦，还有当年的大丫鬟，如今的豆腐西施之类引人猜测的词语。

"我就说了……范少爷是个念旧情的人，既然回了澹州自然是要来看冬儿姐的。"有人啧啧叹道，"钦差大人这得是多大的官儿，居然还如此念旧。"

有人胡嚼舌头，便有人骂了回去："你不看思思姐也来了？你们再敢满口胡呲，当心府里来人把你们送到西边打胡人去！"

范闲的突然到来与豆腐铺的突然歇业，为清晨本就热闹的菜场注入了最热闹的气氛，此时却没有人想到，今天整座澹州城都没豆腐吃了。

冬儿的家在澹州偏处的一座小院里，安静地隐藏在小巷深处。这样的独门别院在澹州城虽不少见，却也值不少钱，这还是范闲当年用卖内廷报纸潘龄手书的钱在冬儿成亲的时候帮她置办的。当时范闲下了狠劲儿，冬儿也没敢违逆十一岁小少爷的意愿，便一直住到了今天。

院子里的摆设有些陈旧了，范闲走入院中，四处打量了两眼，发现还算整洁干净。他满意地点点头，将两格豆腐搁在了石磨上，将手负到身后，进了正堂。

冬儿忙着倒茶拿小点心，范闲摆手道："你又不是不知道我就不爱吃那些。"

冬儿温和地一笑，说道："那时府上所有人都说少爷是个怪胎哩，小孩子家家的居然不喜欢吃零食，却喜欢啃骨头。"

"是啊，是个怪胎。"范闲叹息道，"也就你们没觉着我怪。"

思思在矮榻上胡乱擦了两下，知道范闲也不在乎这些，便去请他坐下。范闲摇摇头，掀开正堂左间的布帘，毫不见生地往里间闯了进去。

一个约莫三十岁的男子正挣扎着想从床上起来。这男子五官端正，颇见忠厚，只是脸色有些虚白，看来身体不怎么样。冬儿急得跳了起来，赶紧跟着范闲进来，着急地说道："少爷，这病人待的地方，你进来做什么？"

床上的男子便是冬儿的相公，姓麦。自从知道范家少爷要回澹州的那天起，他就一直和冬儿探讨，范少爷会不会上门来看看？但双方身份地位毕竟悬殊太大，两口子觉得这件事情完全不可能，也就放下心来，没做什么准备。

"范少爷，您别进来了。"他惶急地说道，吓得不轻。

范闲却是直接走到床边坐下，手搭上他的脉门，示意他安静下来。

冬儿猜到少爷是在替自家相公看病，不禁有些疑惑，当年在府中倒是见过少爷捧着医书在看，可是这病州城里的大夫都说难治……

她相公更是紧张得没办法，看着范闲的手指搭在自己的脉门上，心想这可是如今的钦差大人，按坊间传的话更是位龙种……居然在给自己看病？

室内一片沉默，思思在冬儿的身后小心翼翼地看着。良久后，范闲松开手指，睁开双眼，微笑道："巧了，是肺上的毛病，好治。"

冬儿两口子听着这话，大喜过望，却还是有些不相信。思思开心道："你们俩就放心吧，少奶奶也是肺上的毛病，御医都治不好，全是少爷治好的。"

听着思思这般说，冬儿与她相公喜不自禁，联想到一年来因为这病带来磋磨，冬儿忍不住拾起袖角，小心翼翼地擦拭了一下自己的眼角。

范闲让她备好笔墨，略一斟酌后写了个方子，端详两遍确认没有什么问题，便将方子交给冬儿，嘱咐她一定要按时配药，再不可吝惜银子。

冬儿微微笑着应了下来。范闲看着她的神情，就知道这姐姐不见得会听自己的话，忍不住又生起气来，道："哪有苦了自己的道理？"

他转头对冬儿的相公温和地说道："麦新儿，这药要常吃，不过估计澹州配不齐药，等过些日子我回京都的时候，你们一家就跟着我走。你毕竟是一家之主，我得先问问你的意思，看看澹州有没有什么你放不下的。"

麦新儿张大着嘴，半晌说不出话来。他知道少爷这句话是什么意思，自己一家人跟着少爷去了京都，哪里还会有苦日子过，只是……他将目光投向了冬儿。

思思在一旁忍不住微笑了起来，自家少爷就是这等性情，遇着亲近的女子总是强硬不起来，不敢逼着冬儿姐姐如何，只好从麦哥身上着手。

冬儿哪里不知道范闲的意思，叹了口气道："冬儿答应你，以后再也不借贵利，这些年你给家里送来了一百多两银子，我也答应都拿出来用……在这澹州城里，一百多两银子也能好好地过一辈子，你就别操心了。"

思思看着范闲的脸色，在一旁鼓动道："那药丸可是有钱也配不到的，就算少爷在京都里寻着药材铺配好了，难道还有时间千里迢迢给你送回来？"

冬儿为难地看了思思一眼，说道："什么药丸要下这么大功夫？"

范闲笑道："还记得当年府上那个长得很难看的教书先生吗？"

冬儿马上想到了一蓬乱糟糟的头发，像饿狼一样闪着绿光的眼睛，不禁打了个寒战，掩着嘴皱眉说道："提费先生做什么？当年我们几个看着他就怕。"

"这药就是费先生配的。"范闲哈哈大笑道，"他老人家生得虽然难看些，但你可知道他可是咱大庆朝赫赫有名的费介费大人。"

冬儿震惊无语，她直到今天才知道，当年那个看着像淫贼似的教书先生竟然有这么大的身份？

范闲回身对麦新儿说道："跟我进京的事情，你准备一下。"

麦新儿为人忠厚老实，下意识里嗯了一声。冬儿却在旁边哼了一声，麦新儿赶紧住了嘴。范闲忍不住笑了起来，看来这家里，冬儿才是说了算的人物。

"好生养着病,瞎操什么心?"冬儿冲着自己男人没好气地说道,然后起身拉着范闲和思思出了卧房,在厅里坐了下来。

喝了两道茶,略说了些闲话,只是无论范闲如何说,冬儿就是不肯答应举家搬去京都。范闲叹了口气,心想这么温柔的姐姐,原来也有这么执拗的一面。

卧房里传来几声咳嗽,他将声音放低了些,温和地说道:"冬儿姐,当年你成亲之前,我就带着你去偷偷瞧过麦哥儿,是你瞧对眼了,我才没有阻止……当年也问得清楚,麦哥儿自幼父母双亡,为人忠厚老实,在这澹州城也没有麻烦的三亲六戚,想必婚后对你定是好的,我才放心。"

冬儿成亲的时候,范闲不过十一岁,却也是暗中观察了许久,才放心将自己的大丫鬟许给麦家。冬儿羞涩地说道:"他如今对我也是好的……少爷你瞧中的人能差到哪里去?"

"既然你们在澹州也没什么亲戚,为什么不肯跟着我去京都?当年我就弄错了。"范闲道,"把你搁在外面,这日子也不见得会安生。"不等冬儿说话,他又接着说道,"不要担心在京都我会养着你,你继续开你的豆腐铺好了,只不过就在身边,我们彼此间也好有个照应。"

范闲何尝需要冬儿照应什么,这话的意思很清楚。思思也在一旁劝道:"是啊冬儿姐,你可知道,少爷到京都去后,办的第一门生意就是做了个豆腐铺子,如今京都各家王府都是吃的咱家的豆腐。"

范闲眉头一动,心想这妮子说的话怎么听着就这么别扭。

思思又道:"你要是去了,这豆腐岂不是卖得更好。"

冬儿犹豫片刻后说:"其实少爷的意思冬儿心里明白,心里感激,只是……冬儿实在不想去京都。"

"为什么?"范闲问道。

冬儿脸上闪过一抹极温柔的笑容,道:"谁愿意离井背乡呢?京都虽然好,可地方太大,我怕去了心慌……再说也不想麻烦少爷老照顾自己。"

"京都又没有魔鬼,有什么好心慌的?"思思在一旁咕哝道。

231

冬儿笑道："谁像你这丫头，从小就贼大胆。"

正说着话，院外传来稚子清声，冬儿的面色愈发温柔起来。她起身走到门口，此时日头已高，阳光擦着屋檐的边缘射了下来，落在妇人依旧美丽的脸庞上，她的神情是那样的恬静与满足。

在外游玩的小姑娘回来了。

冬儿牵着女儿进屋，指着坐在中间的范闲道："叫少爷。"

范闲看着冬儿牵着的小丫头，露出真心的笑容。一晃两年多不见，小丫头眉眼已然展开，继承母亲的清丽温柔，眉宇间的稚气更是惹人怜惜。小丫头那双灵动无比的眼睛骨碌碌转着，正好奇地望着自己。

"还是叫舅舅。"他伸手将小姑娘抱进怀里，看着有些紧张不安的孩子笑道，"两年不见就不认识小舅舅了？"

小姑娘抬着脸，看着范闲那张漂亮的脸蛋儿，偏头想了会儿，忽然嘻嘻笑了起来，说道："小舅舅，你跑哪儿玩去了？"

正如范闲是冬儿抱大的一样，范闲少年时常常在豆腐铺子上流连，这孩子也是抱了不知道多少次，而且他一味宠爱，时常买小东西给丫头，所以小姑娘对这个"小舅舅"印象特别深刻，竟是这么快便想了起来。

"九岁了吧？"范闲看着怀里的小姑娘问道。

冬儿温和着笑道："少爷好记性，再过几个月就满十岁了。"

范闲将小姑娘举过头顶掂了掂重量，满意地说道："身子骨不弱。不过这么小的年纪，你也别让她做事，苦着咱们家的丫头了。"

冬儿笑着说道："哪里舍得让她做事，这是从学堂回来哩。"

范闲看了她一眼，将小姑娘放下地去。小姑娘又乖巧地与思思见礼。思思心疼地摸了摸她的小脸蛋儿，将范闲早就预备好了的礼物拿了出来，塞到她的手里。

小姑娘看了母亲一眼，得了允许才高兴地将礼物接着，然后对母亲说道："娘，我给爹熬药去了。"

冬儿怜惜地看了她一眼，点了点头。小姑娘一跳一跳，兴高采烈地捧着礼物进了里间。

庆国有不少贵族小姐年幼时会去族学里读书，甚至京都还有专办的女子私塾。可在民间，女孩子的地位依然极低，上学读书基本都没有听过。冬儿居然能让自己的女儿去读书，这种魄力果然不凡。

范闲看着她赞道："你做得好，这孩子必须读下去。"

冬儿温和地一笑道："但毕竟是女孩子，虽说多认些字、明些理总有好处，可日后也不知道该怎么办。"

"怎么办？"范闲微笑着说道，"有我这个小舅舅在这里，这满天下她想怎么办就怎么办！"

这便是一个承诺。

冬儿很是高兴，却知道少爷不喜欢被人行礼，只是感激地看了他一眼。

范闲接着认真地说道："别乱许亲事，就算要嫁，也得让我先知道。"

冬儿笑着点点头。说着闲话，便到了中饭的时候，冬儿为难地说道："少爷你且坐坐，我去准备一下。"范闲知道自己若在她家吃饭，定然又是好一番扰攘，指不定还要去左邻右舍借些食材，赶紧摆手道："吃自然要在你家吃，只是别那么麻烦……就吃你往年常做的豆腐饭。"

冬儿忽然哎呀一声，捧着额头恼火地说道："都还没有点浆，搁在铺子里，怕是吃不得了。"范闲笑着道："你忘了，我可是端了两格来。"

麦新儿也被小姑娘扶着走出了卧房，虽然还没有用范闲配的药，但先前诊治的时候，范闲已经度了天一道的真气进去，他的精神好了不少。

众人围在炕旁热热闹闹地吃了一顿豆腐拌饭。

冬儿的心里有些过意不去，范闲却是吃得无比开心，先前看着冬儿倚门盼儿的慈母模样，便知道她的生活是幸福的，不见得一定要跟着自己去京都。

"小舅舅，京都好玩吗？"小姑娘睁着大大的眼睛，捧着大大的饭碗，用长长的筷子刨着软软的豆腐拌饭，好奇无比地问着。

"京都很不好玩。"范闲放下碗，看着小姑娘认真说道，"非常不好玩……不过如果不去玩一下，又怎么知道呢？你以后要不要去看小舅舅？"

"要！"小姑娘兴高采烈地回答着。

回到府里，范闲伸了个懒腰，揉了揉有些饱足的腹部，轻轻拍了拍手。一道影子缓缓从廊柱旁边的阳光里现出身形来。

如今虎卫们知道范闲的脾气，也知道范闲的实力，不再如往年那般贴身，只有这道影子在将东夷城的九品剑手们赶回去后，又与他如影随形。

范闲侧头看着他，问道："天天这么跟着我，烦不烦？"

影子很认真地考虑了一会儿，回道："确实很烦。"

范闲笑着又问道："难道跟着跛子不烦？"

影子很直接地回道："跛子身边有美女。"

范闲气结，无可奈何地摇摇头："白天你也看见了，对麦新儿的病怎么看？"

"既然以前没有迹象，他的身体好，应该不至于得这么重的病。"影子毫无情绪地回道，"应该是受了外伤，然后染的疾。"

范闲沉默地点了点头，这个判断与他亲手诊疗查出的情况极接近，便说道："这事我不方便问他们，以冬儿外圆内方的脾气只怕也不肯说。这澹州城里敢不给我面子的人还不存在，所以估计是个误会。你查查，给对方一点教训就行，不要死人。对方应该是用脚踹的，你也用脚踹，踹到那个人三年起不了床。"

影子偏头望着他，半晌后问道："你让我去踹人？"

他的语气有些古怪。确实，他是监察院刺客首领、天下最厉害的刺客，范闲居然会因为这样的一件小破事命令他去……踹人？

范闲道："杀人的本事你天下第一。踹人的本事想必也是不差，辛苦你了。"

影子无话可说，重又陷入黑暗之中。

来到祖母卧室，依照往年规矩行礼问安，范闲将去看冬儿的事情讲了一遍。他清楚在澹州没有任何事能瞒得过奶奶，所以心里隐约有些不舒服，奶奶应该是知道自己心思的，怎么忍心让自己的大丫鬟在澹州城内受这等腌臜气，连自家相公都被人欺负得躺到了床上。

看他神情，老太太知道在想什么，笑道："心里在怨我？"

"不敢。"范闲话是这般说着，语气却有些硬。

老太太看着孙儿难得流露出这种赌气的神情，忍不住笑了起来，将事情的原委讲了一遍。原来是前任州守的公子不知如何看上了冬儿，不过那位公子并不是个傻瓜，当然不会在澹州城里用强，只是一味去豆腐铺子那里涎着脸纠缠。冬儿被他缠得无法，但对方又没有做什么，所以只好忍着。但妇人能忍，妇人的男人却不能忍，麦哥儿终有一天爆发了小宇宙，将那公子打了两拳。

这事自然就变大了，毕竟那公子的老爹是州守，麦新儿好汉不敌众拳，被打倒在地，收入狱中。后来是老太太发了话，那位州守才没有继续纠缠下去。

不过也就是这样，麦哥儿被当胸踹了一脚，又在牢里受了些湿冷气，便落下了病根，一直在床上躺着。

范闲知道了这事的缘由，也就明白了冬儿为何沉默着，说到底还是麦哥儿先动的手，而且虽然澹州人都知道自己与冬儿的关系，可是在世人眼中甚至在奶奶眼中，冬儿毕竟只是个早就被赶出家门的大丫鬟，是下人，对方却是州守的公子，阶层的差别总是在这里。有这样一个结果，澹州人不会觉得范府做得不好，反而会觉得范府很是帮了冬儿家大忙。

但是范闲却不这般想，在他的心中，人群的划分从来不是依阶层而论。

只论亲疏。

老太太看着他若有所思的神情，问道："怎么了？"

"没什么？"范闲抬头笑道，"我让人去把那位公子也踹一脚。"

老太太怔了怔，旋即笑了起来，说道："那便踹吧，随你高兴。"

略说了些闲话，范闲趁机又再次提出请奶奶随自己去京都，如同那夜一般，老夫人直接拒绝。范闲忍不住叹道："怎么都不愿意去？"

老太太知道他说的是冬儿一家，笑道："京都居大不易，你自幼身边这几个大丫头都被你调教得心比天高，硬气得很，很难劝服。"

范闲怔了怔，心想确实是这个道理，如今还留在府里的小雅是最小的，看那张嘴也是个惯不饶人的厉害角色。还有前几日带着自家男人回府看自己的小青，那男人还是个有功名的读书人，在小青面前也是大气不敢出一声。

小青、小雅是这样，更不用说冬儿姐和一贯放肆的思思。这几个丫头真是被他宠坏了也教坏了，搁在哪里都是硬气十足，也不将这世上奉若至理的那些规矩瞧在眼里，外表虽然都很柔顺，内心却都清朗。

范闲想着想着，有些自得地笑了起来，自己就算改变不了这个世界太多，但至少改变了几个女子的思想与人生，也算是不错。当然，如果没有他这座大山在后方靠着，以她们的性情行事，只怕在这个世上寸步难行。

一夜无话。

第二日澹州城传出消息，说是某某府上的某某公子被人当胸踹了一脚，吐了鲜血若干碗，急找大夫救活了回来，正躺在床上呻吟。

澹州向来民风淳朴，治安良好，百姓们老实本分，全无匪气，这种权贵公子在家里被人痛殴的情况，更是从来没有听说过。所有人都震惊了，知州大人大怒，准备好好查这个案子，给前任一个面子。但当师爷凑到他耳边说了几句话之后，知州大人马上平静了下来，回自家静心斋饮茶去了。

很多聪明人慢慢猜到了这件事情的缘由，却没有人敢议论。被打的那位公子府上，心中肯定怨恨，却不敢喊冤，反而是恭恭敬敬遣人去了冬儿家，将这两年间的医药费和补偿双手送上。

澹州人知道范家少爷不爱胡闹，只是护短，并不如何担心。此事很快就过去了。

又过了些日子，一封来自京都的密旨和一封来自江南的院报，同时送入了伯爵府。范闲知道自己的澹州之行到了结束的时候，不由生出一丝不舍来。

他毕竟是监察院提司兼行江南路全权钦差，而且年纪尚轻，身体健康，总不可能学陈萍萍一样躲在自己喜爱的地方养老。澹州虽好，总是要离开的。

第二天晨间，藤子京带着林大宝和三皇子再次出海去钓鱼，范闲也终于实现了对婉儿的承诺，牵着她的小手，用缓慢的脚步一步一步踩着澹州的土地，感受着此间的气息，进行了一次丰富的澹州一日游。

他们去了热闹的菜场，去了码头边的沙滩，看了看洪常青深恶痛绝的漂亮白鸥，在伯爵府后面的门口蹲着说了会儿故事，这才去了那间安静的杂货铺。

婉儿一路温和地笑着，任由夫君牵着自己的手或疾或缓地行走。她知道这一切都是范闲最美好的回忆，他今天带着自己来，就是希望自己也能分享他心中最温柔美好的那部分。

杂货铺里的灰尘还是那么厚。

夫妻都是懒人，自然懒得打扫，只是站在屋子里看着四周，说着旧事。

婉儿听着范闲的回忆，心尖忍不住颤了一下。原来不仅自己自幼在皇宫里活得紧张危险，相公的童年也有这么多的艰难困苦。

她轻轻握着那把菜刀，微笑着说道："叔叔就是用这把刀切萝卜丝儿给你下酒？"

范闲快乐地笑了起来，点了点头。

婉儿瞪了他一眼，说道："小小年纪就喝高粱，也不怕醉死。"

范闲笑了笑，没有说什么。

林婉儿忽然睁大眼睛，好奇地问道："你练功的悬崖在哪里？是不是像苍山上的那个陡坡？能不能带我去看看？"

范闲怔了怔，回道："那地方险，你上不去。"

林婉儿哦了一声，圆润的脸蛋儿上流露出强烈的遗憾。

范闲看着她忽然开口道："抱紧我。"

林婉儿愣了一下，旋即嘿嘿一笑，双手从范闲的臂间穿了过去，紧紧地抱住他，却不再是那天夜里在床上怕他消失的感觉。

澹州海边高峭的峰顶，范闲与林婉儿两人手牵手站在悬崖边，往前数步便是深渊，便是海洋，便是朵朵雪花。

海风扑面而来，头顶的太阳比在地面看起来反而显得更远了一些，清清洒洒地蒙着一层光圈，不怎么炽烈。

婉儿气息稍乱，脸颊红扑扑的，颇有惧意，这一路被范闲背着上崖，实在是她有生以来最刺激的一次经历。那些湿滑陡峭的崖壁也不知道怎么上来的，以至于此时她站在悬崖边上都不怎么害怕，似是有些麻木了。

她望向远方的澹州城，发现以自己的目力，竟是连那些民宅的模样都看不清楚。她转头望向范闲，轻声问道："以前……天天爬？"

"是啊。"范闲想了想又说道，"从六岁还是七岁开始？已经记不得了，反正这地方除了我和叔之外，你是第三个上来的人。"

林婉儿知道这定是范闲最大的秘密，自己被他带着上来……她的心里涌起了一丝甜蜜，旋即又是一丝苦涩。她缓缓地靠着范闲的臂膀说道："我一直觉着自己在皇宫里过得苦，如今才知道你过得比我更苦。"

小小年纪就被逼攀崖，如此辛苦而危险地练功，为什么？自然是担心有人要来杀自己。在这样的环境里长大，对当年的小男孩来说是何等样的折磨。思及此，婉儿对身边的男子便多了很多怜惜与同情。

范闲微笑道："不想死自然得勤力些。其实和这世上别的人比起来，你我已经是蜜罐里泡大的人，不要轻言辛苦，我们至少不用考虑下顿饭有没有得吃，有没有衣服穿，会不会被父母卖到妓院去当妓女或者大茶壶。"

婉儿安静又认真地听着。

"我表面上的潇洒劲儿都是装出来的。"看着海面上的金光，范闲说道，"你应该知道，我是这个世界上活得最用心、最辛苦、最勤奋的人。"

婉儿当然知道，哪怕是婚后的那段苍山岁月里，他也没有放下每天两次的修行，其实以他如今的境界与权力，完全不用这般勤奋刻苦。世人只看到小范大人光鲜亮丽的一面，却没有想过他为此付出了多少汗水和努力。

"从很小的时候就这样了，而没人能明白我为什么如此苛待自己。"范闲停顿了片刻，迎着澹州的海风轻声道，"其实原因很简单……我不想死。"

"我不想死。

"就像小时候我常说的那句话，醉过方知情浓，死后方知命重，一个没有死过的人，永远不知道死亡是多么的可怕。

"我要在这个世界上活下去，所以我必须心狠手辣，我必须让自己强大。而且当你习惯了躺在床上无法动弹，想折腾自己都动不了一根手指时，忽然上天给了你一个机会，让你去折腾一下，你应该无比感激上苍，并且无比陶醉地去折腾。"

范闲陶醉在自己两世的回忆之中，婉儿在他身边却根本听不明白他在说什么，她有些惘然地看着范闲那清秀的面容上与年龄完全不相符的成熟与沧桑，心中莫名涌起一股说不清、道不明的悲哀，竟是不自知地湿了眼睛。

回澹州省亲的行程便这样结束了。离开之前在书房里，祖孙二人就京都传来的消息进行了一番严肃的对话。走出书房时，范闲的脸色有些沉重。

婉儿小心地问道："出什么事了？"

"没什么大事。"范闲无奈地说道，"我这个行江南路钦差跑到澹州玩，肯定很碍许多人的眼，关键是听到了一个不怎么让人舒服的消息。"

"什么消息居然让你也乱了方寸？"婉儿难得见他烦躁，忍不住笑了起来。

范闲叹了口气，苦笑道："燕小乙也要回京述职，差不多和我同时进京。"

燕小乙是当年的禁军大统领，如今的征北大都督，威名赫赫的九品上超级强者……最关键的是，此人是长公主的心腹，在军中颇有名望，就算是陛下也不会没有证据就对付他。这样一个人物回了京，当然会直接与范闲对上。

范闲直到今天还记得，当年自己潜入皇宫时遇到的那惊天一箭。

婉儿皱眉说道："难道……殿前武议又要恢复？"

范闲心想妻子在这方面的嗅觉果然灵敏，于是点头道："听说是枢密院的意思，秦院长觉得恢复武议可振国民士气。"

"陛下怎么说？"婉儿有些担心。

庆国以战夺天下，一向极重军功，只是三次北伐后，庆帝调养生息，以备再战，便把目光转向了文治，也停了传统的一年一度武议。

"陛下自然不会反对。"范闲道，"这本来就是好事，朝廷耽于安乐日久，连胶州的水师都变了质，自然要有个由头来收拢一下军心。"

婉儿沉默少许之后说道："只怕……是针对你来的。"

"我是文官。"范闲脸上带着笑，心情却有些沉重。他与流晶河上二皇子的看法不一样，二皇子以为皇帝让范闲处理胶州水师，是松开范闲接触军务的口子。范闲却以为皇帝想的是相反的事情——他杀死常昆，阴害党骁波，不论军中派系如何，只怕都会厌憎甚至深恨他。陛下还是不想他有兵权啊……

婉儿叹道："你是文官，可你也是天下皆知的武道高手。"

范闲挑眉道："你的意思是，燕小乙回京便要在武议上向我挑战？"

庆人好武，就像叶灵儿在皇宫别院外面扔小刀向范闲挑战一样，决斗在庆国是合情合法的，更何况殿前武议这种场合，没有人愿意退。但范闲愿意退，他冷笑道："真是幼稚！难道他想和我打，我就要和他打？"

在他的心中，武功是用来杀人的，而不是用来决斗打架的，如果要杀人，当然有无数比决斗更有效率更安全的法子——决斗？小孩子家家的游戏，范闲忽然觉得庆国的军方有些孩子气。

婉儿轻声说道："母亲应该不会傻到让燕小乙在宫中挑战你，燕小乙也不敢真的伤了你，陛下看着呢，所以我也想不通其中的道理，说不定是我们想多了。燕小乙是征北大都督，两年未回京，也该述职才是。"

范闲冷笑道："也许只是想打压一下我，毕竟如果我避战，便是弱了声势。不过你知道，我不在乎面子。"

这是假话，他也是个爱慕虚荣的人，如果是别的军方重将在武议上挑战他，他眼睛都不会眨一下便会接下，可……那人是燕小乙。

他伤势早已痊愈，又得了海棠的天一道心法相助，早已稳稳地站在了九品的高峰上，可对着那位一箭惊天下的超级强者，必然讨不到半点好。

倒是有两个人可与燕小乙一战，问题是海棠和影子没办法替自己出手，还有一个人可以轻松干掉燕小乙，问题是五竹叔又一次离家出走了。

范闲紧张之余，忽然莫名地兴奋起来，似嗅到了海崖上的咸湿味道。如果回京后真的要与燕小乙正面一战，自己不凭借那些小手段又能做到什么程度？

京都，风雷，强者，比武，这些字眼在诱惑着范闲不安分的心，他沉思良久后，忽然温柔地微笑道："我偏不打，但……试着杀杀他怎么样？"

婉儿睁着大大的眼睛，半晌无语。

第十一章 王十三郎

庆历六年的一个冬日,暮时惨淡的日头从遥远的苍山那边透了过来,天气十分寒冷,四野里的民宅一片白净,那是雪。

云层渐渐厚了,将惨淡的日头直接吞噬进阴暗中。风也渐渐大了,卷着地面的积雪在空中飞舞。又有雪自天上降落,来自不同地方、不同颜色的雪花凭借着风的力量纠缠在一起,展现着不同层次的白与寒冷。

风雪再起,赶路的人们苦不堪言,纷纷寻找就近的村舍或是客栈歇息。今年没有发洪水,雪落得倒是不小,得亏夏天的时候,江南诸郡的赈灾进行得异常顺利,受灾的百姓们有了栖身之所,躲避了被冻死的灾难。

这里是颍州,正是那个遭受洪灾最厉害,也是灾后闹土匪最凶的地方。

不过自从钦差大人范闲下了江南之后,颍州的土匪可能是惧怕天威,或许是害怕传说中小范大人的手段,变得老实了许多,已经销声匿迹了很长一段时间。

也正是因为如此,在这大雪天里那些行路的旅客们才敢在路上行走。只是此刻风雪太大,大江虽未封航,却没有多少人愿意顶着雪往京都去。

除了那一队全黑色的马车。

马车的车窗缝用胶封得极好,一点寒气都穿透不进来,只有车前厚厚的棉帘正面抵挡着风雪的袭击,时不时地发出几声闷闷的悲鸣。车中生着暖炉,热气循着香味散开蒸腾,令厢内温暖如春,与车外的严寒形成了鲜明的对照。

范闲觉着有些热，手指伸到颈间将裘衣的系扣松了些，露出脖子，深呼吸了两口，然后放下手中的卷宗，眯着眼往车外望去。

一片白茫茫大地真干净，苍山村舍、冬田小塘尽数被掩在雪中、冻成冰镜，年初路过此地时看着的洪水劫余景象已经看不见了，那些死在洪水中的人们也早已下葬，白骨或许正在雪地深处颤抖。

远处是一排有些简陋的住房，可以看得出来建筑所用的材料并不怎么结实，不是特别御寒，但看着里面透出的点点火光，范闲还是满意地点了点头。只要有生炉子的柴火就好，百姓极苦也极能熬，一点温暖便可以护他们度过严冬。

"找个地方歇息。"他看着车外的监察院马夫身上尽是雪屑，皱眉说道，"赶路虽然要紧，但也别冻病了。"

他回京都述职，朝廷已经定好了日期，不敢耽搁，谁知道路上竟遇到了几年来最大的一场雪。船在沙州等了几天，时间便有些紧了，监察院的下属们依他的意思，在沙州城换了马车，顶着风雪沿陆路而行，颇为辛苦。

"是，大人。"

车队缓缓转了个弯，沿着最宽的那道田垄往村庄驶去。

进了村庄，当地的里正哆嗦着赶了过来迎接。里正双手揣在厚厚的棉袄里，好奇又畏怯地看着这支黑色的车队，猜想着是哪位大人物会在这风雪天里赶路。

自有监察院官员去与他交涉，范闲下了马车，便觉着雪花随寒风往衣领里灌，他紧了紧系扣，披着那身银白的狐皮大氅往村子里走去。

洪常青领着几名六处剑手沉默地跟在他的身后。

三皇子一个月前便回了京，婉儿还留在江南忙碌，为了保证安全，范闲把高达那七名虎卫全部都留在了杭州。

他从澹州回杭州的时间是初秋，这数月都在清洗君山会在江南的残余以及别的事务上。在澹州时议定的那件事情，经过宫中点头后，由婉儿牵头做了起来，发展出乎意料的顺利，岭南熊家、泉州孙家都注了一大笔银子，就连日薄西山的明家都意思了一下。婉儿还没有想好名字，暂时用的"杭州会"。

有银子及宫里撑腰，杭州会可以轻易采购北齐的粮食，可以轻松打通各州郡的关节，不担心任何麻烦，加之范、柳、林三家遍布天下的关系，杭州会快速地发展起来，江南赈灾在朝廷之外又多了一条无比通畅和迅疾的通道。

范闲一直隐在幕后，没有几个人知道他在杭州会里扮演的角色，都以为是京都方面宫中贵人在主持，内库转运司衙门只是个工具。

大雪来临，不知道多少家里会断炊，也不知道有多少间农舍被压垮，也不知道有多少人会被冻死，林婉儿必然要在杭州多留一段时间，帮助江南百姓把这段日子熬过来再说。还是那句老话，就算帮助不了太多，但有总比没有好。

林婉儿一直被压制着的才华终于有了展现的机会，范闲没有出手，只是她一个人用书信控制着各个方面，或冷漠或威严或温柔地驾驭着这头怪兽，小心翼翼地让它为天下人耕田，又不会让官府这个马夫感到不愉快。

这需要极强的分寸感，还需要忍受难以想象的琐碎，范闲都有些惧之如虎，但婉儿却不辞辛苦地做着。他离开杭州的时候，担心婉儿照顾不好自己，藤大家媳妇儿又不敢说些什么，因此干脆将思思也留在了那里。

马车安置好了，留下了看防的人手，所有的下属拢共三十余人都随着范闲进了村，走进了刚腾空的族学。里正小心翼翼地跟在尾后，根本不敢问这位穿着名贵狐裘的大人物是谁，只是在心里不停地猜测。

族学里早有人生起了火炉，待煮好姜糖水后，村子里的妇人们忙碌着分到碗里，恭恭敬敬地递到这些官老爷们的面前。

范闲接过碗喝了一口，没有说什么话，清湛有神的眼睛望着大门外的那排房子出神。忽然他开口问道："如果雪再大些，这些房子经得住压吗？"

村子去年遭了洪水，这排房子是新修的，看着有些单薄，所以他有些担心。那位里正愣了愣，洪常青咳了一声，向他使了个眼色。

里正这才醒过神来，低着身子往范闲那边靠了两步，有些紧张地回道："大人，过两天雪积得更厚，究竟能不能顶住还真不清楚。"

范闲有些意外地看了他一眼，心想区区一个里正居然没有一味说大话，倒是难得，于是温和地一笑道："那你岂不是要天天巡着？"

"这么大的雪，小人是里正，当然是要多看两眼。"里正接着骄傲地说道，"不过我看应该不碍事。您别瞧这些房子不起眼，却是内库的大匠老爷们设计的，听说三大坊那边都是住的这种房子，这雪压压应该没事。"

范闲笑了起来，下属们也笑了起来，里正有些糊涂，心想这有什么好笑的呢？

又略问了几句柴火、煤球够不够之类的话，范闲结束了与里正的谈话，不禁生出一抹复杂的情绪。庆国国力确实强大，只要运作得当，保百姓们一个平常日子还是没有问题，而自己似乎也渐渐习惯了权臣的职位，哪怕只是路过，也忍不住要问上几句。

权臣啊？范闲走到族学门口，看着外面越来越黑的天，越来越大的雪，心思飘到了别的地方，上次对人说要做一个权臣，是对海棠吧？

海棠走了。

当狼桃带着北齐使团到了苏州城时，范闲就知道海棠肯定会随着她的大师兄返回北齐。这不是因为太后的旨意，而是她找不到什么理由留下。她南下最重要的任务是监视范闲执行与北齐的秘密协议，如今以她和范闲的关系还怎么监视呢？

范闲虽没有亲眼看到那一幕，但又仿佛亲眼看到了那幕画面——穿着花布衣裳的村姑摇着身子，提着篮子，潇洒地离开了苏州，没有回头看一眼。

海棠虽然走了，范闲与北齐的协议还在一直稳定推进，行北路的走私在范思辙与夏栖飞的协力下已经步入稳定的阶段，内库出产的货物源源不断地往北齐国境内输入，价钱自然比市面上便宜了许多。庆国皇库损失了不少银子，不过杭州会多了不少银子——反正都是百姓的银子，何必在乎是谁拿着，谁在用。

而明家在范闲的打击下完全陷入了僵局，几千万两银子的资产不是流水，明家舍不得将那些田地与产业变卖掉，所以只好向外借贷周转。问题是将自己的母亲缢死后，明青达没有来得及完全接受明老太君在君山会的资源，东夷城的太平钱庄虽然还在支持明家，但力度上明显要弱了许多，于是明青达只好去找上次大难时伸出援手的招商钱庄。

范闲站在门口想着，要顺着陛下的意思兵不血刃拿到明家的所有，用了这么多时间，终于能将江南完全搞定，真是不易。

忽然，他的眼瞳微缩。

大雪中，一支黑色羽箭破风而来，如同闪电般来到他的面前，这箭来得如此之快，借风雪掩去所有声音，幽魅至极！

范闲来不及闪避，霸道真气陡然一提，左手一领，腰畔长剑荡了起来，剑尖直直斩了过去！

啪的一声闷响。

这看似朴素，实则狠厉的一剑斩在了空处。在他面前，不知何时出现了一杆青幡，幡下站着一个青衣人，发上系着一根青色布带。

那支噬魂一箭扎在幡杆上，箭羽抖动不停。

只见幡上写着两个大字——铁相。

监察院的密探们反应过来，六名剑手手执硬弩将那个青衣人围在了中间，另几名剑手悄无声息地向发箭处的位置摸了过去，消失在黑暗之中。

范闲神情平静地看着那个青衣人，忽然命道："回。"

只是简单的一个字，所有潜出去准备追杀箭手的六处剑手便退了回来，站在族学前的雪坪上，将那个青衣人围在了中间。

范闲抬头看了一眼那杆青幡问道："算命的，你算到有人要来刺杀本官？"

"一支小箭怎么可能伤到小范大人。"

那青衣人低着头，看不清楚面容。

范闲沉默了一会儿，说道："所以本官不明白，大箭不动，怎么小箭来了。"

青衣人道："小箭年纪小，性子烈，总是有些冲动。"

范闲默然无语。

"我也不是算命的……"青衣人一并两指，斜斜指着自己手持青幡上的两个字，"本人姓铁名相。"

范闲转身走回门内，竟是将那青衣人冷落在屋外。

六处剑手们警惕地看着青衣人，缓缓退回屋中，他们不清楚提司大人为何阻止自己去追杀那个箭手，但院令如山，没人敢说一个字。

青衣人微偏着头，手拄着青幡，似乎有些错愕。

大雪纷飞于黑暗中落下，渐渐积在他的双肩上。

这个场景确实有些怪异，陡遇刺杀，范闲竟像是没有发生任何事一般平静，对这个忽然出现在自己身前挡住那惊魂一箭的青衣人更是不闻不问。

青衣人转身看着紧闭的门，忍不住笑了起来，心想传说中的小范大人果然是位妙人。他缓步走到门前，举起右手，极有礼貌地轻轻敲了两下。

半晌后门内传来范闲平静的声音："请进。"

青衣人将青幡搁在族学木门旁，幡上雪水打湿了灰灰的地面。他没有直接对范闲行礼，反是轻声笑道："与传闻中相较，大人多了几分狂狷之气。"

范闲双手放在身前烤着火,没有开口。

青衣人温和地说道:"大人难道便是如此待客?"

范闲搓了搓微暖的手,从下属手中接过一袋美酒饮了两口,道:"天寒地冻,你敲门,本官便让你进来避避雪,这是怜惜子民,却不是将你当作客人。"

青衣人继续问道:"难道大人就没有什么要问我?"

范闲看了他一眼,没有看清楚这个青衣人的面容,问道:"你有什么资格让我见你?我又有什么事情需要问你?"

青衣人缓缓抬起头来,火光映照下的族学大堂骤然间一片明亮。

只见此人双眉如剑,双眼温润如玉,双唇薄而微翘,弱了一丝凌厉之意,多了几分可亲之色。此人容貌异常清秀,年纪却是相当年轻,便是范闲也不禁有些微微失神,心想这厮竟是生得如此好看,便是比自己也只差了少许。

青衣人没想到范闲态度如此冷淡,苦笑道:"大人何必拒人于千里之外?"

范闲又饮了一口酒,道:"莫非你于我有功?"

青衣人道:"即便今夜我不在此,那一箭自然也伤不到大人分毫。"

范闲将酒袋搁到身旁,看着他平静地说道:"既然你对我没有任何帮助,就不要指望我会记你的情分,这一点你要明白才是。"

青衣人愣了愣,道:"正是。"

范闲接着说道:"既然本官不欠你什么,那你要避雪则避,要说话则说……但不要弄出神神秘秘、莫测高深的模样,我很不喜欢这样。"

青衣人苦笑道:"大人说得是。"

"那么……"范闲认真地问道,"你是准备让我收了你吗?"

青衣人怔住了,不知该如何接话。

"不要奢望我们能有平等的关系,当我下属就必须站在我的下面,注意自己的分寸,不论是谈话、做事的姿态,以至于你内心的想法,都要摆在本官下面。"范闲接着又说道，"想要我收你，就放弃那些不切实际的幻想与自尊吧。这个天下，不是缺了谁就不转的，本官性子有些怪异，也没有广收门客的爱好。"

从古至今，从历史到话本，这种荒郊野外的相逢，明主贤臣随着历史车轮转到一起，总是会伴随着明亮的理想主义光辉以及礼贤下士、忠心投靠之类的狗血戏码，而像范闲说得这样直接……甚至是世侩难看的，只怕还从未有过。

青衣人被范闲这连续几番话打击得不轻，他有些郁闷地站在堂间，沉默许久后苦笑道："大人果然咄咄逼人。"

"因为本官有这个资格。"不等青衣人开口，范闲继续说道，"如果你有什么想说的，就说出来，不然就蹲到角落里烤火去，雪一停你就离开。"

青衣人完全没有想到局面会发展到眼下这种状况，忍不住摇了摇头。

他必须赶在范闲进入京都之前接近对方，传达某个势力的意思……而他凑巧知道了那支小箭的去向，所以寻着这个机会出现在范闲面前。本以为会获得一些良好印象，却没有想到范闲虽未多疑，而是直接揭穿了自己的心思。

青衣人斟酌片刻后说道："一路返京，草民或许可以保护大人一二。"

范闲回道："理由不充分，你我都知道来的只是小箭，我不会把他放在眼里。"

青衣人又想了想，说道："我为大人带来了一个消息。"

"什么消息？"

"来自东边的消息。"

范闲缓缓抬头，静静地看着青衣人的双眼。

青衣人是年轻一代里最顶尖的人物，面对着范闲的目光竟是无比平静。

范闲拍了拍手掌。

所有监察院下属起身走出了族学的大门，洪常青反身关好木门。

青衣人揖手一礼道："东夷城向提司大人问安。"

范闲沉默了会儿，道："报上你的名字。"

"剑庐十三徒，铁相。"

"四顾剑只收了十二个徒弟。"范闲看着青衣人说道，"而且本官从来没有听说东夷城有个叫铁相的年轻人……本官没听说过的人，就不存在。"

监察院的情报网遍布天下，无孔不入，他这句话说得极有信心。

青衣人无奈地一笑道："在下本名王羲，奉师命入庆国游历，易名铁相。"

"王羲？"范闲随口说道，"好名字。"

叫作王羲的青衣人微笑着说道："名字不见得如何好，人还有些用。"

此时范闲本来应该问"你东夷城与我监察院乃不解之敌，你为何却找上门来投我"，奇妙的是他没有开口问，王羲也没有主动解释。

在范闲看来，东夷城早就应该派人来和自己接触，只是他没有想到，来的是这样一位有些看不透的年轻人。不错，东夷城一直与信阳方面关系良好，想来那位四顾剑也同叶流云一般享受着君山会的供奉。不过范闲心里清楚，这个世界上从来没有永远的敌人，也没有永远的朋友，只有永远的利益。

四顾剑当年虽然是个白痴，但能一剑守护东夷城及那些诸侯小国二十年，倚仗的当然不仅仅是他手上那把剑。持着者必当慎重，在庆国的强大压力下，东夷城想要生存下去，就必然要和庆国的最高权力阶层保持密切的联系。四顾剑与长公主之间的关系就是这样发展起来的。后来随着范闲的出现，庆国的权力结构发生了极大的变化，在执掌监察院和内库后，范闲已经拥有了威胁东夷城的实力，相较而言，长公主手上的筹码却是越来越少……

鸡蛋不可能只放在一个篮子里，筹码不能永远押在大的那边，家里面的姑娘不可能全嫁到一户人家去，这便是一个风险均摊的问题。

四顾剑如今还是在押长公主，东夷城与信阳的关系之密切也非范闲所能比，更何况范闲与东夷城有着极难解的仇怨。比如牛栏街上的两个女刺客，比如西湖边上云之澜骤然遇袭，可东夷城还是必须要和范闲接触。

如果长公主倒了，毫无疑问，范闲会成为东夷城下一个选择的合作对象，而在选择之前，东夷城必须先表达自己的善意。

政治果然是很奇妙的，明明范闲与东夷城现在还在敌对着，可是也要开始尝试性地接触。今日还是你死我活，来日说不定会把酒言欢。在巨大的利益面前，什么样的仇怨都可以洗清，也许范闲不会这样想，但四顾剑一定是这样想的。

不过就如同林若甫分析的那样，如果那件事情真的发生了，东夷城可以保证数十年的平安，哪里还需要来找他。这个叫王羲的青衣人来接触他只是试探。

"这是令师的意思还是东夷城的意思？"范闲问道。

王羲略一思忖后应道："是家师的意思。"

一问一答间便清楚了，这只是四顾剑老辣的一步隐棋，不能让任何人知晓。

"我有什么好处？"范闲问得很直接，"你们剑庐一大批九品高手都想在江南刺杀我，我不可能因为你一句话就当什么都没有发生过。"

"没有好处，只有态度。"王羲温和地解释道，"东夷城与大人依然是敌人，但我不是……我就是师尊所表达的态度，包括东夷城在内都没有几个人知晓我的存在。只要大人愿意，我就会站在大人的身旁，这一点永远不会改变。"

"甚至包括你的大师兄想再来暗杀我……"范闲拿起铁扦扒拉着盆里的火炭，随口说道，"你也会站在我的身边，把你东夷城的人杀个干干净净？"

"会。"王羲回答得极为认真，"但凡对大人不利者，都是我的敌人。"

范闲忍不住笑了起来，感慨道："四顾剑这个白痴想的东西果然有些好玩。"

说这句话的时候，他用余光注视着王羲的反应，当自己说到"白痴"二字——这个东夷城最大的忌讳时，对方竟依然一脸平静，不为所动。

范闲心想苦荷真正的关门弟子是海棠，五竹叔的关门弟子当然是自己，面前这个青衣人如果真是四顾剑的关门弟子，想来也是极厉害的人物。

"以后我就叫你王十三郎。十三郎啊……"他微笑着继续说道，"你有没有想过，以本官如此记仇的个性，你们东夷城日后还要跟着那个疯女人来对付我，我又怎会因为你一个人的缘故而放过东夷城？"

"得罪了大人的人您尽可以想办法杀了，师尊让我入庆游历，我又没有暗藏祸心，我自然是要活下来的。"王羲洒然一笑，说不出的潇洒，"只要我活下来。东夷城也就会继续按照现在的样子活着。"

听着这句很平淡实则不寻常的话，范闲低头沉默片刻后问道："你也要进京？"

"是。"王羲悠然地向往道，"既是游历，当然要到庆国京都。听闻京都有家抱月楼……楼中美人儿无数，定要好好品味一番。"

范闲头也未抬："我不会给你打折。"

王羲笑道："我算命也能挣不少银子。"

"先前你不是说过你不是算命的？"范闲道。

王羲回道："大人命运太奇，出风入云，凡人哪能算得出来。"

范闲心头一动，又问道："说回最初的话题，那便等若说……你是四顾剑自己的一部分的态度，和东夷城的大旨没有任何关系？"

"可以这样说。"王羲应道。

"很好。"范闲搓了搓又开始冷起来的手，将手搁在火盆上方，双眼看着手下盆中白灰里透着的明红，说道，"我不喜欢一路回京有一个很厉害的箭手在黑暗中窥视，还会冷不丁儿地放几支冷箭。去把外面那支小箭折了。既然你是四顾剑的态度,我就要看看你的态度,入京之前我要看见他的头颅。"

王羲沉默许久后轻轻点了点头,从门旁拾起那杆青色长幡,正要推开木门时忽然回头说道:"我不是很喜欢杀人,能不能换个内容?"

范闲还是低着头,淡然道:"如果你不会杀人,我留着你有什么用处?"

"我的身手不错。"王羲的声音很平静,"我可以保护你。"

"保护我?"范闲唇角一翘,笑了起来,"我不认为你有资格。"

王羲微笑道:"大人可以试试。"

以范闲如今的名声与实力境界,王羲敢说出这样一句话,说明对自己有相当的自信。但范闲还是没有抬头,轻声道:"庆国不是东夷城,你随时都有可能死在荒郊野外,而不知道索命的绳索是从哪一片天空上垂下来的。"

话音落处,族学里的光线忽然暗了一下,无由风起,吹动了火盆里的如雪炭灰,一道强大而隐秘、厉杀无踪的气息笼罩住了门口的王羲。

一直插在幡杆上的那支黑色羽箭段段碎裂。王羲握着青幡的手微微颤抖,脸上却没有半点惊恐的表情,只听他嘴里说道:"难怪大师兄会在江南铩羽而归,大人有如此高手保护,自然是用不到我……也罢,那我就替大人杀几个人吧。"

说完这番话,他推门而出,消失在黑夜之中。

那杆长长的青幡,在雪夜里时隐时现渐行渐远。

雪还在下,夜渐深沉,范闲没有让洪常青和剑手值夜,因为他清楚外面还隐着危险,六处剑手虽然精于暗杀,但对远距离攻击也没有太好的方法。阔大的族学里就只剩下他一个人在发呆。火盆里的火在燃着,盆边上的竹炭也备了许多,但总让人感觉温度降了很多。

一片安静。

范闲伸着双手烤着火,明显有些走神,他忽然开口说道:"我那一剑斩出去了。"

他停顿了一下，又道："可是斩了个空。"

族学大堂里的光线微微变化，火盆里的红光照耀出来范闲的影子，一个穿着黑色衣裳的人，从那片阴影里走了出来，很自然地坐到了他的身边。

范闲看了他一眼，将酒袋递了过去。

影子看着他手中的酒袋，用阴沉的声音说道："酒会让人的反应变慢。"

"燕小乙的儿子叫什么名字？"范闲换了话题，取回酒袋喝了一口，感到一股辛辣的火线由唇烧至中腑。

"不知道。"影子摇摇头，"你给他取的外号不错。"

"不要太紧张，这位小箭兄应该还在雪夜里受冻，哪里敢攻过来。"范闲再次将酒袋递了过去，"我不是陈萍萍，想杀我的人也多，但不是那么容易。"

影子想了想，接过酒袋浅浅地抿了两口，片刻后苍白的脸颊上渗出了两片红晕，看着就像是戏台上的丑角，十分可爱。

范闲笑了一声，道："如果你我二人易地相处，我是怎样也忍受不了黑暗中的孤独……说起来我一直很好奇，你平时难道不需要吃饭喝水什么的？"

在保护陈萍萍或者范闲的时候，影子一直都不离左右，难怪范闲会有此一问。影子寒声回道："我自然有我的办法。"

范闲没有再说什么，转而又说回最先前的那句话："你看见我那剑斩空了。"

"是的。"影子的声音没有什么情绪，"这个王十三郎很强。"

范闲当然知道王羲很强，强到可以于雪夜中悄无声息靠近族学，连自己和影子都没有察觉，如游魂一般挡在了范闲的面前，以至于他的那剑斩空。

他还知道雪夜里的那支黑箭的力量与危险，王羲用青幡随意一挡便接了下来，表现得越轻描淡写，越能证明他的实力。

"我看不透他。"范闲从脚边拾起铁扦,胡乱地在火盆里拨弄着,"这个十三郎确实很强,但是他很能忍,能忍者必有大图谋……"他忽然眉梢一挑,"不是忍,他是不在乎,王羲的谈吐表现出他不在乎很多事情,不在乎我的言语攻击,不在乎我的刻意羞辱……如果他真是四顾剑的弟子,为什么却如此不在乎?唯有不在意,方能不在乎,一个人看不出来他之所求,这便有些麻烦了。"

这位王十三郎究竟想要些什么?这个问题压在范闲的心上,越来越重,越来越烦,他真的不喜欢这种忽然有个局外人跑来乱局的状况。

影子道:"那白痴也这样。"

范闲叹了口气说道:"等他杀了小箭兄再说吧。"

影子看了他一眼,知道这便是所谓投名状。范闲借这把刀杀人,不是为了看刀的成色,而是要看刀的心,如果王十三郎真是四顾剑的态度,燕小乙的儿子死于他之手,范闲就有大把的文章可做,信阳与东夷城的关系会出大问题。

"别人不知道王十三郎是四顾剑的关门弟子。"影子提醒道。

范闲道:"如果他杀了小箭,我会让全天下人知道他是四顾剑的关门弟子。"

影子沉默片刻:"你厉害……只是,这种好处或许并不足够。"

虽然整个庆国都已经习惯了往四顾剑的脑袋上戴黑锅,可现在四顾剑既然将自己的诚意分了一些给范闲,这些诚意如果只是用来挑拨信阳与东夷城的关系,未免有些可惜。范闲看了影子一眼,说道:"东夷城你比我熟,我听你的。"

"是。"影子回道,"五天内都是大雪天,适合箭攻,要小心一些。"

"黑骑离我们有多远?"

"十里地。"

范闲沉默了下来,在这样的大雪天里,一个用箭的高手远远缀着车队,实在是有些麻烦,好在有黑骑扫荡四周,对方不可能调动军队。要调军队来杀他，就必须将所有目标杀得干干净净，不留一点证据呈到宫中。而就算庆国最强悍的军队，也没有能力将五百黑骑杀得干干净净，不留活口。

"我不明白为什么会选在回京的路上袭击我，对方应该知道成功的可能性不大。燕小乙的儿子虽然年轻，但不至于如此自大才是。"

"我们可以去杀了他再来问话。"

范闲抬头望着族学大堂挂着灰网的梁，默然无语……这两三年里，他心神上最大的缺口便是那支箭，那把弓——燕小乙的弓箭。

直到两年后的今天，他依然能够清晰地感觉到皇城角楼里死亡的气息。

那支箭上附着的戾气，还会让他心悸。

先前族学外的那一箭来得太突然，太没有规律，范闲担心这是个局，试图将自己或者影子诱到雪林之中狙杀的局。

燕小乙今年也奉诏回京，院报说他还在路上，并未至京，可是谁知道……在路上是在哪条路上？是不是在自己回京的路上？

他胡乱扒拉着火盆里的炭火，心思早就飘到了村外的雪林之中。火盆里的火渐渐黯淡了下来，逐渐熄灭。

"早些睡吧。"

他在黑暗中叹了口气，起身紧了紧狐裘的领子，推开族学大门。风雪灌了进去来，让他的眼睛眯了眯，却没有一支箭射过来，反而让他有些淡淡的失望。

第二日，车队在颍州北上了官道，往京都继续进发。因为昨天晚上的事情，护卫工作更加严谨，六处的剑手们分出三人扮作冒雪前行的商人，以为斥候。一直在远处的五百黑骑也与车队拉近了距离，隐隐可听蹄声阵阵。

沿途有些身上带着江湖气息的人物，在茶馆中，在酒楼中，在客栈中，在驿站外注视着这列车队。监察院官员有些警惕，报与范闲知晓后，范闲只是点了点头，没有什么太大的反应。将将要出颍州之时，一位断了只胳膊的妇人恭恭敬敬地等在路旁，拦住了车队，求见大人。

范闲看着这位面相着实有些妩媚的妇人，微微一笑，妇人便进入车中。

妇人跪在车厢中，带着一丝敬畏、一丝恐惧说道："属下见过大人。"

范闲点点头，挥手说道："关妩媚，起来说话。"

"是。"这位当年在颍州出了名的女匪、夏栖飞的表妹站了起来，半佝着身子，才让自己的脑袋没有碰到车厢顶。

"有什么发现？"范闲揉着眉心问道。监察院的情报网络遍布天下，但如果要在市井中查人，还是不如江南水寨这种本来就深植民间的帮派——不论是哪家客栈接了什么客人，哪里的车行送了谁，江南水寨都可以摸个一清二楚。

关妩媚将这些天的情况汇报了一遍，然后道："那人拿着个大包袱，不过帮里的兄弟们跟不住他，前天在傅家坡没了踪迹，看去向应该是往京都。"

范闲心想，小箭兄果然是极强悍地一人来杀自己。

又略讲了几句，他便让关妩媚下了车。车队重新前行，如同影子观天象所得，后几日的天空依然不停飘着雪，雪花时大时小，渐欲迷人眼，惑人心。

终于一路平安地到了渭河上游的渭州。此地是南方进京前最后一处州治，城池不大，却十分繁华。只是朝廷归期早定，范闲的家业银箱还在大江渭河上，在沙州水师的保护下慢慢往京都去，他却不能再耽搁。

第二日他便出了渭州，此时他已经亮明了身份，向渭州方面调了一百人的州军，渭州方面生怕这位大人物出什么事情，当然是有求必应。

变大了的队伍往北行走一日，出了渭州境，入了京都治。

范闲站在马车上回头望去，只见后方的山岗上，戴着银色面具的荆戈正注视着自己。他点了点头，荆戈上马，一握右拳，五百黑骑就如同一把黑色的利刃，划破山岗的宁静，穿过这一片丘陵，准备归入四十里外的黑骑营地。

黑骑是皇帝陛下当年亲旨拨给陈萍萍的无敌亲军，为了保证监察院的超然地位以及平衡，严禁进入京都辖境之内。入一步则杀无赦，此乃铁律。

范闲时常在想，自己那位皇帝老子虽说自信到自恋的地步，连谁造反都可以当儿戏看，但只怕内心深处也有些隐隐忌惮老跛子。

虽然皇帝不会相信跛子会造反，但身为君王，他必须防范任何可能。

入了京都境内，官道渐阔，山林渐少，行人渐多，风雪渐息，积雪渐化，湿泥裹着马蹄，让车队的行进变得更加困难。

不过监察院众人的心却已经放松了下来，在京都左右，没人敢在光天化日之下进行狙杀。范闲是个很小心谨慎的人，也不例外，庆国开国以来，就算再有野心的势力，也没有谁敢在京都附近闹事。

一道山谷出现在眼前，白雪压着常青林，那些树枝咯吱作响，冰霜成龙。

范闲掀开厚重的布帘，看着那道山谷，发现山上没有什么石头，远处隐隐可见京都巨大的城郭，如同巨兽般令人窒息，不由展颜一笑。

——京都，终于回来了，小箭兄那极其无理的一箭，竟是让自己紧张了这么多天，看来心性修养确实还要加强才是。

忽然他的耳垂一颤，听到了前方山林里有利刃插入血肉的声音，那是影子动手的声音，然后他听到了一声弩枢扳动的声音。

范闲厉啸一声，伸手去抓身前的马夫，所有马车都随着这一声尖啸戛然而止！

一把巨大的弩箭破空而至，挟着呼啸的风雷声击中了范闲所在的马车。

车前马夫挣脱了范闲的手，挡在了范闲的面前！

范闲反应极快，那把长约人臂的弩箭依然狠狠地扎在了车夫的胸腹上，血花与内脏都被射得喷了出来，肝腑涂壁！

弩箭破体而出，将车夫的尸体钉在了范闲的身边。范闲面色阴沉，拍壁，咔嚓的一声，马车棉帘内迅疾降下了一道木板，将整个车厢封闭了起来。

紧接着，便听到无数声恐怖的、令人窒息的弩箭声在山谷里响起！

第十二章　山谷有雪

　　咻咻咻咻！一阵密密麻麻的声音，从马车的四面八方响了起来，这是弩箭射在车厢壁上的声音，也是勾魂夺魄的乐曲。

　　在这一瞬间，不知道有多少弩箭射向了范闲所在的马车，尤其是其中隐着的那支恐怖的强弩射出的箭，更是挟带着可怕的力量，直接射在了马车上！

　　轰的一声。

　　黑色马车无助地弹动了起来，被那一弩之威震得车辕尽裂，在乱石间跳动了一下，看上去就像是一只等着屠杀的青蛙。

　　范闲趴在车厢地板上，运转真气，消除巨大的冲击力，看着身旁的大洞，也不免有些骇然。巨弩威力太强，竟然射穿了一个洞，露出下面的山石残雪来。

　　监察院的特制马车坚固至极，内外两层木板之间夹着的是铁线棉与一层薄却坚硬的钢板，如果不是这种集合了内库丙坊与监察院三处集体智慧的马车，只怕在这一阵密集如冰雨的弩箭攻击下，他早就死了。

　　他竖着耳朵听着外面的弩箭呼啸之声，不清楚狙杀者如何识破了监察院的换车，但此时不是思考前因后果的时候，在这样短的时间内，狙杀者射向山谷的弩箭倾泻速度之快，竟是早已超过了战场上庆国军队攻打城池时的强度！

这是以攻一城的手段来杀自己一人？

如此强大的弩箭攻击，如此缜密的准备，让范闲感到了一股死亡的气息。

弩雨仍在纷飞，山谷中一片惨号马嘶之声，遇袭之初范闲发出的那声厉啸，已经通知了监察院的下属，六处那些剑手与官员见机极快地躲入了车中，可是留在外面的车夫与那些渭州遭来的州军便没有这么好的运气了。

弩箭狠狠地扎进了州军们的身体头颅，扎进了骏马的胸腹眼眶，穿刺着，撕扯着这些活生生的血肉之躯。

根本避无可避，一百余名州军在第一波的箭雨中就死了一大半，那些马更是惨嘶着倒在了雪地中，鲜血染遍了谷中的污雪，看着惨不忍睹。

到处是尸体，到处是箭支，到处是鲜血，到处是死亡。

那些马车成为监察院众人最后的堡垒，在弩风箭雨之中凄楚可怜地坚持着，如同汪洋里的一条船，随时有可能被巨浪吞没。只是十余息，马车车厢已经生出了无数黑色的弩箭，弩箭深入厢壁，扎入钢板，坚而不堕，看上去就像是一个棺材盒子，忽然长出了无数的霉毛。

山林里又传来几声令人牙酸的强弩上弦之声。

那些可怕的巨弩再次射了出来。

轰隆巨响里马车跳动了起来，然后向左方翻倒过去。

这是何等样巨大的力量。

范闲感觉身周的一切在瞬间颠倒了过来，强大的震动将他抛离了底厢板，一支尖锐的金属弩箭头已将车厢壁扎破，距离自己的胸腹只有半尺的距离。

好险，他看着那支全金属打造的弩箭和带出来的木屑钢片，知道顶不了太久。马车不能太重，所以设计的时候，两层木板里夹的只是一层极薄的钢板，毕竟三处的人们怎么也不会想到，敌人会在狙杀的时候动用守城的强弩！

他知道不能再坐以待毙，急促地呼吸了两口空气，趁着马车倾覆的那一刻，从先前的那个底部破洞里钻了出去。

山谷中的暗杀者没有想到他会找到这个出路，反应慢了一刻。

便是这一刻，范闲脚尖触地，不做停留，身子强行一转，在谷间的空地上划了几个怪异的线条，走着之字往山林里冲去。

嗖嗖嗖嗖，十余支细长却锋利的弩箭，狠狠地射进了他先前所在的地方，射在了倾倒马车的底板，射进了谷底的泥雪中！

危险还没有解除，范闲飞了起来，单手拍在地上的一块青石上，险之又险地避过了第二波射来的弩箭，青石碎，人踪灭，弩箭空！

当范闲的马车被强弩震翻过去，这些下属心忧他的安危，不顾先前范闲用啸声传达的命令，强行打开车门，用随身携带的弩箭向着山谷对射。但监察院官员用的是手弩，没有那些暗杀者的劲弩射程长，而六处剑手虽然被训练得有如黑夜里的杀神，但面临着这样急骤的弩雨也没有办法。不过数息，弩箭便将刚刚打开车门的监察院官员射成了刺猬。身法最快的那人，也不过是往范闲所在的马车处靠近了六步，便被三支弩箭钉在了地上。

范闲掠入山林之中，反手一扯，将身上的白色狐裘系在了自己的左腿上，取出一粒药丸吃下，然后脱去了自己的黑色官服，反穿在身上。

从马车出来时,连续三次摆动，却依然被一支弩箭射中了他的左大腿，虽然只是擦皮而过，却是火辣辣的痛。

狐裘有些软，用来系大腿上的伤口很合适。

合适反击。

他看到了山谷里那些下属的死亡，凄惨的场面，但他没有回头，便是神情都没有任何变化，因为只有平静，才能更有效地反击。

反击。

他一手自靴中抽出黑色的细长匕首，一手握住腰畔的剑柄，像一道幽灵似的消失在了树林里。

山谷两侧有雪林，先前影子的示警声在那边，所以他选择了相反的方向。

他信任影子的实力，不管那边的山林有多少人，影子都可以让那些弩手丧命，而这边的山林则由他亲自来做。

如此恐怖的弩雨必须停下来，不然山谷中的人全都毙命。

而只要弩雨一停，便给了马车中的监察院下属遁入山林的机会。范闲相信，六处的儿郎们一定会用手中的黑剑收割掉这些狙杀者的性命。

收割干净，一个不留。

雪林里传出几声急促的呼哨，很明显，敌人已经发现范闲遁入了雪林，正在调动人手试图围杀。没人敢轻视一位九品强者，这几声传递命令的呼哨显得有些慌乱，射向山谷中的弩箭也明显少了起来。因为狙杀者们清楚，他们的目标是范闲，如果范闲不死，他们所有人都要死。

搜索与狙杀在持续着，邻近山头的雪地中，一声踏雪的声音响起，一个持弩的汉子警惕地注视着四周。

雪地忽然裂开，一支黑色的匕首深深地刺入他的小腹。

那支匕首搅动了一下，便拔了出去，以让毒素发挥得更快一些。

那个汉子疼痛得绝望地低下头，看着身前那个全身白衣的年轻人，欲呼救，却被一道黑光割破了喉咙。鲜血嗞地一下喷出，他捂着喉咙，跪倒在雪地上，右手无力地一抠，手中的弩箭射向膝旁的雪地，强大的反震力让他的身体跳了一下，然后摔倒在雪地上，发出一声闷响。

范闲割开此人的喉咙后，便隐在了一棵树后，冷眼看着这人最后的举措，心中一寒，临死也不忘通知同伴敌情，庆国军队果然世间最强。

他已经杀了十几个人，身体有些疲惫，确认此次伏击自己的足足有两百多个弩手，而且还来了不少高手，自己都觉着有些吃力，影子那边仍然没有成功。

对方真是下了大本钱。

此时他已经穿破了两道狙杀线,来到了临近山头的地方,那几座威力强悍的守城弩便安置在这里。目的地在前,他不在乎那个军人临死前发出的警讯——潜行与暗杀其实比正面相搏更耗体力与精神,他决定换一种方式。

一阵细密的踩雪声在树林里响了起来,十余名弩手冲了过来,更多的人还在压制山谷,谁也没有想到,范闲竟然能够无声无息地突破两条防线,来到山顶。

雪仍然在飞,地上宛若突现一道雪线,一个雪影从树后闪了过来,借着树上雪花漫天落下之机,化成一道直线冲了过去,好快的速度!

这些弩手眼前一花,咽喉一凉,手中的弩箭胡乱地射了出去。

咄咄咄咄。

纵横交错,隐藏风险的弩箭之中,范闲一掠而出,左手的黑色细长匕首在这些弩手们的咽喉上划过,右手一反,拔出负在背后的那把长剑,直接斩了过去。

左手细柔入微,右手霸道纵横。

左方是一道黑色的线条,右手是一团光亮的色团。

弩箭纷飞,向着天空四野射出,射进密密的雪林树干里,在这黑色的线条勾勒下,光亮的色团浸染中,十余个弩手惨呼连连,纷纷倒毙于地,鲜血横流。

当的一声,范闲右手那把剑终于受阻。

他脚不沾地,疾掠而回,站于那人面前三步处,冷冷地看着对方。

对方双手执刀,虽有些畏惧,却依然强悍地直视着范闲的双眼,口中大喊了一声,以通知邻近的伙伴。

范闲依然不动,冷冷地看着他,然后吐了一个字:"咄!"

话音落处,他的黑色匕首已经射了出去,而他的人也奇快无比地跟着这把黑色匕首射了出去,就像是黑色匕首身后拖着的影子。

霎时,他便与黑色匕首一起到了那人面前。

被那个"咄"字稍乱心神,那人猛喝一声,双刀下斩,将黑色匕首斩落雪地。

范闲身子上提二尺,右手手腕一翻,长剑倒悬刺去!

那人疾退三步,双手握刀,硬扛住了这一剑。

当的一声脆响。

刀断。

那人哪里敌得住范闲剑上附着的霸道真气,喷出一口鲜血,但也成功地将范闲的这一剑撩了出去,给了自己一个活命的机会。

但范闲竟是连剑也弃了!他像个幽灵一样团身而上,扑入对方的中路,毫无花哨,却又是异常快速稳定地一掌拍在了对方的胸膛上。

咔嚓数声,那人胸骨寸寸断裂,双眼突出,惨死于雪地之上。范闲回身一掠,自雪地中拾起长剑匕首,飘入林间梢头,如惊鸿一般,不能再见。

三座形状古怪的守城弩安装在山顶处,下方有木盘与铁枢进行控制,上弦的拉索、机簧需要几个人合力才能完成,那一支支巨大的弩箭,就摆在旁边。

看着这幕画面,范闲不由心寒,果然……是城弩,不禁生出无数的疑惑与不安,可是监察院车队还在山谷被困,来不及思考更多。

山谷间的马车已经被击碎了两辆,监察院死伤惨重。他发现场间有三名七品之上的高手,但没丝毫犹豫,化作一只白色的大鸟扑了过去。

"放!"

守城弩旁明显是指挥者的那人忽然大声喝道。

放的不是守城弩,而是忽然由林下射出来的密集的箭雨!

这些狙杀者明显有准备,范闲人在半空,面对铺天盖地的箭雨似乎避无可避,然而所有人看到了一个令他们瞠目结舌的场景。

范闲一扯右手,将衣服翻了过来,遮住了自己的头脸,整个人像一颗石头一样,直接往地面上砸了过去!

他没有换气强行扭转方向，而是直接散了体内的真气，让自己如同一片落叶、一颗石头般随着大自然的规律落到地面！

这看似简单，但真气转换间的剧烈震荡，足以令世上绝大部分高手经脉寸断，也只有他这种先天怪物才能使用这种方法。

没人想到范闲能够就这样摔了下来，大部分弩箭都射向了天空，只有几支弩箭射中了他，却被他凭着监察院特制的官服与强横至极的霸道真气挡了下来。

他落到地面便倒了下来，像一只雪狐快速无比地沿着雪面滑行。弩箭射在了他身后的雪地中，密密麻麻插着，像是在为他壮行。

一把极快的刀落下，范闲手腕一翻，黑色的匕首像黑影般散开，在片刻之间，与那把刀对了十四下。

十四下叮叮当当的脆响，那个军人惨然退后，面色一阵青白，明显吃了暗亏，但终于成功地将范闲拦了下来。

范闲知道这人在军中一定有极重要的地位，而像这样的高手在山顶还有两人。

现在他需要的是时间，所以他没有出剑，而是直退，退到身后来袭者的怀里，反手叼腕，黑色匕首从腋下刺出。身后那人怪叫一声，弃刀合掌，不顾剧毒危险，将黑色匕首夹住。

只是范闲这一刺之力是何其巨大，匕首终是滑过掌缝，刺进对方的身体少许。

那人狂喝一声，一掌向范闲的后脑拍了下去，意图以命换命。

范闲没有回头，直接抽出匕首再刺。他就像是后脑长了眼睛一般，刀柄准确地直刺那人的眼窝。

那人横挡，将范闲的刀柄阻在眼前，一寸之地。

范闲大拇指一摁，刀柄刺出一截锋利的尖刃，刺穿了那人的手掌，紧接着刺穿了那人的眼球！

在北海畔就连肖恩都吃了范闲这一招的亏，更何况此人。

那人眼窝里血浆四溅,惨叫狂号,自知必死,却没有去捂眼睛,而是异常强悍地从后面抱住了范闲。他的左掌和眼珠上穿着范闲的匕首,他的右臂紧紧地扼住了范闲的咽喉。

这时前方那个军人也执刀斩了过来,快刀如电,直劈范闲的面门!

噌的一声,范闲从身后那人的眼窝里拔出匕首,又向着身前刺了过去。

哪里想到,那个军人竟也是存着以命换命的念头,暴喝一声,刀势不停,任由范闲的匕首插入了自己的右胸——看来这些军方的强者,就算拼着自己的性命,也是要将范闲的尸体留在这离京都并不遥远的山谷之中。

范闲的左臂依然直直地伸着,臂前握着匕首,手腕处的暗弩动了。

机簧声微微一响,今日用弩箭杀死了不少范闲属下的那个军人,赫然发现自己的双眼一黑,然后一阵剧痛传来,才知道自己眼中已插进了两支弩箭——两支秀气的黑色小箭插在那个军人的双眼中。

范闲带着身后那人往前踏了一步,将那个军人的刀锋错过,用自己的肩挡住了对方的右手,咔嚓一声,那个军人的手断了。接着他一抬脚,踹了出去。

一声闷响,那个军人被这夹杂着怨气与霸道的一脚踹得倒飞十丈,狠狠砸在了树干上,顿时腹开肠流,好不凄惨。

此时,第三个军方强者也终于杀到了。

范闲的脚还没有收回来,他一直就在这里等这人,所以直到此时他一直没有出剑。

他右手握住了探出肩头的剑柄。哧啦一声响,身后一直紧紧抱着他的那个强者双臂齐断!

如梅花绽开迎接风雪,如小舟于海中搏海,无一丝四顾茫然之意。

范闲一剑刺了过去。

剑锋轻轻颤抖,看似柔弱,实则倔强。

顾前不顾后,顾左不顾右,胜在一往无前。

正是范闲埋箱底的那一剑，也是他最强大的一剑，若不是到了最危险的一刻，他断然不会使出。

四顾剑。

剑锋穿过那个军中强者的咽喉，将他挑在了雪地的半空中。只见他双眼突出瞪着范闲，双手无力地瘫软着，一双弯刀落入雪中。

那双眼睛似乎在说话，在表达着自己的恐惧与不解，这样的一剑，怎么会来得如此无声无息？

忽然奇变再起。

范闲剑挑一人，身后缚一人，所立雪地之下居然又出一人！

一个灰色的身影从雪地里钻了出来，手持细剑刺向范闲！

这才是真正的杀手。

范闲在雪地里潜伏杀人无数，面对三个强者的围攻，着实有些心力交瘁，根本没有留意到这片雪地里的异样。这一刻他只来得及往前踏了一步，感到一丝火辣辣的疼痛从自己的腰一直传到了后颈处。

那一剑在他的后背上留了一长道凄惨的伤口。

剑意未止，冲天而起，划破了他系发的束带。

一直抱着范闲的那个强者失了双臂，已被震到了雪地上。范闲身后已经换成了那个在雪地里潜藏了许久的刺客。

他此时的精神体力已经衰竭至极，无法于瞬间调动起体内的霸道真气。

只来得及回头。

回眸。

散乱的乌黑长发甩出，柔弱无力地击打在最后这个刺客的脸颊上。

发落处，一根细针扎进那刺客的太阳穴上。

细细微微，颤颤抖抖，似乎一阵风都可能将这根针吹落。

那个刺客的身体僵了，对准范闲心脏的剑没有来得及刺出去。

范闲平掌，砍中刺客的咽喉，刺客后颈爆出一蓬血雨。

刺客的头颅往后一翻，只凭借着那根细细的椎骨悬挂在背后，血红恶心的腔口对着雪止了的碧天。

来不及喘气，范闲双脚一点，将身子缩成一团，奇快无比地向后退去。身体缩成一团之后，灰白色的监察院官服将他全身罩得无一漏洞。

场间弩声铮铮作响，有若西胡铁筝肃杀，却尽数射在了范闲的身边，他的身法实在太快，偶有几支弩箭射中，却无法穿体而过。

他掠至守城弩前，运起残余的霸道真气，反手掀了起来！

这需要多大的力量？

庞大的守城弩在空中翻滚着，砸到了旁边另外两架守城弩之上。

范闲剑尖一挑，正中弩机的簧弦，弩机已然上弦，绷到了最紧要的时刻。

王启年送来的天子之剑，果然锋利至极，剑锋过处，簧弦无由而断。

那些狙杀者怒吼着向范闲冲了过来，却忽视了守城弩的问题。

咯吱咯吱，一连串令人心神震慑的响声在雪山之顶响起，三声巨响，守城弩砸在了一起，顿时偏了方向，那支蓄力已久的全金属弩箭射了出去。

这根弩箭没有对准山谷，而是对准了地面，强大的反冲力，让守城弩跳动了起来，翻起半个人的高度，直接压在了追杀范闲的那群人身上。

碾过，一片血肉模糊，残肢断臂。

而被砸中的两架守城弩也无法再控弦于弩机之上，嗖嗖两声射了出来，弩箭去处毫无方向。两道锐光闪过，一支弩箭射中了一棵经年老寒树，树干哪里经得起如此强大的力量，树皮乱飞，硬木如豆腐一般划开，从中破开一个大洞，紧接着从这个洞的部位从中折断，轰然倒下。另一支弩箭造成的危害更是惊人，直接穿过了三个狙杀者的身体，将这三人扎在了雪地之上！

鲜血顺着那支恐怖的弩箭往雪地上流着，而被穿成肉串的那三个狙杀者却是不得马上咽气，呻吟不止，场间一时大乱。

趁着乱局，范闲再次隐入雪林中，伏在树枝上喘息不停，还要注意不要让背后的鲜血从雪树上落下去，以免惊动那些狙杀者。

如果此时再被一批弩手包围，重伤后的他也没有把握能够活下来。

好在他的任务已经完成，雪林间弩箭的密度也降低了许多，三个主事者的死亡更是让这些狙杀者感到了心寒和慌乱，加之那三架守城弩又失去了镇压作用，所以山谷里监察院的车队受到的压力顿时少了很多。

范闲听着对面山林的动静，知道影子已经扰乱了那座山头上的阵营。伏击者军心已乱，监察院六处的刺客们终于得到了发挥作用的机会。

监察院中人自然知道战机所在，早已冲出了马车，抽出了身旁的黑色铁钎，躲过那些已然变得稀疏的弩雨，沉默而愤怒地潜入了山林之中。

他们在车厢中早已反穿了黑色官服，像灰白色的幽灵一样，进入雪林，开始不惜一切地狙杀雪林里任何活着的生命。

一场预谋已久的伏击弩战，终于在范闲和影子这两个强者的疯狂攻击下，变成了山林里的近身狙杀战。

在这个世界上，没有谁比监察院六处的刺客更擅长狙杀。哪怕是天下最强大的庆国军队，在密林中、在近身的暗杀战中也不是六处的对手。

雪林中安静得很诡异，听着偶尔响起的弩机声、破雪声、铁扦入腹声、惨呼声……范闲清楚自己的属下已经占据了绝对的优势，正在报复性地屠杀伏击监察院的这两百个弩手，一直绷紧的心终于放松了下来。

没有活口。六处剑手们下手极狠，一个活口都没有留。当然不仅仅是这个缘故，在战局快要结束的时候，对方最后的二十几个弩手全都自杀了，一个不剩。

站在雪地上，范闲冷漠地看着地上那二十几具尸体，发现这些人的脸上并没有什么悲哀与惶恐，有的只是坚毅与忠诚。

庆国的军队果然世间最强。

这种纪律性与强悍，如果放在战场之上，该是怎样可怕的力量？

今天车队里一共有三十余名监察院官员，最后能够活着进入雪林的，只有二十来人，这二十来人杀死了一百多个弩手，也付出了不小的代价。雪谷两边的山林中，那些幽暗的石后树下，应该还躺着不少血已被冻的尸体。

范闲心神激荡，咳了两声，咳出些血来。

他缓缓转身望向地上的那个血人。

此人浑身是血，一只眼睛的眼珠子被匕首挑破了，就像瘪了的酒囊一样难看，双臂更是被整整齐齐地斩断——左手一个血洞，右手被霸道真气震成了断木。

正是先前三个高手中的一人，他从背后袭击范闲，临死之际还悍不畏死地抱住范闲，没想到最后却成为狙杀者中唯一的活口。

范闲抬起脚，踩在这人的脸上，踩了两下，让他醒了过来。

那血人缓缓苏醒，无神的目光往四处扫了扫，看见了范闲身周的那些监察院密探以及散落林间的兄弟们的尸身，一阵哀痛之后复又淡然，眼中忽然射出乞怜的表情，忍痛颤抖着说道："大人不要杀我，我什么都愿意……"

意是一个闭齿音。

范闲出手如电，将手指插入此人的嘴中，用力一扳，此人的下巴便被血淋淋地扳下了一截，再也无法合拢，连带着牙齿都落了几颗。

"不要想着自杀，你对我还有用……你如今手没了，嘴不能合了，你怎么以死尽忠呢？帮他止血，让他活着。"

他伸手在身旁积雪里擦去手上的血水，对身旁的下属吩咐道，然后缓缓地向着山下的雪谷走去，一路走，一路咯血，一路后背血水渐流。

洪常青跟在他的身后，想去扶他，却被他生气地甩开了手。

洪常青的运气不错，今天在弩雨之下没有死亡，只是左臂受了轻伤。但其余的人就没有这么好的运气，随范闲返京的亲信三十余人，死了将近一半。

沿途的监察院官员微微躬身行礼,这是对提司大人发自内心的尊敬。众人皆知,没有提司大人,今日监察院众人只怕是要全部死在这山谷中。

回到山谷里,范闲蹲在倾覆的马车旁,拉掉碎掉的车辕,瞥了一眼车厢中死去的车夫。他面色平静,不知道在想什么,拒绝了监察院下属为他治伤的请求。

为什么?这一切是为什么?哪方势力有这么大的胆子,竟敢在离京都如此之近的山谷进行伏击?谁能调动如此多的军方高手,甚至还连守城弩都搬了过来!

守城弩便是这次狙杀事件中的第二个疑点,狙杀者安置弩机需要时间,还会有很大的动静,为什么京都守备军竟是一点察觉也没有?而最让范闲心寒的是,从颍州到渭州,自己故布疑阵,让江南水寨放出去假风声,然后一路直进……要狙杀自己,这些军队断不敢在京都附近埋伏太久,他们怎能将自己回京的时间掐算得如此之准?

更可怕的是,离京都近了,范闲也没有放松警惕,隔三里的距离便放出了探子,为什么最开始得到回报却是一切正常?难道那探子就没有发现山谷中的异常?直到影子抢先示警……

无数的疑问涌上了范闲的心头,尤其是某方面的疑问更是让他浑身寒冷。

今天这个局与悬空庙的那个局完全不一样。

今天的局是死局。对方动用了如此强大的力量,做了如此缜密的准备,毫无疑问就是要杀死自己。如果是长公主授意燕小乙动手,那定然是京都已经发生了大变,对方才会如此肆无忌惮,敢于无视皇帝的存在……可是如果京都真的出现了动乱,宫里无法传出消息来,那你呢?

范闲阴沉地想着,那你呢?

"大人,该下决断了。"一名启年小组成员满脸干涸的鲜血,在范闲耳边轻声说着。启年小组的人跟着范闲时间最长,说话也比较直接,他继续沉声问道,"咱们是退回渭州,先与京都方面取得联系,还是直接进入京都?"

范闲看了一眼四周受伤不轻的下属,知道自己必须要马上做出决断。

如果京都真的大乱,自己这一行人回京便是送死。他沉默许久,忽而抬起头来,看着远方隐隐可见的京都城郭,冷漠而强悍地命令道:"发烟火令。"

"是。"

一道烟火箭从雪谷之中冲天而起,带着尖锐的呼啸,带着耀眼的光芒,把这大雪天、黯淡日都掩了下去。

这是监察院一级危险求援的信号,庆国军方与监察院系统用的都是这种信号。范闲也不清楚,待会儿进山谷接应自己的究竟是军方还是监察院的人。

他希望是前者。

不知道过了多久,一阵急如骤雨的马蹄声从山谷外传来,约莫两百名骑兵驶入山谷,甲胄光鲜,刀枪在侧,肃然十足,却连旗帜也没有来得及打。

在范闲与监察院众人眼中,不打旗帜便有些诡异了。

刚刚经历了一场血腥暗杀,此时谁都不值得相信。

领头的那位将领是个三十岁左右的中年人,面相肃然,一把短须在颔下飘扬,腰畔配着宝剑,表情肃然之中带着几分不解。

待他看到这满山满谷的尸体与马尸,还有那些到处倾覆着的马车和深入石缝里的弩箭,这位将领肃然的表情变成了震惊与隐怒。

将领手握右拳往上一挥,高声喝道:"戒备!"

他身后的两百骑兵顿时警惕起来,注视着山谷里的一切。

那人来到马车旁,翻身下马,手握长剑,沉声问道:"你没事吧?"

范闲面无表情地望着他说道:"你看呢?"

"什么人动的手?"将领满脸寒霜。

范闲忽然开口道："我可没想到来的人是你。京都守备师这么缺人？居然惊动了你这位大统领来救人。"

来人正是秦家二子，如今的京都守备秦恒。

"这是监察院的一级求援令。满京都的人都知道你快回来了，当然猜到是你……我都快吓死了，怎么敢不来？"

秦恒看见范闲活着，还能说话，知道敌人肯定已经肃清，这才放下心来，叹道："如果你死了，我们京都守备不知道多少人要为你陪葬。"

其实看见秦恒入谷的那一瞬间，范闲就放松了下来，秦家既然还掌握着京都守备师，就说明皇帝还在掌握着大局，京都应该没出什么乱子。

但他仍然问道："京都没事吧？"

秦恒明白他担心的是什么，摇头道："风平浪静。"

范闲若有所思地说道："那……便真是奇怪了。"

秦恒明白他的意思，如果京都风平浪静，谁敢冒着天子大怒的危险，去暗杀一位龙种？

范闲将先前那场伏杀简略地向秦恒讲了一遍，秦恒听得心惊胆战，道："这些人真是狼子野心不死。"

范闲望着他忽然问道："你是管京都守备的，离京都这么近的山谷里，居然埋着如此一支强兵……你怎么解释？"

"无法解释。"秦恒直接说道，"这是我们的问题。"

范闲点点头。

秦恒叹道："这些人下手真狠，你的属下都死光了？"

"没有。"范闲道，"我的属下都在等你。"

雪谷两侧的山林里缓缓走出十几个监察院的密探，手中都拿着手弩，平静而冷漠地对着秦恒以及山谷间正在负责清理尸体的京都守备部队。

秦恒脸色一变问道："怎么，不相信我？"

"你觉得我现在还能相信谁？"范闲嘲弄道。

秦恒无奈地说道："如果你觉得用这些小弩对着我，能让你放心些，你就这么做吧。要不然我先陪你返京，你可能会觉得安全许多，这山谷里的清理工作交给京都守备来做，这本来就是我们的事。如果真如你所说，这事有军方的势力插手，相信我，我们老秦家一定会帮你讨这个公平。"

范闲摇了摇头，说道："不用了，我们一起走，这些尸体我要留着。"

秦恒知道他平静的面容下隐藏着何等样的怒火，便点了点头，又看着范闲脚下那个奄奄一息的血人，问道："这个活口呢？陛下应该会亲自审问。"

范闲面无表情地回道："这山谷里所有的死人是我的，活人也是我的。"

州军的尸体暂时无法理会，先将监察院殉职的官员抬了出来，又从两侧的山林间，将那些狙杀者的尸体也放在了一处。

范闲看了一眼那些伏击者的尸体，轻声说道："自家兄弟的遗体要照看好了，至于这些人……拖这么多尸体做什么？把脑袋都给我砍下来，带回京去。"

洪常青在一旁高声领命。

秦恒在一旁看着这一幕，微微一皱眉，如果不出意外，这些人生前也都是军中儿郎，虽然因为朝中倾轧的缘故成了谋杀朝廷钦差的凶手，死不足惜，可范闲这样屈辱尸体，让这位少壮将领心里感到有些不舒服。

范闲根本不理会秦恒的感受，静静地看着下属在那里砍人头。

一切收拾完毕，山谷里剩余的尸体、马尸、破车，自然有人进行处理。

二百京都守备骑兵一半下马，小心地将监察院官员的遗体抬到马上，又让那些受了伤的监察院官员坐上了马。这全部是秦恒的决定，他知道在这个当口，必须想尽一切办法平复范闲的怒气，安抚监察院的怒意。

监察院与军方向来关系密切，情谊久远，但因为这小山谷的一战或将出现一道永远难以弥合的伤口。

待范闲上了马之后，秦恒也翻身上马，低声说道："你想过没有，如果真是军方要对你不利……我这时候完全可以将你们全部杀了。"

此时监察院官员们弩箭已收,全是劫后重伤之身,秦恒带着二百骑兵,确实有说这个话的底气。范闲却是看也没有看他一眼。

二人身后是那些驮着监察院官员遗体的马匹,忽然一匹马上的尸体弹了起来,那具尸体像一道幽灵般地掠过了三匹马间的距离,飘到了秦恒的身后,坐在了他的马上,紧贴着他的胸背,如此亲密……就像是他的影子一样。

秦恒大惊失色,腰畔的长剑却只来得及抽出一半,却发现身后那个人在自己的后颈上轻轻吹了一口气——很冰寒。

影子扮成了一个很普通的密探,身上穿着件灰白的衣裳,头颅低垂,似乎在打瞌睡。秦恒沉默了,收剑回鞘,看了范闲一眼。

范闲没有看他,双眼微眯地看着远方的京都。

第十三章 枢密院前,大好头颅

城门那边黑洞洞。

城门那边冷清清。

城门那边早已清空,京都民众被拦在警戒线之外,满脸震惊地看着南来的这一行队伍,看着这些人身上带着的血,看着那些马上伏着的尸体,看着挺直背、骑在第一匹高头大马上的年轻大人。

一片哗然!

睽违京都一年之久的小范大人终于回京了,但谁也没有想到,随着他一起回来的竟是这么多的尸体,还有一辆破烂不堪,随时都会散架的黑色马车。

百姓们震惊无比,议论不停,心想一定是小范大人在回京途中有着什么凶险的遭遇,却没有人想到,所谓凶险其实就发生在安乐繁华的京师附近。

京都守备师的军士们沉默地牵着马,在队伍的两侧进行着护卫。

百姓们确认了不是朝廷缉拿小范大人,都纷纷猜想起来,联想到范闲惊天动地的身世,联想到过往一年间的传言,联想到内库这些敏感的词语,与此同时他们也想到了,肯定是朝廷内部有些人想对小范大人不利。

江南发生的一系列事情影响了一些声誉,但在京都他依然拥有着极

277

高的声望,春闱案、独一处、殿前诗、北齐行,在京都人心中,他是最大的骄傲与朝廷最后的良心。

"小范大人!"

"小范大人!"

百姓们看着带伤的范闲,不知道该如何表达自己的关心与支持,也不知道该如何请安,只好隔着老远的距离高声喊着,呼喊声此起彼伏。

秦恒侧脸看了他一眼,眼神微有异样,很快又回复了平静。

范闲望着那边黑压压的人群,微微点头,面色稍柔。

有些胆小的百姓忽然尖声叫了起来,对着马队指指点点。

范闲不用回头,也知道是什么震慑了百姓们的心神。

他的马匹后方拖着一块从马车上拆下来的门板,门板上绑着一个奄奄一息的血人,这个血人身上的血已经止住了,先前流出来的鲜血已经变作了乌黑的颜色,将他的衣服与身体粘在了一起。更为恐怖的是,这人的两只手臂已经齐肩断了,只剩下两个血口,一只眼珠子沾着血浆子瘪了下去。

两只被砍下来的手臂,被人用布条胡乱系在门板的边缘。

这正是雪谷狙杀中,唯一活下来的那个活口。

范闲面无表情,一挥手中马鞭,当先驰入城门。

穿过阴暗的城门洞,便见京都深冬雪景,范闲深深吸了一口气。

几十名穿着黑色莲衣官服的监察院官员迎了上来,一人沉默地牵住了范闲的马缰,其余的人去后方接应那些重伤的同僚。

牵住他缰绳的那位官员面色黝黑,难过地说道:"下官失职。"他看了范闲身边的秦恒一眼,又补充了一句,"烟火令后,城门暂时关了,所以未及出城接应。"

范闲有些疲惫地回道:"沐铁不要自责,这和你没有什么关系。"他接着叫道,"沐风儿!"

沐风儿赶紧从后方跑了过来,老老实实地站在马旁,他的脸上也浮现着愤怒与不安的神色："沐风儿在。"

范闲微微低头道："你带人将这些兄弟带去养伤，安葬的事情明日再说。"

"是。"沐风儿领命而去。

范闲对沐铁道："你带人跟我去一个地方。"

沐铁疑惑，心想大人受伤严重，想必宫中不会急着召见，可这是急着要去哪里？又知道在当下这种时刻是断不能问的，只有低头领命，他同时做了一个手势。

范闲看了秦恒一眼，问道："入京之后，还有人敢杀我吗？"

秦恒想了想，回道："没有。"

范闲又反问道："那你为什么还要跟着我？"

秦恒为难地说道："我怕你要杀人。"

范闲沉默了一会儿，对他说道："今天我不杀人，因为我还不清楚该杀哪个人。"

随范闲归京的监察院官员们被接走疗伤，他身后换成了一处的官员密探，就这样安静肃然地往京都深处走着，不一时便来到了天河大道上。

队伍的后方还是拖着那辆快散架的马车、那个门板和那个惨不忍睹的血人。

一路行来，尽数落在了京都百姓的眼里，道路两旁围观的人群越来越多，不时传来抽冷气的声响。市井间早已传开，小范大人奉旨归京述职，不料于京外遇强贼伏袭，监察院死伤惨重，小范大人险些身死。

自十四年前的那个流血夜后，京都再也没有发生过这样血腥的事件。

范闲笔直地坐在马上往前行走，不断有监察院的人从街巷各处汇拢到队伍里，队伍越来越长，依然一派沉默肃杀。

没有人敢低估监察院与范闲的魄力与狠戾。

看着这一幕，众人各自心寒，不知道是不是京都里马上就会血流成河。

京中的监察院官员大部分属一处，也不用怎么发动，一处密探们都行动了起来，有的加入了队伍，有的开始暗中查办，同时已通知各府潜着的钉子。

范闲忽然一拉缰绳，停住了马匹，回头看了一眼下属们，微微皱眉说道："这里有近两百人，我们一处拢共才三百一十个，你们不办别的事了？"

沐铁心想，今天这阵势看样子是要去杀人报仇，人带少了怎么能行？在京都当街杀人，就算再有理由，只怕最后也要惨遭镇压，一处所有人是将自己的身家性命全部都押在了范闲的身上。他咬牙回道："全听大人安排。"

范闲闭目想了会儿："不要再来人了，我不是去杀人的。"

一直跟在他近处的秦恒听着这句话，心头一颤。

然后这一队人继续开动，在京都百姓惊骇的目光注视下，沿着平日里安静的天河大道，伴着那两侧的流水，缓缓向着远处的皇宫行去。

言冰云站在窗口，隔着玻璃窗看着楼下的道路，看着路上那一队杀气腾腾却又沉默无声的队伍，民众已经被京都府的衙役们驱散，天河大道上愈见孤寂。

他看着骑马行于最前方的那个人，叹息了一声。

一名下属叩门而入，跪在地下禀告道："已派人通知陈园，警备提至一级，六处全面启动，已控制枢密院附近街巷。"

"让二处扔下手头不紧要的活儿，全力彻查山谷伏袭之事。"言冰云没有回头，隔窗看着路上的范闲。

那名下属领命,抬起头来问道："提司大人正往那边去，要不要接应？"

言冰云思考片刻后说道："准备一下，如果大人真的动了手……"他神情微微一动，旋即苦笑道，"放心吧，大人不会动手的，他比我们还能忍。"

那名下属愕然抬头，看着言冰云，心想提司大人遇袭，小言公子怎么如此镇定自若？居然不急着出院迎接提司大人或者是阻止提司大人？

在皇宫与灰黑色的监察院之间还有一座建筑，上有苍龙盘踞，下有石狮守门，衙门大敞，石阶其下，看上去威武莫名。

范闲沉默地骑着马向那座建筑前进。

他身后拖着的那个门板，在天河大路尽头的石坎上颠了一下，终于承受不住断开了。血人的脚还被束在马尾上，在地面上一弹，重新又被拖动，那双断臂却落在了地上，然后被监察院官员捡了起来。

那个血人被颠醒了，发出难受的呻吟声。

他被范闲的马拖着行走，血水再次迸出，在雪地上拖出了一条长长的线。

血线。

血线尽头便是那座建筑。

范闲看着石阶上的那个建筑，看着石阶两旁威武莫名的石狮，默然无语。往年在京都，因为皇帝的压力，自己刻意与军方拉开了距离，竟是第一次来这里。

这里就是当年的兵部，新政里改称军部，如今又恢复古称枢密院的地方。

枢密院奉陛下之命，控制着庆国所有的军力调动，负责一应对外征战之事。在这数十年的战争中不知涌现出了多少名将，庆国获取了无数土地与财富。

庆国的军队是天下最强的军队。

枢密院便是其象征。

枢密院里的人们早在范闲入城的时候，就知道了这个令人震惊的消息，待知道范闲一行人是往枢密院来时，所有人都感到了诧异与不安，不少军官赶快跑出枢密院，站在台阶上，情绪复杂地看着范闲这一行人。

范闲安静地坐在马上，也不下马，只是看着石阶上那扇紧闭的大门。

大门缓缓拉开，五六位枢密院大臣急步走了下来，在他们的身后，枢密院的兵士们也握紧了刀枪，警惕地盯着衙门口的这群监察院黑衣人。

场面有些紧张。

范闲认出迎自己的是枢密院两位副使以及三房副承旨。如今秦家老爷子一向称病在家，枢密院管事的便是这几位高官了。他一挥马鞭，止住那位枢密院右副使开口，不给对方表达关心、愤怒、紧张、怜惜之类任何话语的机会。

"我知道你们当中有很多人不想我回京都，至少是不想我活着回京都。"他神情平静地说道，"但我还是回来了。"

枢密院右副使欲言又止，转而又看着范闲坐骑拖着的那个血人。他这辈子都在战场上浴血，不知看过多少惨景，此时只是微微皱了皱眉。

范闲说道："本官于京都郊外遇袭，这想必各位大人都知道了。"

枢密院右副使甫始开口："实在令人震惊……"

不等他把话说完，范闲截道："想杀本官的人是谁本官不理会，本官只知道……是你们的人。"

你们的人。

这便把话定下了基调！

枢密院右副使微惊，皱眉反驳道："范提司遇袭，我等同僚无不愤怒，只是事件未清，还请不要……"

"何必解释什么呢？你们认识我拖的这个人吗？"范闲轻轻抚摩着光滑的马鞭，"当然，哪怕他一定是军中某位大人物的亲随将军，你们也不认识。这个人是今天唯一一个活口，一个很好的军人，可惜了。"

范闲叹了口气，反手一鞭挥下。鞭梢极长，啪的一声抽在了身后雪地上那血人的脸上。只是那人早已奄奄一息，根本没有什么反应。

军人自有其气息，而且枢密院中人早已从京都守备处知晓，此次伏袭范闲的人居然用上了守城弩，如此一来，军方肯定脱离不了干系。

枢密院众人满心考虑的是要如何面对监察院的怒火、陈萍萍的恐怖、陛下的震怒，范闲这一鞭明显是在羞辱军方，但他们也只能面色微变。

枢密院正门处又缓缓走出一人，此人身材并不如何高大，显得格外强悍，尤其是那双眸子神光内敛，又隐含锋锐，一脸肃容，身后负着一把长弓，紫色服饰表明是位极品大臣。这不是回京述职的征北大都督燕小乙，又是何人！

范闲却是看也没有看燕小乙一眼，又是反手一鞭打在了地上那个血人的脸上，在对方本就已经惨不忍睹的脸上再留下了一道恐怖的伤痕。

紧接着鞭尖一飞，将这个人卷了起来。

刀光一闪，系在马尾后的绳索立断。

那个血人直直飞了起来，越过石阶下的兵士，重重摔到枢密院门前的雪地上，砸起一片雪花，一片血花。

正好摔落在燕小乙的身前。

燕小乙低头看了那个血人一眼，不知道眼神有没有变化。

范闲一抬右手。

沐铁抽出身旁配刀，走到唯一残存下来的马车旁，双手握刀用力砍了下去。刀光一落，马车厢再也承不住力了，半边车厢壁轰然塌垮。

无数个圆滚滚的物件从马车里滚了出来，滚过散乱的木板、洁白的积雪，滚到了枢密院的石狮之下，去势难止，渐渐堆高，将石狮一侧淹没了一半。

是人头。

无数颗人头堆积在马车与石狮之间。

那些人头带着污血，眼睛或睁或闭，就这样淹没了枢密院威武石狮的胸口。

"伏击我的军中二百壮士尽数在此。"范闲用马鞭指着石阶上的庆国军方大佬们，"活人，我给了你们，死人，我也给了你们，你们也要给我一些东西。"然后他望向燕小乙，面无表情地问道，"令公子可好？"

燕小乙抬头，眼中精芒乍现。

范闲望向那两百个人头，牵扯了一下嘴唇，微微一嘲地说道："大好头颅啊……"

谁都能听得出来这两句话所包含的意思和怨毒的意味，燕小乙站在石阶上盯着范闲的双眼，似乎想用自己的目光冷冷地钉死对方。但他清楚自己不可能在京都里杀死范闲，这是很悲哀的一个事实，就算面前这个骑在马上的小白脸如此诅咒自己的儿子，当着整个京都人的面威胁，不，是恐吓自己，他也不能提前做什么。

因为自己是猎户的儿子，而对方是陛下的儿子。

燕小乙与军方其他的大人物不同，他不是秦、叶那种世家，也不是大皇子那种天潢贵胄，虽然有长公主做靠山，但实际上他在军中爬升靠的还是自己的实力。如今的荣耀、征北大都督的崇高地位，都是这么些年在北方在西方在南方，拼着性命打将出来的。他的箭下从无一合之敌，他的军队正前方从无能坚守三日之师，他为庆国朝廷立下无数功勋，这才有了今天。

所以即便陛下明知道他与长公主过往甚密，却依然信任有加，恩宠非常，甚至前些年让他担任着宫中的禁军大统领。

这一切是因为什么？就是因为燕小乙有一颗坚毅而强大的心。

身为九品上超强高手，在整个庆国军方只有叶重，或者是老秦家藏在深处的隐秘人物可以与他抗衡。所以燕小乙这一生从未畏惧过什么，甚至有时还会想到，就算是大宗师……能不能逃得过自己的箭？

他何尝会惧怕一个年轻人？就算这个年轻人靠着父母获得了莫大名声、莫大权势，就算这个年轻人看似不凡，但……你不要来撩拨我！

他盯着范闲，两束目光有如身后负着的惊天箭，似乎在警告范闲，如果自己愿意，随时都可以将你杀死，哪怕你身份特殊，可有些事情还是不要做的好。

范闲凛然不惧，静静回视对方。

他不知道这次山谷伏击是不是燕小乙做的——虽然这件事情长公主有最大的嫌疑，但某些疑点让他无法确切判断。可他依然要这般说话。因为燕小乙终有一天是要来杀自己的，既然如此，他不需要考虑别的太多东西。

不管是不是燕小乙做的，他都必须做出某些令天下震惊的事情，以此警告那些暗中打主意的人：要想杀我，就要掂量一下能不能付得起这些代价！

枢密院石狮前的二百大好头颅，便是明证。

枢密院石阶上下似乎被一股寒冷的空气凝结住了。

燕小乙傲立于石阶上，范闲直坐于马背上，两个人的目光刚好平齐，目光中所挟着的杀气是那样的令人难受。便是四周充溢着的血腥味，石狮下头颅散发的恶臭，似乎都害怕了这二人对视的目光，避散开去。

有人轻轻咳了一声。

秦恒牵马走到石阶旁，低声对枢密院右副使告了个歉，便直起了身子，对着燕小乙温和地微笑道："见过大都督。"

他恰好挡住了范闲与燕小乙的目光对峙，缓和了一触即发的冲突。

燕小乙缓缓收回刺人的目光，说道："小侯爷好，请代末将向老大人请安。"

他说的老大人，自然是那位一直病居府中的秦老爷子。以燕小乙征北大都督之尊，在那位军方柱石秦老爷子面前也只有自称末将的份儿。

秦恒出来缓和，燕小乙必须给这个面子，但范闲不用给，他低着头，玩着手中的马鞭，道："你挡着我与燕大都督了。"

秦恒哑然之后复又愕然，他不明白范闲是怎么想的，难道他准备在枢密院的门口向燕小乙挑战？举世皆知，范闲与海棠齐名，是庆国年轻一代中公认的第一高手，可是……面对燕小乙，依然没有人会看好他。

更何况这两个人的身份特殊，怎能在这里大打出手？

秦恒压低声音说道："你刚受伤。"

范闲的表情平静，秦恒却非常紧张。

京都所有人在知道今天伏击的消息之后，最害怕的就是这种情况。

大家都害怕范闲发疯。

如果陈萍萍院长大人是一只老黑狗，范闲自然是只小黑狗，小黑狗被人狠狠捅了一刀子，发起疯来，可是会不分敌我胡乱去咬的。满朝文武害怕的就是范闲在愤怒之余大动干戈，动摇了整个庆国根基。

范闲听着秦恒的问话，回道："我只是想请教一些问题。以礼待，以德还；以剑赠，以刀报①。燕大都督，是不是这个道理？"

众人听着刀剑之语，以为他马上就要发疯，都做好了迎战的准备，所有校官将军都握住了刀柄。枢密院里多的是参谋军官，但毕竟是庆军数十年来的精气神所在，今日莫名被范闲欺上门，怎会一直忍下去。

燕小乙入京可带一百亲兵，此时这一百亲兵也早已到了枢密院的侧门廊下，警惕地注视着枢密院前的这一百多名监察院官员。

自北境归来的军士面上多有风霜之色，早已被燕小乙打造成了一支铁军，只是与秦叶两家诸路边军不同的是，这一百多名亲兵身上都带着弓箭——庆国京都禁弩不禁弓，这是尚武的皇族所体现出的自信。

双方对峙，秦恒却放下心来，如果先前范闲用言语挤对住燕小乙，向其发起决斗的邀请，只要燕小乙同意，就算是陛下也无法阻止，双方定然是你死我活之局。可是此时成了监察院与军方的冲突，他便知道这场仗打不起来了。京都有无数双眼睛都看着这里，不论是陛下还是朝中的大臣都不可能看着出事。

果不其然，远处传来叫喊之声，马蹄微乱。

一队禁军驰马而至，枢密院与皇宫不远，禁军的反应明显慢了。明眼人都清楚，这是陛下特意留下些时间，让范闲发泄一下心头的怒气。

禁军代表着皇帝的威严，无人敢藐视，至少在表面上。所以当禁军

---

① 此句由书友提供。

列队穿插，把监察院众人与枢密院兵士分割开来时，没有人敢有任何表示。

更何况今天是大皇子亲自领兵。

大皇子是当年征西大帅，与军方关系密切，而人人皆知现在他与范闲的关系也很密切。众人同时舒了一口气，深觉陛下英明，这个人选实在是太合适了。

大皇子来到范闲的身边，面上的担忧之色一显即隐，微微点头示意，没有说什么废话，开口直接说道："父皇知道这事了，你先回府养伤吧。"

范闲似笑非笑地看了他一眼，他自然是要走的，总不可能在这里与枢密院真的大杀一番，只是他要等的人还没有来齐。

不一时，三个黄门小太监气喘吁吁地从人群外跑了过来，传达了陛下的口谕，表示了对行江南路全权钦差大人遇刺一事的震惊及慰问，对京都守备进行了严厉的批评，对枢密院做出暗中的提醒与震慑，命小范大人立即回府养伤，待朝廷查明此事，再作定断。

再一时，两位文臣也气喘吁吁地跑了过来，正是舒大学士与胡大学士，这二位门下中书的极品大臣，表示了对范闲的安慰以及对凶徒的无比愤怒。

舒芜是老熟人，但范闲还是第一次看到胡大学士的模样，发现他比自己想象的还要年轻一些，顶多四十余岁。他坐在马上沉默少许，对大皇子道："你明白我的，这第一轮的面子够了，我暂时不会发疯。"

大皇子点头道："我送你。"

范闲一牵马缰，在天河大道上打转，将马鞭转交左手，抬起左手臂直指枢密院石阶上的军方众人，挥了挥，没有再说什么话。

枢密院军方众人觉得这远远的一鞭，似乎是抽打在自己的脸上。

大皇子问了问具体情况便离了范府。范闲知道他是要急着回宫接受皇帝的询问，却也不想提醒太多，因为所经历的前前后后，他自己都还存有许多疑虑。

宫里派了三位太医到范府，范闲却不用他们，只让三处的师兄弟为自己上药疗伤。余毒几日后便能祛尽，后背处那道惨重的伤口却不知道要将养多少天。

躺在自家温暖的床上，他的身体与心神才终于完全放松下来，顿时感觉到难以抵挡的疲惫，纵使身后还火辣辣地痛着，依然抱着枕头沉沉地睡了过去。

醒来时，天色已黑，一个丫鬟出门去端了碗用热水温着的米粥进来，一直守在床边的范建接过米粥，扶着范闲坐起，用调羹舀了细细吹着，缓缓喂着。

范闲吃了一口，抿了抿有些发干的嘴唇，望着身边正小心翼翼地舀着粥的父亲，发现一年不见，父亲的白发更多，皱纹愈深，一时竟有些酸楚。

"让您担心了。"

范建端着粥碗叹道："当年你要入监察院，我就对你说过，日后一定会有问题，不过……既然问题已经出现了，再说这些也没有什么必要。"

范闲沉默片刻后说道："我有许多事情想不明白。"

范建目光温和地看着他说道："说来听听。"

范闲将心中疑问全部讲给父亲听了，希望能从这位看似不显山不露水，实则根基牢固，手法老到，便是陛下也无法逼退的父亲大人给自己一些提醒。

"既然断定是军方，那就可以分析一下。"范建将粥碗放到桌子上，"除京都防御外，我庆国共计五路边兵，七路州军，以边兵实力最为强横，叶家定州其一，秦家其一，沧州在燕小乙的控制之中，还有南诏线上一支。州军实力基本可以忽略不计，但五路边兵其实分野并不清楚，便如叶秦两家，门生故旧遍布军中，在各处都有一定的影响力。"他稍微停顿了一下，又接着说道，"当初大皇子征西，便是从五路边兵中抽调将兵而成大军，战事一结，便又归兵于各边镇。"

范闲想了想问道："这是陛下的手段？"

"不错，这些将领因为征西被提拔，便等若是皇族的手脚，却不是叶秦二家能指使得动的。如此一来，五路边军便没有哪一家可以单独控制。"

很奇妙，遇着范闲遇刺如此大事，父子二人并没有太多的感叹与愤怒，只是冷静地分析着情况。

"京都城外四十里方圆内都是守备师的辖境，辖两万人。城内有禁军一万人，还有十三城门司，看似不起眼，但直受陛下旨意控制京都城门，也是紧要衙门。至于宫中，虽说我朝惯例禁军大统领兼管大内侍卫，但实际上除了宫典这一任做到之外，其余的时候侍卫都是由那位公公管着。"

那位公公自然就是洪公公……范闲忽然从父亲的这句话里听到了一个很怪异的地方——只有宫典真正做到了兼管禁军与大内侍卫。他有些意外地问道："宫典……竟是如此深得陛下信任？"

范闲与皇宫侍卫第一次打交道，就是在庆庙门前与宫典对的那一掌，他比谁都清楚，悬空庙之险情，很大一部分起因就是陛下想将叶家的势力驱出京都，把宫典从禁军统领这个位置上赶下来。可是按照父亲的说法，宫典，或者说叶家当年得到的信任如此之深，那皇帝为什么要硬生生地把叶家推到二皇子一边？

他隐隐觉得自己似乎抓住了某个重要的问题，却始终想不分明。

范建轻声说道："不要想得太复杂，陛下虽然神算过人，但也不至于在京都防卫上玩手脚……至于为什么要将叶家赶出去，我想我能猜到一点。"

范闲认真地问道："父亲，是什么原因？"

范建笑了起来，扶着他轻轻躺下，说道："不要忘了你母亲也姓叶……当年她初入京都时就曾经打过叶重一顿，五竹还和叶流云战过一场，就算你们两家间没有什么关系，陛下只怕也会担心某些事情。悬空庙遇刺前，陛下还不如今日这般信任你，但已准备重用你，自然要预防某些情况的发生。"

范闲一怔，旋即叹息起来，帝王心术果然……只是这样的人生会有什么意思呢？但他没有想到，父亲再厉害终究也有想错的时候。

"我和叶家可没有情分。"这时，他想起那个眼睛如宝石般明亮的姑娘。

"现在没有，不代表将来没有。"范建一挑眉头说道，"我感兴趣的是陛下为什么会如此防范你。"

范闲沉默了许久，低声问道："您看这次会不会是……皇上安排的？"

于京都郊外调动军方杀人，甚至连城弩都用了，自己身为监察院提司、掌管天下情报，竟是一点准备都没有！每每想到这些，范闲总觉得山谷伏击绝不仅仅是长公主一方的疯狂，而应该隐藏着更深的东西。在他的怀疑名单当中，皇帝自然排在第一位，至于排在第二位的……

"不是陛下。他现在疼你宠你还来不及，怎么会杀你……除非他要死了。"范建的声音有些幽冷。

"能同时让京都守备与监察院都失去效力……除了陛下谁能有这个力量？"范闲自言自语，又摇了摇头。

范建却微笑着反问道："你应该在猜测什么，不然为什么从枢密院回来时，没有进你自己的院子看看？"

"不可能。"范闲说了三个字，马上咳了起来，似乎连他的内伤都知道他不相信自己的判断，心情激荡之下，难免有些反应。

但他依然觉得不可能，自己自幼便跟随费先生学习生物毒药入门及浅讲，学习监察院里的规章与部门组成，学习监察院的处事手法和杀人技巧，从很小的时候，他的生活便和庆国官员百姓们最害怕的监察院紧密地联系在了一起。

在别人眼中他是个小孩，顶多是有些天才气质的小孩，但他早就明白，自己将来的人生肯定会与监察院一道同行。

入京后提司腰牌的现世，更让范闲明白了老人们的良苦用心。对方是想将监察院交给自己或者说是还给自己，更准确地说，是还给当年那个女子。

凭借着他两世为人的经验、无数前贤的诗赋歌词，今天他拥有了难以计数的财富，拥有了天下皆知的声名，拥有了极高的地位。但他心里清楚，这一切都只是外物，随时随地都有可能失去。自己之所以一直到今天还能拥有这些，依靠的就是监察院，无论从哪个方面来说，监察院都是他在这个世界上的根基。

雪谷狙杀与悬空庙的刺杀不同，那次他受的重伤完全是一次意外事件，如果不是恰好那时自己的霸道卷练到了瓶颈，经脉尽断，想必也不会受这么重的伤。可雪谷里的狙杀就是为了杀死自己，一旦开始绝无收手的可能……

如果真如父亲所言及自己猜想，这个根基忽然松动，范闲随时都可能退场。对这个猜想，不论是从理智上还是感情上，他都不愿意接受，也不可能接受。

"不可能。"

范闲再次用重重的语气重复了这三个字。

他是监察院提司，经过这两年来陈萍萍的刻意放手与扶持，在八大处里早已安插了自己的人手，一处有自己，四处有言冰云，三处有费介，五处黑骑无心，而且现在有了荆戈，六处有影子……整个监察院的资源早已被他牢牢握在了手中，就算院中出了叛徒，也不可能完全瞒过他。

除非是他。

就是自己在山谷中想的他。

可是，他对自己是如此的和蔼，那双一直放在羊毛毯子上的手是那样的稳定，那个消瘦的身躯是那样可靠，不论自己在哪里，他就像是一座山似的立在身后。

"世上没有什么不可能的事情。"范建淡然地说道，"当年你母亲同样是左手监察院、右手内库，身后有老五，更何况她还多了我们这几个人，还有泉州水师，比你今日如何？可是最后呢？"

范闲沉默下来，感觉山谷暗杀只怕与许多年前的那件事情有关。

"皇后的父亲被我亲手一刀砍下了头颅。"范建低头看着自己修长的手指，微笑道，"可是……谁知道该砍的脑袋是不是都砍光了？"

范闲初闻此事，震惊异常，半天说不出话来，皇后父亲竟是父亲亲手杀死的！

当年京都流血夜是皇帝等人对叶家做的一次大报复，但叶家当年根基何其深厚，一夜之间被颠覆。虽说是趁着皇帝西征，可京都不知道有多少权贵家族参与其中，有些漏网之鱼甚至是元凶仍存，也并不出奇。只是……范闲打破了沉默，流露出坚定的神色说道："父亲不要说了，我相信院长。"

范建叹了口气。

"你的话其实他也曾经对我说过……我也一直在想当年的问题，发现我入京都之前，你和陈院长彼此之间异常冷漠，完全不是现在这副模样，我明白你们的心中都有警惕，只是正如我无条件地相信您，我也无条件地相信他。"范闲加重语气又补充道，"对同伴的疑心是一种很可怕的心理，或许有些人一直刻意隐瞒了什么，就是为了让你与陈院长互相猜疑。而我不会这样。我相信自己的感觉，只有感觉不会欺骗自己。"

范建欣慰道："看来对于人性你还是有信心的……这一点和你母亲很像。"

范闲平静地回道："只是对于特定的几个人罢了。"

范建又问道："这件事情你准备怎么处理？"

"我先等着看陛下的处理结果。只怕查不出来什么，对方投了这么大的本钱进去，自然也想好了善后的法子。"范闲嘲讽道，"真不知道陛下的信心究竟是从哪里来的，军队都出问题了，他还能如以往那般毫不担心吗？"

"查，总是能查到一些东西。守城弩都有编号。"

"我想这守城弩也是从别处调过来，查错人可不好。"

"你说得不错。"范建唇角浮起一丝古怪的笑容，"陛下震怒，案子查得极快，下午就得了消息。山谷中一共有五座守城弩，刚从内库丙坊出厂，本应送往定州……不知为何却比交货的时间晚了些，恰好出现在了你回京路上。"

"定州？"范闲有些厌恶，"叶家又要当替罪羊？陛下能狠下这个心吗？"

"陛下当然知道这里面的蹊跷……可万一是叶家故意这么做的呢？"

"所以需要别的证据。我送到枢密院的那个活口有没有价值？"

"有。你这一招还是和当年对付二皇子的招数一样，把证人送到对方的衙门里。只是一个方法，最好不要使用两次，至少这次枢密院就没有上你的当。"

"他们怎么处理的？"

"他们像供奉老祖宗一样把那个人供着，生怕他死了，稍一好转，便借口此事必须由监察院调查，军方要避嫌，将这个人送到了监察院。"

范闲一怔。

"但人是你扔在枢密院的，监察院自然不肯接受，又让人拖回了枢密院……谁承想枢密院这次真是学会了赖皮，竟是把这人又拖回了监察院。"范建笑着摇摇头，"今儿下午两个院子就在这个活口身上较劲儿，你送给我，我送给你，谁也不肯接。最后还是宫中发了话，由监察院收进了大狱。"

范闲心情很沉重，听着父亲这番话还是忍不住笑了起来，似乎看见了今日下午在天河大道上，在庆国的权力中枢，两个衙门像拖猪肉一般你来我往……那位军中好汉，只怕一辈子也没有想过会有这种待遇吧？他叹道："想不到睡了一下午，京都里竟发生了这么多的事情。"

范建静静地看着儿子说道："你被伏击，这是京都流血夜之后最大的事件……而你活着回来，这夜也不知道有多少人睡不着觉。"

范闲沉默了很长时间，然后说道："我不会亲自动手，但我要让他们痛，痛到骨头里，您放心，我还不想得罪整个军方。"

范建站起身来，拍了拍他的肩，说道："你必须要活着，这最重要。"

这一夜，有无数人坐于幽房，神思不宁，沉默不语。

范闲遇刺的消息早已传遍整个京都，今日例行的大朝会因为这一突发事件取消，据退朝的大臣们私下议论，陛下听到这个消息后表现得还算镇定。但又有宫里消息说，陛下回到御书房后生生握碎了一只官窑瓷茶杯，长久沉默不语。

所有人都知道陛下震怒，那些主持了山谷狙杀，或者暗中帮助了山谷狙杀的人各怀鬼胎、各怀不安地在各自府邸里筹划着后续的事情。他们敢在京都郊外杀人，自然就做好了迎接陛下怒火和监察院报复的准备，只是没有想到，动用了如此强大的力量，进行了如此周密的准备之后，范闲竟然没有死！

"他居然没有死！"东宫里的太子殿下咬着牙道，一手抓着榻上的绣布，将软软的绣布竟抓成了无数朵难看的花朵。

皇后娘娘冷漠而庄重地坐在他的对面，冷声道："注意身份，注意言辞，范闲乃是当朝大臣，他若不死，你身为储君应该欣慰，怎能如此失望？"

太子冷笑道："这里是东宫，而且所有人都知道本宫与他范闲之间只可能活一个，只怕所有人都在猜山谷里的狙杀是本宫安排，既然如此何必还装？"

皇后静静地看着他，半晌后忽然自嘲地笑道："不要担心，陛下不会疑你，因为……我们根本没有这个能力。"

太子哑然，直到此时才醒悟过来，朝中这些势力中就数自己的力量最为薄弱，一方面自己失去了长公主这个强助，更重要的原因当然就是范闲。

"没想到反而成了个好事，母后说得对，本宫可没有办法调军去杀人。

只是……"太子的苦笑里带着遗憾,"如果范闲死了就好了。"

范闲你在江南打明家的家产官司,却偏偏要往嫡长子没有先天继承权的大是非上套,你以为你想的什么本宫不清楚?太后不清楚?太子冷笑着,心里十分感激那个隐藏的势力,居然敢于正面狙杀范闲,帮京都里的许多人做了想做而又不敢做的事情。

有很多人在这天夜里猜测着,究竟是哪个势力如此胆大妄为,竟然敢冒天下之大不韪,在京都近郊谋杀天子宠臣。所有人的目光都投向了长公主,因为似乎只有这位贵人才有这样的实力,而且也只有她才会如此疯狂。

"很遗憾这次没有成功。"在京都一间幽静的王府中,庆国最有实力,也是最美丽的那个女人正懒洋洋地躺在矮榻之上。榻脚生着一个火笼,暖气升腾。

李云睿眸子里尽是懒散之意,望着下手位置的二皇子微笑道:"不过这事与本宫无关,本宫还不至于愚蠢到这种地步,要对付范闲有的是简单的法子。"

二皇子微微一怔,刚听到山谷狙杀的消息时,他就以为是长公主做的,因为只有她才敢不看陛下的脸色,甚至他在怀疑这件事情是不是得到了祖母的默许。

"当然,本宫很感激那位。"李云睿媚然一笑,"如果能将我那女婿杀死也挺好,山谷狙杀,简单、粗暴、直接,有军人风格……我喜欢。"

她的话忽然停了,二皇子也不知道该说什么,室内一片无言的安静。许久后李云睿感慨道:"这样都杀不死他……究竟是他运气够好,还是怎么的?"

山谷里狙杀的细节,早已到了这些贵人们的案头,对于在那样的状况下,范闲不只活着回到京都,还将狙杀者全部杀死,并且抓到了一个活口,所有人都感到了无比的震惊,甚至还有一丝隐隐的畏惧。

李云睿没有畏惧,只是淡淡地想着,如果,只是如果,没有当年牛栏街那个事件,这个世界该是怎样的美妙。

她醒过神来,像教训自己孩子一样教训着二皇子:"与东宫把关系搞好,不要疑他,不要他疑你,我们需要他的名义来说服太后。"

二皇子点点头,忍不住强烈的疑惑问道:"究竟是谁动的手?"

李云睿微笑地回道:"五架守城弩的编号已经查清楚了,是你妻子娘家的东西。"

二皇子坚定地摇摇头:"叶家的势力远在定州,就算二百强者连夜突袭,也不可能完全不惊动京都守备和监察院,至于这五架守城弩,更是……荒唐。"

"朝堂上从来不管荒不荒唐。"长公主嘲讽着说道,"陛下和监察院要发泄怒气,在找不到出口的情况下叶家必然成为这个出气筒。"

二皇子沉默片刻后说道:"请姑母出手。"

叶家因为悬空庙事件屡遭打压,远逐定州,如今与二皇子成为一家人,二皇子自然不愿叶家再受打击,就算为了将来的大事,叶家也要保下来。

"我不是神仙。天子之怒,又岂是宫中妇人几句话就能摆平的?"李云睿端起茶杯饮了一口,"你自己也做好准备,我了解皇帝哥哥,这次他一定很生气,如果到最后他都找不到事件的起源,也许他会天雷普降,让所有人都不快活。"

二皇子知道很多人要倒霉,不过他也不怎么担心,反正事情与己无关,仍然坚持问道:"到底是谁?姑母……这件事情很紧要,莫瞒孩儿。"

李云睿的眼神依然平静,唇角却翘起了好看的、微嘲的曲线。

"所有人都知道我们与范闲不对路,因为我要保你,而范闲在江南已经亮明车马要保老三上位。但山谷里的事不是我们做的,这目标就很清楚了。

"为什么不对付老三,只想杀死范闲?

"这就说明,这次狙杀与那把椅子无关。

"只和范闲个人有关。

"能让军方某位大人物动手,除了那把椅子,就只有当年的那个女人。

"那位军方的大人物为什么会因为那个女人而要杀死范闲?

"肯定是因为他知道如果范闲将来真的上位,或者是扶助老三上位……一旦知道了某些秘密,肯定会为那个女人让他们的家族完蛋。

"综上所述,那位军方大人物一定与当年那个女人的死亡有关。"

不需要抽丝剥茧,长公主只是缓缓一句一句说着,就像是在说家常一般,便靠拢了事情的原初真相。

"可是……京都流血夜?"二皇子皱眉道,"参与过的人不是死光了吗?"

长公主嫣然一笑,半晌之后说道:"太后娘娘、皇后娘娘,死了吗?"她的眉宇间忽然现出一丝狂热之意,"而且如果我没有发疯的话,既然那位军方的大人物能够一直光彩无比地活到现在,当年那个女人的死,只怕还没有这么简单……噢,我越来越佩服他了,比小时候更佩服。"

二皇子嘴唇发干,内心深处也为姑母的推断感到无比震惊,如果这就是真相,那只能说姑母太可怕,而她佩服的那人……更可怕。

"可是……听说在范闲回京的路上,大都督的公子曾经射过一箭。"

"你也清楚,那位军方大人物与本宫交情不错,燕小乙的儿子一直在他手下藏着。看来这位大人物也怕陛下真的查出他来,强行想拖着咱们下水。"

"如此看来,竟是所有的人都想范闲死了。"二皇子感慨道。

"他将范闲变成了一个孤臣,同时自觉不自觉地将所有人都推到了咱们的身边,叶重如此,这位大人物也是如此。我一样一样的事物被他夺了交给我那好女婿,他又一样一样地还给我一些更好的东西,怎么这么可爱呢?"

内库,崔家,明家,甚至还有自己的女儿……她缓缓握紧了自己的拳头,脸上保持着温柔的微笑,话语里却流露出一丝嘲讽的味道。

"我一向敬畏他,却也清楚地知道,他有个致命的弱点。"

二皇子不敢接话。

"他太多疑了。"李云睿微笑道,"多疑者必败。"

京都城北有座安静的大宅,这宅子生生占据了半条街,阔大无比,一应仪制均是按着王爵之邸制造,院内院外各式树木杂生,在这黑夜里看着就像是巨人们蓬乱的长发,刺向孤独寂寞的天空。

一位穿着棉袍的老人在别院前的菜地上浇水,老人穿着一双棉鞋,鞋尾后已经有些磨损了,棉袍棉鞋很是朴素简单,这是无数年军旅生涯所养成的习惯。

他爱种菜,年老后很少去院里坐班,更喜欢折腾家里的几分菜地。家里的儿子孙子们都知道他的这个爱好,便弄了很多稀奇的菜籽来。但他不种,他只种白菜和萝卜这两种军队里最常吃的菜。他与那位糊涂的靖王爷不同。他不是靠田园寄托悲伤,他只是习惯了,习惯种菜,习惯简单直接。

老爷子把木勺搁在菜畦边的石头上,扶着腰慢慢坐了下来,显得有些吃力。

这些天一直在下雪,菜地里哪里可能长着菜叶,又哪里需要浇水?可今天夜里他又拿起了木勺,用清水浇着地,似乎是想洗去某些东西。

老爷子很老了,肖恩和庄墨韩死后,经历过南庆立国的人便只剩下了他一个,五十多年过去,越来越深的皱纹与老人斑就是他的岁月与这个国家的历史。

事实上,他的岁月就是这个国家的历史。

三朝元老?不止。自己侍奉了几位帝王?他竟有些记不清楚了。不过先皇登基的时候,自己毫无疑问选择了一条正确的道路,所以才为家族谋取了军方中不可替代的位置。而当今陛下毫无疑问是最让他佩服的一位皇帝,三次北伐、南讨西征……庆国,是用枪,用刀,用弩,在马上打出来的。老爷子这一生不知道杀了多少人、灭了多少部族,这样的历史,用几勺清水就可以洗干净吗?

在这段长远的历史之中,不知有多少名将良臣、明君宗师在闪耀着自己的光芒,而让老爷子印象最深刻的却是一个很年轻、很美丽的姑娘。

每每思及那个姑娘,老爷子的心头便开始颤抖起来,再如何出类拔萃的人物也会尝试着改变历史的走向,而那位姑娘似乎从一开始就准备掀翻庆国的根基,继而掀翻整个天下,创造出一段崭新而令人向往的历史。

老爷子不知道那种尝试有没有成功的可能,他只是敏锐地察觉到,如果任由当时的情形发展下去,整个庆国的王公贵族阶层,都会被一股狂流一扫而空,而众所皆知,庆国的贵族阶层为庆国军方提供了最强大的支持。

他害怕这种动乱,这种看似能让庆国强盛,却让庆国变得不像庆国的动乱。

老爷子是军人,是忠于庆国的军人,对于他而言,延续庆国的存在是至高无上的崇高使命,所以他参与了一个秘密,并且将这个秘密一直保存到了今天。

那个姑娘,或者说那个妖女死了。

这很好不是吗?庆国依然强大,而且这个庆国还是当年的那个庆国,以一个人的死亡换来整个国度的安宁,他从来都没有后悔过当年的选择。

雪从夜空里落了下来,秦家二公子,如今的京都守备秦恒来到了老爷子的身后,将一件大衣披在老爷子的身上。

"父亲,天气凉了,回房吧。"

秦老爷子抬头望向自天而降的雪花,久久无语。